U0506835

沉默的竖琴

董乐山 著

四川文艺出版社

图书在版编目（CIP）数据

沉默的竖琴 / 董乐山著. —成都：四川文艺出版社，
2018.6
ISBN 978-7-5411-5084-5

Ⅰ.①沉… Ⅱ.①董… Ⅲ.随笔—作品集—中国—
当代 Ⅳ.①I267.1

中国版本图书馆 CIP 数据核字（2018）第 088659 号

CHENMO DE SHUQIN

沉默的竖琴

董乐山　著

责任编辑　张亮亮　奉学勤
责任校对　蓝　海
封面设计　叶　茂
版式设计　史小燕
责任印制　唐　茵

出版发行　四川文艺出版社（成都市槐树街 2 号）
网　　址　www.scwys.com
电　　话　028-86259287（发行部）　028-86259303（编辑部）
传　　真　028-86259306

邮购地址　成都市槐树街 2 号四川文艺出版社邮购部　610031
排　　版　四川胜翔数码印务设计有限公司
印　　刷　成都勤德印务有限公司
成品尺寸　146 mm×210 mm　1/32
印　　张　8.5　　　　　　字　数　200 千
版　　次　2018 年 6 月第一版　印　次　2018 年 6 月第一次印刷
书　　号　ISBN 978-7-5411-5084-5
定　　价　39.80 元

目录

/关于费穆

《浮生六记》与《香妃》·话剧电影化

　　从《杨贵妃》开始，费穆在舞台上逐渐形成了他的特殊的作风，他的作风最显著的特征，便是话剧电影化。最近《浮生六记》的演出，便是一个很好的例子。

　　要具体地说明怎样是话剧电影化是很困难的，我在这里只是扼要地指出话剧电影化的几个具体的表现方式，尤其是有关于费穆个人作风的。这便是剧本的传记化与演出的抒情化。

　　一般传统的话剧剧本，都是按照看戏剧的原理与方式，着重于整个"戏"的发展。可是传记化了的剧本，重心安排在一二个主要人物的一生主要的遭遇上。比如《杨贵妃》是抒写杨贵妃与唐明皇之悲欢离合，《梅花梦》是记述彭玉麟的一生际遇，而《浮生六记》则是强调沈三白与陈芸姑的一生坎坷，半世蹭蹬。其中故事情节俱很平凡。可是怎样把这个平凡的故事搬上舞台变成不平凡，便须赖演出的抒情化。首先他强调了悲剧的气氛，这种气氛的造成，大部分是依靠着音乐的伴奏。费穆的音乐合作者黄贻钧，自《杨贵妃》以后，两人所走的路向都是互相吻合的，便是有一贯的中国民族作风。即使小而言之，就费穆个人风格的建立而论，黄贻钧有着不可抹杀的建树。其次，除了音乐外来的帮助以外，抒情化目的达到的最重要手段，还是费穆本身的优美的台词与动作，这使他的作品仿佛是一首清丽隽永的抒情诗。他的台词中没有什么绮丽的辞藻，而都是口语化的，可是较辞藻远为绮丽。他不免在台词中抒发个人的牢骚（比如"人情不如秋云等），然而却博得观众的同感与共鸣。关于动作的优美，《浮生六记》中整个戏都是如此，在第一幕中已可约略窥得，而感人至深的，却是第三幕母子别离一场。往往，费穆为了动作的美而忽略舞台的地位，这也是他与传统戏剧所不同的地方。

《浮生六记》的改编只应用了其中的二记——《闺房记乐》与《坎坷记愁》。从一部风趣盎然的隽永小品，创出一部凄艳绝代的悲剧来，使我们不得不惊异，而且创作过程的时间又是那么短促。有人说费穆是鬼才，而我却这么揣测：我想这个悲剧在费穆的意念中一定酝酿长久了，甚至潜伏在一个艺术家的整个生命之中。其实，每一个中国小资产阶级知识分子的意念中，都潜伏着这个悲剧的一鳞半爪，只是他们缺乏诗人的敏感与艺术家的手腕。而费穆却具有了，他有较常人更远为强烈的苦闷感。于是，可能在他思维了一个长时间后，却在使人惊讶的短促时间中，创出了这个悲剧来。

我为什么说中国现代知识分子意念中颇多潜伏这个悲剧的影子呢？因为《浮生六记》的作者沈三白是一个没落的地主阶级，他的淡泊名利，与现代知识分子中一部分际遇坎坷者不谋而合。再加以在舞台上的沈三白，与《浮生六记》原著中的沈三白，多少已有些不同了，前者是一个愁人，后者却是既风趣又风雅的闲人。这样舞台上的沈三白更与现实一致了。

把《香妃》与《浮生六记》放在一起谈，是因为它们的倾向是一致的，《香妃》也是一种电影化了的话剧。可是在对比之下，《香妃》却不如《浮生六记》。

同样是利用电影技巧与手法，费穆的立足点还是舞台，可是朱石麟的却是银幕，因此，《浮生六记》的剧本称得上是舞台剧本，而《香妃》则仅是电影分场脚本了。其实，作为一个电影脚本来看，《香妃》也是不够戏剧性的，平铺直叙，情节平淡乏味，没有戏剧性发展与高潮，分幕只是表明故事的段落与换景之用，不如说分场来得确当。而台词，也是仅仅叙述一个故事，没有性格的描写与刻画，甚至连模糊的类型也分不清的。

《杂志》1943 年 11 月号

费穆的《小凤仙》与《红尘》

《小凤仙》与《浮生六记》一样，实在不能算是话剧。所差别的，是《浮生六记》以其特殊的电影手法，抒情情调与悲剧气氛抓住了观众，而在《小凤仙》中，费穆先生没有充分地发挥与利用自己的特长，因此在对比之下，似乎显得失败了。其实，《小凤仙》的缺陷，倒不是在于导演部分，而实在是编剧之果。

我不知道李之华先生的原著是怎样，但《小凤仙》多少可以写成一个时代的侧影的，从一个妓女小凤仙与蔡锷的关系中，反映出民初的帝制运动与时代背景的一鳞半爪，加以历史性的批判。费穆先生没有把蔡锷安排出场，这是一个大失策，也许他的原意是暗场可以增加一些神秘性与对伟大人物的崇拜，可是为什么围绕在蔡锷周围的一批官僚政客也只出场了一个杨大人呢？这样的处理，减弱了《小凤仙》这戏的时代性与戏剧性。所谓时代性，小凤仙的时代背景是相当动乱的，这是历史剧的最有利的条件，《小凤仙》没有利用这一点，其失败也属必然。仅仅靠几个妓女与学生，实在不能反映那个时代的全貌的。至于戏剧性，蔡锷的暗场固然增加不少神秘性，作者企图从小凤仙、花元春等妓女与几个学生日常琐屑的纠葛中，反映出一个暗场的伟大人物，这毕竟是顶石臼唱戏——吃力不讨好，而且，这些材料也不可能构成一部戏剧的。所以说《小凤仙》不能算是话剧，便是这个缘故。

也许《小凤仙》有今日这般面目是因为"改编"的缘故。我们要求我们的艺术家珍视自己的作品与前途。把自己的作品让他人横加斧删，不顾这样是否能做到所谓"点铁成金"，但一个作家是有其自己的创作生命的。《男女之间》是反映上海的一部好作品，李之华先生为什么不再接再厉地为自己的创作理念努力从事呢？

还有一点要提的是：一个剧本自开始考虑写作直至具体化的演出，中间是经历了许多艰难孕育的过程的，一切临时为了应付演出的需要，而搬几个人物上台（有时连戏剧性也丧失了），这是不成其为戏剧艺术的。我们也要求艺术家珍视自己的作品，把修改放在演出前的排练时，而不是放在演出之后，宁可因时间不及而暂缓演出。因为，一待戏演出，导演的任务就告完成了，第一场的演出，正是导演献出他自己认为业已完成了的艺术作品的时间。

就这一点而论，《红尘》似乎比《小凤仙》完整多了。

也许可以说《红尘》是中国第一部哲学思想的话剧吧。虽然其中的哲学思想是费穆个人的，但也代表了中国的一部分小资产阶级知识分子。

《红尘》中的主角大少爷，正可代表一般的知识分子。他们的出身都是农村里的农民之子，不知怎么的一个偶然机缘，在都市的红尘中生长起来，多读了一些书，有了知识，看透了现实的人生，他们都要逃避红尘，可是都留在红尘之中。于是，在思想上便形成了超世的个人主义，他高高在上地看红尘，便以为人即是动物，扰扰攘攘，都是一类的，没有个别的存在。可是在他到了乡村自然的环境中以后，他的哲学开始动摇了，这是费穆思想的一大革命，从出世的到入世的，显然他受老庄哲学的影响很大，因此他主张回返自然。大少爷带未婚妻到乡下来，在发觉了他的农民出身以后，他撇弃了都市红尘，然而悲哀的是他还是个知识分子，他肯耙田，然而不能脱下长衫，这是中国知识分子的苦恼。在现代社会中，看到了其自身必然没落的前途，因此他有了个人主义的超世哲学，这是在思想上逃避红尘，在发觉了他的血缘是农民以后，他要实际地逃避红尘，因此他到自然去，但受过去的教养、知识身份、生活等所拘，他又不能适应新的环境，开始新的生活。读书人都想逃避红尘，然而都被留在红尘里。这是中国知识分子的悲哀。费穆先生以兽医代表了大少爷的初期超世思想——人是动物论，以小和尚的想望还俗为大少爷的从超世思想转变到入世——回返自然——的表征。而且，以小和尚的死亡断定大少爷的没有出路。而把一切希望寄托在下一代，大少爷的下一代的儿子，不再是丢在红尘中了，而是承继了他自己的血脉——农民。费穆先生的哲学观点是朴素的，主张复兴农村经济，他要求读书人救救乡下人，他指出兽医（医生）只能医动物的生理上的病，不能医人的天性的和社会的病。

这样的哲学思想，显然是很难写成一个戏的。正如萧伯纳的剧本一样，费穆先生把自己的思想装上一个脑袋，一个身子，双手双脚，便放在台上行动说话。因此，人物是没有性格的，只是代表作者在台上"宣教"而已。所幸费穆先生又是"人性主义"的（我杜撰这个名字），他的每一部戏都以人性——"这是人的天性，没有东西可以掩没天性"——来抓住观众。由于这一点，便不愁《红尘》中的哲学思想没有观众来作为宣教的对象了。

《杂志》1944 年 2 月

《长恨歌》与《梅花梦》

　　《长恨歌》与《梅花梦》都是费穆先生的作品。对于费穆先生从事舞台工作，我们觉得极不自然。的确，舞台太限制了他，他应该在电影方面找发展的。就拿《长恨歌》与《梅花梦》来说吧，它们很难说是话剧，可是又演出在话剧舞台，因之很难说它们不是。但至少可以说它们是受了电影很大的影响的。

　　这两个剧本都是古装戏，历史上找出来的材料。《长恨歌》的重心是唐明皇与杨贵妃抒情的罗曼史，因之触及历史较少，而《梅花梦》虽也是以彭玉麟与梅仙的罗曼史为中心，然因时代性的关系，内容方面比较不及《长恨歌》的单纯了。这里，我们就来谈谈处理历史剧的态度问题。

　　对于历史剧处理的态度有许多，可是归纳起来，不出两个范畴，一个是主观性非常浓厚的"旧瓶装新酒"，另一个是纯客观的介绍，这两者的态度，其实都成问题。因为前者不够忠实历史，抹杀了历史存在的客观性，而后者作者自己没有立场，因之缺少批判与扬弃，都是要不得的。《梅花梦》可以说是近于后者的态度的。

　　我们试看《梅花梦》中彭玉麟这个人物，作者对他的态度如何呢？不难看出：同情是超过批判的。其实，站在现代的立场，彭玉麟是一个非常值得批判的人物。他与曾国藩等，都是所谓清廷的中兴名将。梅仙说他功名心太重，劝他抛却富贵之想，与她共度逍遥岁月，可是毫无疑问的，这种逍遥岁月只有地主阶层才能过到，而当农民动乱随时以"土匪"面貌出现时，彭玉麟怎么有可能与梅仙共度这种逍遥岁月呢？要度逍遥岁月，必须打平土匪——消灭太平天国，这样，即使他没有功名心，也非与清廷合作不可，此乃其身份使然，不得不如此的。

作者对于彭玉麟这么一个人物，并没有站在现代的观点加以批判，这是应该遗憾的。也许作者对梅仙的态度稍寄托了一点批判作用，至少他以梅仙批判了彭玉麟功名心太重，不该助清廷去打太平天国，以致两人不能白首偕老，可是这也是非常消极而不彻底的。

至于剧本技巧方面，显而易见《梅花梦》是费穆的初期作品，比如第三幕与第四幕几乎全部以周师爷与老纪的对谈和老纪与小香的对谈来介绍，彭玉麟本身反而没有戏，这种现象在他后期的成熟作品中是不大瞧得见了。

《豆蔻年华》演出最引人注目的是卫禹平的演技。我们甚至敢大胆地说，《豆蔻年华》整个戏是他演活了的。

在《甜姐儿》重演时，我们曾特别地提出过他，那时正当在《风雪夜归人》之后，他以截然不同的面貌，在《甜姐儿》中出现了。现在也同样，他在《红菊花》中演过了一个与《风雪夜归人》酷肖的伶人以后，又在《豆蔻年华》中以喜剧演员的姿态出现，而其成就，是远远超过《甜姐儿》以上的。一个过了二十多年鳏居生活的风流佬，如今与干女儿假装结婚，结果假戏真做，堕入情网了，你不难想象这是一个多么风趣的角色。尤其当《豆蔻年华》中除了黄宗英、冯喆外，其他演员都软弱的情形下，卫禹平的影子活跃于整个戏的演出中，自是必然的事了。

《豆蔻年华》的原著者是汪嘉禾，由《甜姐儿》（即《卖糖小女》）的姊妹作《我的妻》改编。原著结构甚为巧妙，对白也颇风趣，然而品格不高也是事实。因为第一，它没有一个中心思想，演出毫无意义；第二，也许因当时法国社会的风尚关系，全剧颇多色情趣味的成分。对于这种品格不高的戏，导演是尽可以大胆一点，而《豆蔻年华》还是嫌太温文的。

《杂志》1944 年 11 月号

《青春》

《青春》像一支山歌，乡野里少年男女唱的山歌。

这么大热天你上戏园子去看《青春》，就仿佛一个盛夏的中午，你在北方乡野的阡陌上赶路，头顶上火伞高张，田野里静无喧语，你又倦又渴，想找个歇腿的地方，一会儿你看见远远有一棵大树，你急急赶去，在树荫之下，有一个吃旱烟的老人跟孩子们在说故事，所讲的便是田喜儿和香草的故事，这故事多有趣，多可爱，听了故事你忘记问老人讨凉水喝，正如这时吹来的一阵凉风，这故事使你忘记了热、渴与疲倦了。老人说完了故事，田野那边有一个干活的在唱山歌，孩子们都跟着唱。你就想那唱歌的莫非就是田喜儿，那《青春》的主角吗？可是我劝你还是别见他，青春过去了，田喜儿老了，见了徒多感慨。你还是带着《青春》的余味去赶你遥迢的人生之旅途吧。

看《青春》使人想起《梁久达》——李健吾先生另一辉煌之作。虽然《青春》是喜剧，而《梁久达》却是悲剧，可是两个剧本的题材、背景人物等都很接近。《青春》里的人物，是三四十年前边鄙的华北乡野里的乡下人，是李健吾先生童年时代生活的伴侣，虽然这些人物暌别已有三十年之久，李健吾先生写他们是凭其记忆上之想象的活动，可是这些人物在我们却并不缺少亲切之感。李健吾先生自谦《青春》是小戏，它给我们看到的天地是这么小的一块小天地——可是这是藏在每个人胸怀心底里的小天地呵。看过戏我们禁不住要问：我们的美丽的青春呢？我们的少年时代的无忧无虑的同伴呢？

讲到人物的真切，这大半是建筑于台词的语言基础之上的。文学本是语言的艺术。这在戏剧这一部门里表现得更为明显。戏剧以语言作为最主要的表现手段，因此语言艺术的成功也即是戏剧的成功。我们都以为在文字作为思想的工具这一点上，白话是越过文言的，因为前者是活的，后者是死的。同时，在戏剧语言一方面，我也以为有活的与死的之分。活的语言是真正人说的语言，给观众一种真实与亲切的感觉，李健吾先生的《青春》可作为很好的代表。口语的提炼与应用，使《青春》里的人物有了生命，有了活生生的形象。我们回顾其他剧本与剧作者，我敢说除了曹禺以外，在语言之形象性这一点上，很少有人可与李健吾先生相比拟的。语言一方面使人物添了真实性，一方面也有助于性格的刻画。《青春》里田寡妇典型性格之成功，也是建筑在语言上的。

虽然《青春》的主角是田喜儿与香草，可是很明显地，作者笔下典型创造最成功的是田寡妇。田寡妇是怎样的一个人呢？——她是一个寡妇，有一个独生儿子，她骂儿子没出息，常常责打他，可是却又护短，不许别人动他分毫，儿子是她的命根子。因此儿子如果在外闯了祸，对外是癞痢头儿子自己的好，姑息，娇纵，是别人害了她儿子，不是她儿子对不起人；带回家来儿子还不免一顿怒骂与责打，可是这顿骂打又给儿子嬉皮笑脸地打了一阵浑，便破涕为笑，又宝呀儿呀地疼爱得不得了。这种旧气味十分浓厚的母性是十分普遍的。李健吾写田寡妇的成功，使我们想起了曹禺笔下的《家》中之钱姨妈，固然两者性格悬殊，可是同样给人留下深刻的印象。尤其是在发泄观众的快感——不论悲剧的与喜剧的——这一点上，两人非常相像。

从《梁久达》《以身作则》到《青春》，李健吾先生泄示了他的一个癖好：他多么喜欢采取大门口做戏的背景。我说癖好是错误无疑，因为这是技巧的成熟。大门口是一个好的所在。门里的人要出现，门外来往的人也可写进戏去。《青春》采用关帝庙的门口，每一个人物的上下场都出乎自然，不留一点雕琢的痕迹。

把太多的话说在剧本上，虽然说出来的好处还是这么少，不足以表现《青春》于万一——我几乎忘记导演了，这罪过不小。费穆先生导演悲剧以气氛情调见胜，导演喜剧仍保留其清丽潇洒的特点。第一幕田喜儿与香草儿女谈情的风趣细腻，第二幕的活泼美丽，其成功是超过以前的成绩的。关帝庙的一堵墙，杨家后花园中的花坛，都利用到，添出不少意外的戏。所遗憾的是结局太松懈，第五幕杨村长要把香草处死，田寡妇出面做主娶媳妇处理得太缓慢平和了。当然，演田寡妇的演员要负一点责任。

演员中该大书特书的是四个儿童演员：应昌、道治、莉莉与沈小钧。尤其是演小黑儿的应昌，任何一个演员的成就都赶不上他。他第一次上台，你几乎要疑心他是已受过十年训练的好演员。不慌不呆如其余三个已难得，可是他还能撒得开演戏！乔奇的田喜儿与碧云的香草除了不能克服的年龄的缺陷外，也是他们近来少见的收获。田喜儿粗野乐天的性格，乔奇演来妙到秋毫。就是江山的红鼻子也进步不少。要是严斐的田寡妇更突出一点，《青春》的演员可以说很令人满意了。严斐读词没有音节、快慢与重轻，缺少变化。田寡妇该是全剧最活跃的中心人物，她替作者排解纷扰，使观众皆大欢喜，可惜演员太软弱，损减了原作不少的光辉。

/关于杨绛

《弄真成假》与喜剧的前途

　　杨绛女士继《称心如意》后写《弄真成假》，同是近年来难得的喜剧。

　　当然，难得是难得，可是它们还有缺点。《称心如意》似乎还够不上称为一部结构严谨的作品，全剧缺少一个中心，只是以一个人物作为线索而连串了四个独幕剧而已。而《弄真成假》的缺点，则是它受悲剧的影响太深了。

　　最明显地可以看出这一点的，是《弄真成假》中的两个主角——周大璋与张燕华。作者写他们两个，多少是采用了一种悲剧的方法，环境不好，怨天尤人，相互扯谎，使观众感到情有可原。具体的例子，是第二幕周大璋在家大发牢骚，怨家里无财无势，他积集了多年的不幸，找寻一个机会报复似的。又如第三幕张燕华在表兄向她求婚后，她的大段台词，都是正面地发泄她的苦痛。这样，这一对怨天尤人的人物纯粹是悲剧人物了。

　　其实，不但人物是如此，杨绛女士对于整个戏的看法恐怕也是悲剧式的。比如末一幕的结局，应该在大璋与燕华互相不愿的情形下，被迫结婚，幕急落，这样才有喜剧的效果。可是作者却并不如此，她在众宾客散后，还感慨地假周大璋之嘴阐明了她的人生哲学与处世艺术，以为要活在这世界上，即使境遇不好，也该吹牛以满足，自我安慰，用精神战胜物质的方法。我们撇开这种阿Q精神不谈，杨绛女士这样肯定他们的结合，又叫他们干一杯祝贺新生活的开始，完全不是在写喜剧，而冲淡了前数幕的喜剧性了。

不管事实上《弄真成假》存在着这些缺陷，它在今天还是值得我们庆幸与推荐。李健吾先生把杨绛女士推崇为中国喜剧的第二道里程碑（第一道是丁西林），这话虽不免有过誉，可是按之实际，我们睁开眼睛瞧瞧，中国喜剧的作品，究竟有多少？而从事写作喜剧的，又有多少？杨绛女士在创作上已摸索到自己的途径，为喜剧开一大道，不幸缺乏的是走这条路的人。我们中国写喜剧的人委实太少了，就仿佛喜剧不可能在中国舞台上立足似的。这样下去，中国人将来也许不会笑了，不管这笑是阴郁的还是健康的，大家都在眼泪与鼻涕的交流中过悲剧生涯。万幸我们尚有一部《弄真成假》点缀这悲剧的剧坛！

《游戏人间》——人生的小讽刺

《游戏人间》是杨绛继《称心如意》与《弄真成假》后的第三部喜剧。纵然比较起来看,《游戏人间》似乎逊色一点,可是它依旧保持了作者过去一贯的特色。

这特色是什么呢?便是写实和观察的精微。"写自己熟悉的东西",这的确是一句至理名言。许多作家,纵然他们有丰厚的想象力与创造力,可是如果他们放开自己所熟悉的东西不写,则其失败是不免的。这仿佛希腊神话里的一个大神,他力大无穷,可是双脚绝对不能离开土地,因为土地是他的力量之泉源。一个作家脱离生活,正如那个大神脱离土地,双脚凌空一般,是毫无能力的。杨绛她生活在怎样的一种生活环境中,便写怎样的一种生活与人物,纵然有人批评她的圈子太小,然而你不能否认这小圈子里的人物个个栩栩如生,精细自然,没有一丝一毫雕琢的痕迹。要深入生活又要跳出生活,这样才能称得上是一个真正的写实主义者。杨绛是不愧此称的。

为什么深入生活还不够,又要跳出生活呢?乍看这是十分矛盾的,其实却是统一的。光是深入生活,你有随波逐流的危险,现实的生活现象,使你眼花缭乱,不知选拣,不知把握住自己。深入生活同时又跳出生活,这样你才看得清生活的真面貌。就《游戏人间》来说,写暴发户这种题材是非常的现实的。在深入生活的过程中,这种题材可以说层出不穷,很多很多,然而当你处理这些题材时,你就需要一种跳出生活的能力了。不然,你的作品只是一个垃圾桶，不能抓住典型环境中之典型事件。所谓"烦琐主义"就是指此。杨绛的"游戏人间"的题材是现实的，处理的手腕也是相当正确的。

可是不能否认的是，写作的技巧比起她的前二部作品来是逊色了。首先是结构显得有点勉强。陈彝与莫愁的悲剧（我说他们的事件是悲剧）为什么要安排到这个暴发户家来呢，两者的关系，只靠了征婚为契机，是相当有点凑合的痕迹。要是把全剧的重心，放在暴发户与征婚的讽喻上，这剧本也许更风趣有力一点。然而《游戏人间》的中心思想是在于讽喻《游戏人间》的生活态度，她只得把重心放在陈彝的身上。

我始终以为杨绛是一位悲剧作者，她的感情是超乎理智的。《称心如意》中她对颠沛于许多舅氏家的蕴玉寄以多少同情！《弄真成假》中的周大璋与张燕华，又是两个多么抑郁的悲剧性人物！而在《游戏人间》中的陈彝与莫愁两个角色也是多么的富于悲剧意味！杨绛是个善心的好人，她于讽刺揶揄之余，对自己创造的人物有着不少关怀、爱惜、怜悯之情。

姚克先生的导演，我以为与一般时下的所谓喜剧导演，有着明显的分别，不可同日而语。最近以来，因为闹剧的抬头，使喜剧演出，也渐渐地随波逐流向胡闹夸张的路上走。除了上月三喜剧（《青春》《艳阳天》和《荒岛英雄》）外，我们所见到的喜剧演出，都是投机性的一窝蜂。但是，姚克先生却能保持喜剧的纯洁面目，这是值得钦佩的，因为，虽然广告刊的是"闹剧"，实际上，《游戏人间》还是喜剧。此外，对于人物外形的创造与喜剧环境的安排，导演是有很大的功绩的。虽然这一次演员一般水准较差，然而起用了不少新演员，尤其是陈彝，相当称职。

《杂志》1944 年 9 月

/关于曹禺

《清宫怨》与《北京人》

　　九月剧坛上演的剧目，有"中旅"的《清宫怨》，南国的《北京人》，上剧的《大鹏山》，同茂的《京华尘梦》与中宝的《爱我今宵》。除了《大鹏山》与《京华尘梦》，其余三个剧目都是旧戏重演。

　　毋庸否认，这些旧戏重演的主要原因，是剧坛上严重地存在着的剧本荒问题。

　　可是我们也并不否认：一个好的剧本，是有价值几次三番地重演的。因为，一次的演出，便是一次的艺术的创造。剧本固然是演剧的基础，它本身固然已经是完成了的艺术，甚至它向演剧提供最重要的东西，然而演剧本身还是有其自身的艺术性。而且，经过了不同的导演的不同的手，即使是同一剧本的雕塑原料，也可能塑造出两种同样表现这一剧本而形式截然不同之艺术作品。就这一点上，我以为旧戏的重演是有其特殊意义的。

　　同时我们看到：在剧本荒正闹得非常严重的剧坛，所上演的一些新剧本，都是草草应市的未成熟的东西。一方面，又由于剧作者生意眼的作祟，摸熟了中国话剧观众有一个癖好，便是看戏喜欢看一些浓得化不开，偶然性非常浓厚的戏。因此创作或改编剧本，大多从此着眼：即如何迎合观众口味，如何尽量利用舞台技术，而逐渐形成剧作者的"为编剧而编剧"的写作态度。这实在是一种要不得的倾向，不但是使上演剧目都有变成意识落后，内容腐化的可能，而且剧作者本身，也已从艺术家降身为编剧匠，成为商人们的技术雇员了。正在这个时候，重演《北京人》《清宫怨》与《爱我今宵》等这些旧戏，我以为正对目前从事剧本写作的剧作者，有一番启发性的教育意义。这教育意义尤其是在写剧的目的与技巧方面。

就是说，从事写作剧本的第一个目的，并不是，而且不应该是打算它怎样在舞台上走红，而是通过这剧本应该表现一些什么。（其实这些话已是最浮浅最基本的一些常识了，可是也许因为是常识的缘故吧，反而不为人所注意了）至于如何搬上舞台，如何适合演出，是第二步的技巧问题。也可以说，这就是内容与形式问题。时下的一些剧作者与导演们，往往惑于某几个技巧成功，卖座鼎盛的戏——如《福尔摩斯》——因此写作与上演时便集中力量在怎样卖弄技巧上，把内容——这最中心的重要一环——丢诸脑后。"内容决定形式"，因此其失败是必然的，《大鹏山》就是个好例子。

三个旧戏重演的意义我以为就是如此。

在实际演出上，这些旧戏的演出，可以说全是不十分成功的，人才的不够是主要原因。

先谈《清宫怨》。这剧本的重心是在清帝家庭，不是在于历史。因此就影响到：西太后的性格刻画不够全面化，西太后不仅仅是"家庭的"人物，她是在历史上统治了中国数十年，主宰了数万万人民的"伟大"的女性，光是从家庭的观点来反映，显然是不够的。其次是影响到《清宫怨》的历史意义，没有把戊戌政变与八国联军作为悲剧的主因与高潮，光绪帝的地位便不突出了。最后这家庭悲剧的主角——珍妃，是作者心目中最中心的一个人物，并且寄以很大的期望，希冀她在这悲剧中尽了作者的对西太后批判的任务。这样，使珍妃的历史存在太浪漫了。而且这种口头批判太近乎说教，假如用戊戌政变与八国联军这些实际事情发生的前因后果来批判西太后，给观众印象一定更深，而同时，也不会有以上所说的缺点发生了。

不顾事实上存着这些缺点，姚克写《清宫怨》显然比他的《七重天》远为成功。纯然从剧本的写作技巧而论，《清宫怨》的戏剧性很浓厚，节奏很紧凑，演出的效果也必然是极强的。

上面说过，经过了不同导演的手，剧本的再一次演出，就是一次艺术的创造。假如抱定这目的来看《清宫怨》的重演，我们准会失望。因为顾仲彝导演大多墨守费穆成法，并没有再一次艺术创造。同时，对于费穆的优点——抒情诗般的情调与气氛——也没有保留或发扬。

导演不如剧本，而演员更不如导演。与上次天风演出相较，演员阵容软弱非凡。舞台装置之糟，开上海演剧界之先例。

《北京人》与《清宫怨》同样，失败是在人才的不全。曹禺的剧本，一向被目为戏剧性非常浓厚的，试看《雷雨》《日出》《原野》，哪一部不是如此？而时下有许多剧作家，受他的影响非常深刻。可是在《北京人》中，很明显的，我们已可看出他在尽力摆脱这一点了。《北京人》的剧本是受契诃夫剧本的影响的。契诃夫的一个特点，便是节奏的人生化，很少戏剧性。在这一点上，我以为很可为时下的一些剧作家学习的。

重演最大的缺陷是人才的不全。在某一点讲，孙景璐固然比英茵较差，然此次可称是成功的。只是她受"中旅"的影响太深，演戏独自为政，不能帮助其他演员的演技。仇铨与王祺尚在水准以上，其余的便比较软弱了，尤其是人类学者的陈汉清与黎云。前者太寒酸相，没有学者风度，后者只是作为一个影子在台上出现而已。

至于《爱我今宵》，执笔作此文时，尚未上演，姑且不谈。

《北京人》

看《北京人》回来的第一个感觉是叹息如今剧坛的人才是太零落了。在剧本荒、导演荒的剧坛，演员其实也是闹荒的（当然，这里所谓演员是指在水准以上的，至于一般上过一两次台，糊里糊涂鬼混的"演员"，是不会患荒的）。

很遗憾我没有看到上次剧艺社演出的《北京人》。对于话剧（其实电影何尝不如此），人们总存在着一个观念，也许这是偏见，就是"今不如昔"了。即使我没有看过前次的演出，然而我得承认我存在着这个偏见。我追悔没有看过英茵演的曾思懿，这不一定是说孙景璐不如英茵，至少孙景璐的合作者与前次是相差颇远的。

我想不必再指出《北京人》剧本本身的优劣了，因为这已经有过许多高见与定评，我只是要指出两点，这两点是我所特别深切地感受到的。

第一点是：曹禺在《北京人》中所表现的生活，他是多么熟悉，对于人物性格又把握得多么深刻！一个正在衰微没落中的大家庭的生活，一群腐朽、寄生的人物。同时他又在这个灰色的家庭中，安放了一个原始的北京人，强烈地反衬出现代人类的懦弱，苟安，嗜赌，无能。当然，曹禺的眼光是远大的，犀利的，他绝不是"回返原始"式地崇拜北京人，而是把全部希望，寄托在这一群灰色懦弱的现代北京人的下一代——曾瑞贞身上；就是在他所否定的一群人物中也有一些优秀的，尚肯上进的分子（如愫芳，曹禺给她以争取光明的机会)。除了哑巴北京人,《北京人》中每个人物的性格都是凸出的。我想这一点该是值得为一切后进的写剧者好好地揣摩学习的地方。有些剧作者明明是自己把人物性格写得失败了,却接二连三地写些《我怎样写××》之类的肉麻文章,自吹自擂地标榜自己是"写人物性格"的,其实,作品是讲货真价实的,写得成功也好,不成功也好,不见得死人会给你吹得活过来。况且,抹杀别人的意见,不屑地以为是"瞎子摸象",这种倨傲气势不是一个初写剧本从事创作者应有的态度!

其次,我以为《北京人》在曹禺的创作生活中,是一个至为重要的过程。很明显地,我们可以看出,曹禺写《北京人》是受契诃夫影响很深的。在《北京人》以前,曹禺的一些剧作中,尤其是《雷雨》《日出》《原野》,戏剧的气氛非常浓厚,节奏完全是戏剧的节奏,因此,有人觉得太缺少现实性了。在《北京人》里,曹禺自己也已感到这一点,他尽量减少这种戏剧的成分,学习契诃夫式人生的节奏,虽然场子不觉乱一点,但依然还是成功的。最明朗地显出曹禺受契诃夫影响的,是《北京人》的最后二幕。

孙景璐的确是一个有天资的演员,然而我始终感到她的境遇太坏,缺少良好导演的指示,受中旅的影响太深。仇铨与王琪,也是此次演出在水准以上的演员。其余差强人意的很少,尤其是陈汉清的袁任敬,一副寒酸相,既无学者风度,也不够充满朝气。

没有观众的好剧本

　　关于曹禺改编的《家》的剧本，已有不少人评价过了。我也不想——实在也是不能——在这短短的篇幅中，对它表示多少意见。尤其是关于它的优秀之处，被提出来赞美的非常多。我在这里所要说的，只不过是在看过它的演出之后，感到的一些在读剧本时所未曾感到的感想而已。

　　我不知道《家》在内地演出的成绩怎么样，观众是否有热烈的反响。光是就上海的演出而论，毋庸否认，情形是很凄惨的。有人以为这是由于观众水准低落的缘故，也有人在责怪剧坛的流行风气——闹剧与噱头"杀害"了观众。这些全都是原因，可是原因也不见得如此单纯。不管吴天的改编是好是坏，看过他的改编剧本演出的观众非常之多，这是事实。这样，在演出时机的影响下，卖座不怎样好，当然是免不了的事。

　　其次，我们来看剧本。我不否认曹禺改编的《家》是近顷罕见的好剧本，而当我在未观演出前草草地读了它的油印本时，尤其是如此感觉。结冰的心池在数年的冬封后又给热情所融解了，我重又感到了苦痛，也重又听到了雪中的杜鹃啼鸣，蒙眬的眼微微地感觉到了一星光亮，一阵过早的春风，在苦闷的寒冷中给我一丝暖意。是啊，这是一个好剧本！可是，在看到了它的演出以后，给我的印象完全不同了，当然，这一部分是演出问题（容后再谈），一部分未始不是由于剧本的本身。

　　就是说：与吴天的剧本比较起来，曹禺的是沉闷得多。当然，话剧不一定要热闹才是好戏；可是我们也不能否认中国的观众喜欢看的戏就必须热闹，套一句术语是 Dramatic，曹禺过去受人欢迎，就是因为他的《雷雨》《日出》《原野》有浓厚的戏剧性的缘故。在《北京人》以后，他的写剧方式完全改变了，他感到愈是像"戏"，距离人生愈远，因此为了尽量地表现人生原来面目，他学习了契诃夫的写剧方法，《北京人》是如此，《家》也是如此。契诃夫是契诃夫，而曹禺毕竟是曹禺，他还没有完全放弃过去的自己。在刻画人物的性格时，往往应用了许多小事件和小聪明。以小见大，正是写作的一句箴言。不过在演出时，不免就显得冗长。于是，在我们所看到的他的剧本演出中，无一不是经过大量删削的。这次《家》的演出虽也删去了许多，沉闷之感仍然存在，这是因为剧本本身结构没有吴天的那样紧凑。

以上这一点意见，是纯然站在"为演出"的立场对剧本的一点吹毛求疵。实在，这次《家》演出惨败的最重要责任，还是要演出部分来承担的。首先要提出来的是导演，这次演出一点也看不出导演苦心的痕迹。戏剧这一综合艺术演出时最重要的一个部门是导演，他是把剧本通过演员以及舞台技术等介绍给观众的主宰，《家》的导演没有好好地尽他的责任，马马虎虎地把戏搬上台——说得苛刻一点，演出变成了剧本朗诵。剧本本身已经很闷了，导演者处理的 tempo 又极慢，于是，在这样的情形下，一个好剧本怎么可能为观众所热烈接受呢？

同时，演员阵容的软弱也是事实。当然，我不是说一个戏的好坏，决定在出名的演员身上。但努力与收效是有联系的，而才能也属重要。唯一突出的是丁力的冯乐山，可是也只做到阴狠一点而已。

《杂志》1944 年 1 月

/关于吴祖光

吴祖光的《林冲》

以事论事，这一月的三个古装戏都还值得一看。

先谈《林冲》。《林冲》的剧作者是近年剧坛红人吴祖光，也就是《文天祥》与《风雪夜归人》的作者。《风雪夜归人》是近顷罕见的好剧本，与一切好剧本一样，它的演出是不走运的。我敢大胆地说，这多半是由于观众水准尚未提高到能够欣赏的地步，尤其是在一切演出皆以外在的因素来吸引观众，投观众所好之时。

《林冲》的剧本相当忠实于原著《水浒》，忠实的程度甚至对话的语言也采用了原著的字汇与口语。比如"咱个""休得"等。戏剧的语言，我以为是中国剧作者最首先要加以讨论解决的问题。通常剧作中有几种语言：一、译剧或外国剧本的改编中的语言大多欧化；二、古装戏历史剧颇多四六骈体和半文半白；三、"京派"的北京话土白；四、"海派"的上海话；五、像《林冲》中似的旧小说口吻。这五种语言中，欧化当然不应该。文言的字句，古装戏不妨在相当的限度下采用一二，可是像《文天祥》那般，未免使观众费解。北京话土白有许多已普遍化了，比如"甭"为"不用"，"别"为"不要"，"一个镚子"即"一个子儿"等。在普及"国语"或产生一种中国的普通话一点而论，话剧是颇有功效的。可是有许多北京土白或比喻，非北京土著根本就听不懂，这一类土白，当然不应该写入剧本中的。至于上海话，一向为"京派"所瞧不起，但也得看情形。上海的口语如"十三点""寻开心"之类固然也如北京土白一样要不得，然而把"你不要去"非改作"你别去"不可的"京派"也不见得比"海派"高明多少。最后《林冲》中的水浒口吻,看剧本时也许使人感到一点亲切的时代味,然而这毕竟是过去时代的语言,用于现代人写的给现代人演和看的剧本中,总不免有些不顺口。

《林冲》的故事有充分的戏剧性,然而与《文天祥》或《清宫怨》比起来,却嫌不够热闹,这大概是因为人物过于简略以及没有把其时的时代背景写入的缘故。林冲这一人物的性格,主要一点是他的英雄的与凡俗的之间的矛盾,在第三幕发配休妻时,已表现得淋漓尽致了。野猪林一幕太短,只能与火烧草料场并成一幕看。

与佐临过去的作品比较起来,《林冲》可以说是相当细腻,一反过去技巧至上的作风。尤其是第三幕林冲休妻一场,感情之浓郁,甚至使观众也情不自禁而欷歔泪下。第二幕青白色的顶灯,使白虎节堂添了不少威严恐怖之感。最后一幕开打,甚有戏剧效果。

石挥演林冲,英武有余而飘洒不足。第三幕发配休妻,颇有秋海棠老境景象,演这种苦戏是他所擅长。田振东的鲁智深可说绝了。其余王骏、乐遥等俱在水准以上。白文演老军,戏少而味足,颇给林冲添了不少身世之感。

《杂志》1944 年 6 月

《牛郎织女》——入世的神话

《牛郎织女》是一出凡俗的，没有诗意的神话剧。

吴祖光的剧本有一个特点：故事很单纯。换一句话说，他的剧本的故事只有纵的叙述发展，没有横的错综纠葛，是写一个人的，不是写人与人的关系的。比如说《文天祥》是文天祥的勤王奋斗史，《风雪夜归人》是伶人魏莲生的罗曼史，《林冲》是写林冲个人遭遇，《牛郎织女》也是写牛郎的上天之梦，一个非常单纯的神话。

虽然是神话，作者还是有其自己的哲学思想。流俗的神话剧，是"为神话而神话"，《牛郎织女》却有其主旨，即是"天上即是人间，人间即是天上"。牛郎不耐于尘世，想到天上去找自己的梦，上天之后，他又发觉天上不过如此，与人间差不多，还是回到人间来了。这多少启示了我们不必空洞梦想，要从现实中找寻满足。尤其是戏的结尾，老牛脱去牛头套，向台下观众致辞，这种"戏剧即是人生，人生即是戏剧"的思想，更强调了主题。

因为主题是现实的，全剧就不必要一种诗意的朦胧感，所以我说这是一出凡俗的神话剧。不仅是剧本如此，导演也如此。这剧本如果落在费穆先生的手中，我相信诗意与情调将格外加强，正如《杨贵妃》的末一幕一样，可以予观众以一种缥缈的感觉，神话气味便很浓了。然而在主题一方面，表现也许会模糊一点。相反，在黄佐临先生的导演下，诗意固然没有，可是主题却明朗。即使是云彩、灯光、舞蹈、音乐等特别强调，整个戏看来是缺少一种境界的美的。

　　总之，《牛郎织女》因牛郎独白冗长，且现实多于幻想，剧本就有沉闷之感，然而经导演以舞台技术之渲染，演出遂热闹生色不少。尤其是第四场风伯等的舞蹈，彩色的灯光，伴奏的音乐，实开中国话剧的新纪元。佐临先生把中国传统的旧剧中的舞蹈，技巧地用于话剧中，其意义尤为重大；过去阿父夏洛穆父曾主持演出过舞剧《古刹惊梦》，然而毕竟因是外人关系，多一层间隔，结果并不十分圆满，《牛郎织女》在这一方面的贡献，实是这次演出的最大成功。其次，服装与灯光色彩之调和与优美，也是导演者苦心造诣之一。过去古装戏服装，色彩并不十分留意，缤纷而杂乱，没有如《牛郎织女》一种单纯的调和之美。正如五彩电影之出现于电影界，《牛郎织女》的注重彩色想也可以在话剧界起一视觉上的革命吧。

《杂志》1944 年 9 月

没有童年记忆的童年

我对自己的童年已没有太多的记忆，这也许是因为我的童年太平凡，也许是因为一提起童年，不免对它有一种浪漫、怀旧的想法，而绝大部分是从读别人童年回忆的文章中得到的。因此在自己的记忆中找不到这种情趣时，就觉得自己没有常人所云的童年了。比如，我就记不起自己有过捉蟋蟀或摸鱼的经历，或者爬树或偷果子的冒险，因此要我写什么童年记忆，实在乏善足陈。如今只能把我记忆中有关童年的往事写下来，聊以应命。

说来奇怪，在我回忆中所记得的往事，不论在童年还是在成年以后，印象最深的，往往是一些回想起来十分难堪的事。我心中常常在想，为什么在许多人写的回忆录或自传中，都不乏自幼聪颖过人或者英勇投身的光荣经历，而我的记忆中却尽是虽不是见不得人却不好意思公开的难堪或屈辱的事呢？也许就是这个原因，我对于要我写回忆文章的约稿总是能推则推，能拖则拖，免得丢丑露怯。实在推不开去，只好应命，但是在多半的情况下，总是使约稿的朋友十分为难。不发表吧，怕对我无法交代，发表吧，又怕对读者无法交代，因为一般读者总是希望从这类文章中得到一些教益的，如今读到我这样索然无味的东西，一定要大失所望的。这只好请读者多多包容了。

我对童年的第一个记忆是我的曾祖母，在我会开口叫她"阿太"时，她在我的童年印象里就是个满脸皱纹的瘦矮老人，只能坐在客堂前的藤椅上晒太阳了。这是我对她的唯一记忆，她是怎么死的，死时的葬仪怎样，我已一点也没有印象了。

　　我的童年的第二个记忆是几近无理取闹的撒娇。当时大约是三四岁，有一天早上醒来发现只有我独自躺在床上，父母和哥哥都已起床下楼了，我就大哭起来。这时父亲在楼下闻声赶紧上楼来背我下楼，但我哭个不停，下楼以后还不能"解恨"，要我父亲再背我上楼，然后下楼，作为"惩罚"。父亲虽然笑呵呵地答应了，可是第二次下楼以后，却遭到了母亲的一顿痛骂，实在得不偿失。

　　在我的印象之中，父亲似乎比母亲和善，对于我的无理要求，总是尽量迁就满足的，这也许是因为他白天上班，很少见到我们孩子之故。而母亲在家，白天总是在一起，我们兄妹又多，难免令她心烦，因此我的印象之中，我是常常遭她叱斥的，这一半也是我过于"娇生惯养"之故。比如我吃饭挑食，这个不吃，那个不喝，晚饭时满桌子菜，我总抱怨"小菜不好"。父亲这时会建议到附近买些熟食，也许一半是为了他可以下酒，而母亲则要"横加阻拦"，说："有鱼有肉，你还想吃什么？"也许就是因为挑食之故，我们兄妹五人，除了我以外，个个身材高大，只有我又瘦又小，后来到二十几岁时，还是这样，夏天脱去衣服，常被同学笑为纳粹集中营的犯人。

　　接下来的记忆就是满六岁时第一天上学。那是离家不远的一个私塾，虽说私塾，实际上是个私人教师办的小规模初小，教的已不是四书五经，而是国民政府的小学课本了。我记得上学那天是由住在隔壁的大姑父背着去的。私塾是一间大堂屋，只有一位教师，学生不分年级都坐在一起。第一天去，老师怕我不熟悉环境，有意安排我坐在已上三年级的哥哥身边。我哥哥有意逗我，我却一本正经地举手告状说："老师，小阿哥打我。"逗得满堂同学哄笑，老师也忍俊不禁，一边笑，一边故意斥责道："鼎山，不许吵!"

第一天上学后还有一件高兴的事，是放学回家后，母亲已熬好了一大锅红糖姜汤，我喝得津津有味，母亲却怜爱地说："头一天上课这么高兴，以后苦头有你吃呢!"红糖姜汤又甜又辣，寓意即在于此。

果然，上学后不久"苦头"就开始了。除了老师布置的作业以外，母亲规定我每天要习大楷小楷。写大楷倒不难，先从描红开始，再在米字格上临摹，字帖是柳公权的。到了大楷稍微成形以后，就开始习小楷"灵飞经"，这可是苦差事。孩童一般贪玩，没有耐心，往往随便涂抹，这时就会冷不防地吃到"毛栗子"。不知母亲是在什么时候站在我的后面的，一见到我不好好写字，就会用弯曲的中指骨节打我的脑袋。这大概就是她早就警告我的"以后苦头有得吃了"的原因吧。

难忘的三家图书馆

在我一生之中，有三个图书馆对我的成长起了很大的作用。

第一个是史量才图书馆，那是《申报》办的，设在《申报》馆附近的一个大楼里，我已记不清是在南京路南边的汉口路上还是九江路上了。那时是抗战开始后的第二年，我就学的中学从上海西郊一迁成都路，二迁汉口路上的证券交易所大楼。史量才图书馆就近在咫尺。我课余就从那里借书回来阅读，有时星期天逢到下大雨也撑着一把雨伞去。所借图书多半是国内外左翼文艺书籍，对我的启蒙起了很大的作用。

第二个图书馆是我上了圣约翰大学以后的大学图书馆。在上大学以前，我都是通过译本来接触西洋文学的，进了大学以后，堂上教授讲课，课后指定的必读和选读的参考书都是英文，因此我开始直接从原著阅读西方文学作品。这时我的英文基础并不怎么好，但就是这样直接阅读原著方才领略了其中的美妙，方才惊喜地发现世界文学宝库是这么一个富有魅力的神奇的世界。尤其是大学图书馆收藏甚丰，一般学生虽然不能像教员那样直接进书库，但是只要你递上了借条，几分钟之内工作人员就从里面把书给你找来，可以在外面阅览室安心阅读，哪怕只有课间一小时空隙。我的第一篇翻译习作就是在这里完成的。至今令我难以忘怀的是我在这里中英对照读了克罗齐的《美学》和朱光潜的开明版译文。我把这一阶段称作我的第二次启蒙。

第三个图书馆是当时公共租界工部局（相当于市政当局）设

在福州路一家钢筋水泥建筑楼上的，名字就叫工部局图书馆。这个建筑的底层是著名的四马路菜市场，楼上除了这家公共图书馆以外，上面还是上海交响乐团的驻地。我为什么去这家图书馆？因为大学图书馆再好，书库只对教员开放，不对学生开放。而这家图书馆却是对公众敞开大门的，只要你有身份证明，就可以进书库到处浏览，所需图书都可借回家去阅读，定期归还。馆内收藏的图书不言而喻都是英文原著。我在后来"闭关锁国"时期苦于无书可读时，常常做梦到商务印书馆和工部局图书馆去觅书，只是书架上已找不到我要读的书了，可见这在我的潜意识中的影响何等深刻。

我在上海孤岛时期的文艺活动

所谓"孤岛文学"一般指的都是日本侵华后上海租界地区内的文学活动。严格地说，我在上海的文学活动主要是"后孤岛"时期，即日军在太平洋战争爆发时进驻租界之后的后时期。

不过，我的文学活动最初是在孤岛时期开始的。在柯灵同志主编的《大美晚报》副刊《浅草》上，我曾用田禾笔名投寄过一些短诗，居然给登了出来，那是作品第一次发表，好不兴奋。后来诗刊《行列》曾在封一、封二刊登过我的一首比较长的诗，这也是我自己投稿的。到了中华人民共和国成立之后，我才知道《行列》是关露、蒋锡金等主编的。诗刊出不久，我的一个经香港去昆明升学的同学邹斯履（后来《人民日报》写国际问题评论的施旅）寄一张剪报给我。那是袁水拍在香港《大公报》副刊上发表的一篇文章，介绍了《行列》，还引用了我的那首诗，这又使我好不兴奋。接着我为《青年知识》编了几期文艺稿件，一直到它停刊。后来在转学到另一中学时认识了同学刘骏仁（即后来成为苦干剧团演员的白文），他知道我写诗，出示了他发表在《青年知识》上的诗，原来就是我的"慧眼"所选用的。两人哈哈大笑，又是一阵好不兴奋。从此我们成了莫逆之交，他在三年前（1990）病逝前在病床上挣扎着写的自传里还提到这段文字因缘。

这个时期我还写过一篇小说，写的是当时学生反对学校向汪伪政权教育当局登记的活动，半纪实性，无论从哪一方面来说，肯定极其不成熟。一位朋友说拿去请文艺界的人看看，不久就退回来了，附了一些意见，显然不够成熟。过了一段很长的时间，我仍不死心，把它寄给《小说月报》。想不到《小说月报》不久就来信通知我，他们决定刊用这篇小说。但是不幸的是，小说还没有刊出，太平洋战争爆发，日军进驻租界，刊物被迫停刊。我的"孤岛文学"活动就此结束。

这时白文在费穆主持的一个剧社当跑龙套的小演员，常常带我去卡尔登（今黄河）大戏院看白戏，由此认识了阿芒（王季琛）等戏剧界朋友，学到了一些剧场知识，那是我在大学里欧洲戏剧课或莎士比亚课上学不到的。我白天在大学里听王文显和姚克的课，下午看排戏，晚上看白戏，手头就痒了起来，写了剧评，投到当时新创刊的大型刊物《杂志》。我至今没有弄清楚这家刊物的背景，只知它的老板是当时伪江苏省教育厅长袁殊。袁殊原名袁小逸，曾留学日本，参加过"左联"，他办的这个刊物至少从内容上来说是正经、严肃的。日本投降后，有人说他去了新四军。1952年我在亚太和会翻译处英文组工作时，曾在晚上值班改稿时见到他在日文组改稿。至于他当时在敌后是什么身份，就不得而知了。

我在《杂志》上用麦耶笔名写剧评，前后有两三年之久，可以说是我在中华人民共和国成立前所有文学活动中时间最长的。现在回想起来，当时我写的那些东西多半是少年孟浪的信口雌黄，可能还惹得某些前辈的不快。不过令人意想不到的是在四十年后的1982年，又因此结了一段文字因缘。我到美国康奈尔大学作访问时，发现接待我的年轻教授爱德华·耿恩（华名耿德华）在哥伦比亚大学出版社出了一本名叫《不受欢迎的缪斯》的书，写的是敌伪时期北平和上海的文艺活动，其中评述上海的戏剧活动时，所引用的材料就是我在《杂志》上发表的剧评，这时我已兴奋不起来了，感到的只是惶恐（这里附带提一下，《大百科全书》孤岛文学条目中把我列为当时培育出来的翻译家，那是过誉了。当时我在大学读英国文学专业，还没有从事翻译）。

日本投降，抗战结束，我也从大学毕业，开始为生活奔走，从此中断了我的写作生涯。

　　［注］本文是为 1993 年上海孤岛时期文艺活动纪念会准备的发言稿，后因故未到会，由李子云宣读。

魂牵梦萦忆商务

其实，不论从哪一方面来说，我同商务印书馆都没有历史上的渊源，今天在商务创办百年之际来写这篇短文，难免有附骥之讥。不过在我人生的成长的道路上，商务出版的图书可以说是对我起了二次启蒙的作用。

抗日战争开始的时候，我正在上海读初中，以生活书店出版的书刊为代表的左翼文化是我人生路途上的第一次启蒙。到了升入高中以后，我在课余经常闲逛福州路浏览生活、开明等书店的图书，有一次觉得意犹未尽，信步向东，走到河南路口的商务印书馆。一进去我就给店堂靠里的地方两个乒乓球桌大小的桌子上所堆的一批廉价书吸引住了，就仿佛发现了什么宝藏一样。我如今已记不清我在那里究竟发现一些什么书籍，不过可以肯定地说，我以后几年中，在那里读到的西方哲学、美学、文学著作构成了我当时的二次启蒙的基础。其中印象最深的是丹麦文学评论家勃兰克斯的《19 世纪欧洲文学流派》，它到现在还影响着我的文学观点。我甚至把朱光潜译的克罗齐的《美学》也归于这一类，尽管我清楚地记得那不是商务出版的，但这却是在我二次启蒙的范围之内。足足有两三年之久，我几乎每月一次从我静安寺附近的住家，横穿上海市区，到商务的廉价书处理桌边上去徘徊流连半天。如果发现一两本想读的书，就如获至宝，把仅有的几块零用钱花在上面。平时上学就不坐有轨电车的头等车厢，挤到充满汗臭的三等车厢上去（那时电车只分头等、三等，没有二等，坐头等的是身穿长袍或西装的体面人士，坐三等的是着短打的下层居民）。

　　等到我进了大学以后，粗通英文，能够阅读原著，而开始我的三次启蒙时，我到商务去的足迹就渐疏了，改为到福州路半道上一个新式菜市场楼上的租界工部局图书馆读开架英文原著了。

　　但是商务给我的西方文化启蒙教育，至今仍在起着作用。我用"魂牵梦萦"这一句话做这篇短文的标题，并不是想用什么陈词滥调来卖弄辞藻，而是确实有事实依据的。在50年代和60年代，我曾经做过一些反复出现的梦，即使醒来后梦境也往往徘徊不散，使我心中感到怏怏不快。其中一个就是我满怀希望兴冲冲地到商务印书馆或者工部局图书馆去，想去寻找一本我所想望一读的书，结果往往是找不到商务或者图书馆了，或者是即使找到了，里面书架都不见了，或者是即使书架在，那本我要找的书却不在了……总而言之，是乘兴而去，败兴而归。醒来后仍懊恼万分：当初为什么舍不得钱多买几本书，否则现在也不至于要想读书也无书可读，只好到梦境中去寻觅了。

　　不过这个连续出现的梦倒否定了我在二次启蒙阶段读到的弗洛伊德的梦境理论，他把什么梦境或心理问题都归结于性压抑也许有些牵强附会。我倒比较相信我们中国人的一句老话：日有所思，夜有所梦。

梦中依稀忆上海

病中无聊，正经八百的书看不动，武侠言情之作又不屑读，幸有老友沈昌文兄不辞劳苦，从外地回来时总肩负一只中学生沉重书包给我送些我感兴趣的读物来，慰我寂寥。雪中送炭，此情令人铭感。甚至病房护士也说："董老，你可以在这里开个图书馆了。"

最近他从上海带来一本奇书，是旅德学者钱定平先生编译、由辽宁教育出版社出版的画册《海上画梦录》。说它是一本奇书是因为画家希夫是20世纪30年代起在上海做客直到二战结束才离去的一个奥地利年轻画家。一个外国人，年纪轻轻，千里迢迢来到东方这个神秘古国，能够摒弃绝大多数西方人对中国人和中国社会习俗的自私愚昧、落后的先入偏见。他用他独特的素描与漫画相结合的笔法，活灵活现地画出了当时上海社会的众生相，生动而又写实，表面看似幽默，实则悲天悯人，充满了对被欺压的中国人的同情。但他毕竟是西洋人，正如中国人心目中的西洋人都有一只大鼻子一样，从西洋人的审美观点来看，中国人也都是吊眼皮、小眼睛、塌鼻子、高颧骨。但你看了他所画的这种形象，不觉其丑，也不感到"辱华"，反而感到又熟稔，又亲切。他最后有一幅画，把他笔下各色人等的中国人都围坐在一张圆桌边，标题是"我喜欢中国人！"，这是他的宣言，他的告白，他观察了在某些西洋人笔下的丑陋的中国人后真情的流露，这才是时下不少人称颂的真正的"中国心"，比起反复出现在一些记者笔下的某些高等或外籍华人，他的情操要高尚得多了。

西洋人记述、描绘和剖析中国近代社会和中国人民特性的书籍不少，其中有费正清、史景迁那样的公认汉学权威的学术著作；有近年来汗牛充栋的记者实录（这些多半是他们在驻华任期满后根据平时采访记录而敷衍成书的）；甚至还有更早的一个世纪以前传教士们的中国社会风尚和生活习俗的描写和分析，毛姆等文学大师生花之笔写下的富有异国情调的小说。但洋洋数十万、数百万字的原著，在我看来都抵不上希夫的寥寥数笔，传神地勾画出了中国、主要是上海沦为半殖民地后的实际面貌，中国人的求生挣扎，以及民族尊严的丧失和心理的扭曲。

希夫于1930年到上海，一直待到1947年失望离去，在这十七年的时间里，他以独特的写实和浪漫相结合的笔法所画的一百多幅漫画和人物速写，全面概括了当时半殖民地上海的风貌。他笔下的芸芸众生有囤积居奇、脑满肠肥的奸商，趾气高扬的洋行老板，阿谀奉承的买办仆欧，卖笑的妓女、舞女及后来的吉普女郎、贩夫走卒、黄包车夫和他们的克星印度"红头阿三"（这是香港传来的对警察的"尊称""阿sir"，到了上海人的嘴里成了鄙夷之辞，在挨了警棍之后，骂一句"触那红头阿三"，多少满足一下阿Q式的报复心理），末路王孙白俄、日本鬼子、美国水手和大兵，甚至东欧来的犹太难民……形形色色，无奇不有。

我一打开《海上画梦录》，就有一种似曾相识的感觉：是我在三四十年代曾零星见到过希夫发表在当时少数几家英文报上的作品？这固然是一个原因，但主要的还是他的生花之笔，惟妙惟肖地把一个逝去了的时代从我们忘却的记忆中追了回来，再现在我们的面前。对于我这个为时代潮流所挟裹、背井离乡已近五十年的老上海来说，不免由此引起许多触景生情的多愁和怀旧。我对每一个来探望的朋友都介绍，你要从视觉感官上来了解旧上海吗？

请读这一本画册吧。它带给你的感受胜读十本什么《旧上海内幕》之类的小报文章式集子，概念化、公式化和定型化的平庸之作。它们也许可以为你提供不少秘闻、隐私、内幕，但究竟是道听途说还是实话实说就很难说了。但有一点是肯定的，大部分作品都是按照相沿已久的黑白分明的口径画出来的脸谱，久读令人生厌。同样值得推荐的是编者卡明斯基为画集写的长文。以一个足迹没有到过旧上海的奥地利人写的分析上海社会背景的文章，其洞察力和深度远远胜过西方的一般汉学家、社会学家、近代中国史专家。还有编译者钱定平虽然出生晚了一代，所见旧上海已是孩提时代的模糊印象，但对上海社会的了解的深入细致和剖析的鞭辟入里，却是后人无可望其项背的。

俱往矣，大江东去。三四十年代的上海恐怕即将成为过眼烟云，湮没在历史的长河中去了，再过二三十年，还有哪个上海人会有以前半殖民地时代的上海的记忆呢？

给别人译文做审订工作半辈子，瑜中求疵，几乎已成了我的职业习惯。《上海画梦录》中有两处译文似乎值得商榷：一是第九十四页的一幅画的说明 "Erecting Fortifications!" 似应译为"筑起防御工事！"而不是"立正！加强防御工事！"，Erecting 并无立正之意。一百三十九页上少年学抽烟这幅画中的英文报纸 *North China Daily News* 是英国人在上海出版的老牌英文报纸，其中文名称为《字林西报》（星期刊），而不是画册中文说明中的《华北星期日报》。另外还有几处手误：扉页上"一位外画笔家笔下的旧上海"和第八十六页中文说明"妓女、嫖客和剥削她们的鸠（鸨）母"。这些不过是小疵，无损于这本画册的价值。

战争的年代的延迟反应

　　抗战八年，这其中包括欧战六年和太平洋战争四年，我都是在上海度过的，足迹不出原英、法两租界的范围，既没有战火纷飞的难忘经历，也没有神秘惊险的地下生活，因此实在没有什么可以回忆的。但是作为个人来说，这八年、六年和四年却是我从一个单纯的少年成长为成熟的青年的时期，从学业上来说，正好是我从进中学到大学毕业的过程，从事业上来说，我从一个文艺爱好者开始选择了写作的道路。因此这一段生活对我个人以后的人生道路是有决定意义的。

　　去年9月我曾到香港中文大学去访问了一次，在一次座谈中，曾经有人问我为什么选择了《西行漫记》《第三帝国的兴亡》和《一九八四》三本书来翻译。我的回答是这同我个人的少年成长时期社会对我的影响有关。尽管我译这三本书已是二十年或三十年以后的事，但是这种影响还在，我的翻译也许可以说是一种延迟发生的反应（delayed reaction）吧。

　　我第一次读到《西行漫记》是1938年上海复社的译本。那是我的同学邹斯履（后来是《人民日报》和《世界知识》国际问题评论员）作为入党前教育的一本必读书介绍给我阅读的。这本书可以说是我人生道路的第一个转折点。当时海内外有不少青年正是读到了这第一本正面的客观的介绍中国共产党的抗日主张和活动的书而投奔革命的。邹斯履和我都是其中的一个。可是奇怪的是，中华人民共和国成立以后，斯诺这本为中国的革命做出贡献的有历史意义的书在国内却销声匿迹没有再版，甚至没有人再提起了。倒是在香港和海外其他各地不时有盗版本行销。这其中的奥秘，无人能够知晓。不过有一点是肯定的，"文化大革命"中对中共历史的歪曲和对革命元老人物的诬蔑之所以能够欺蒙这么多的"革命小将"，正是过去缺乏有足够透明度的历史教育所造成的令人遗憾的恶果。把历史还它一个本来面目，这就是我接受三联书店邀我重译《西行漫记》的原因。当然，这本书是一位外国记者写的，尽管他对中国人民极为同情，对中国人民的前途极为关注，尽管他当初在采访和写作时努力做到公正和客观，但他毕竟是个外国人，以他的著作来还中国革命的历史本来面目，不免有些不伦不类。这项艰巨而至关重要的工作应由有关部门正式来做。但是，作为一个普通人，除此之外，我还能做些什么呢？

从1939年9月欧战的爆发到1945年5月结束，我虽然身羁上海，但是对这场世界性的大战是一直极为关注的。我先是惋惜英、法的软弱和妥协，后是同情捷克、波兰、波罗的海三小国的被占领和瓜分的悲惨命运，最后终于看到苏联抗德的坚韧不拔和美国最后参战的决定而高兴。尽管上海在敌伪占领之下的报纸有一定的倾向性，但是欧战和太平洋战争的几个主要战役还是有报道的。我对国际问题的兴趣就是在欧战一开始时这场战争到底是帝国主义之间战争还是反法西斯战争的争论声中开始的，这也许为我日后从事国际新闻翻译工作埋下了种子。

1960年，一个偶然的机会，我在新华社图书馆的书架上发现了威廉·希勒尔（也许因为这译名容易同希特勒相混淆，出版社改译为夏伊勒）的出版不久立登畅销书目榜首的《第三帝国的兴亡》。我借回家打开以后，就被书中所写的历史和作者的生动叙述紧紧吸引住了，以致手不释卷，废寝忘食，花了两个星期一口气把它读完。书中所写的种种史实，我读起来仿佛像旧梦重温那样熟悉，甚至亲切。但是在当时，这一段还是昨天才发生的历史似乎已被只着眼于今天的人们遗忘了。这样一本全面详尽而生动描述欧战历史的书，如果不介绍到中国来，以致造成后代人对历史的愚昧无知，那就太可惜了。因此，我搁下刚刚读完掩卷的长达一千多页的厚书，就给世界知识出版社写了一封信推荐此书，出版社当即回信把书要去请总编冯宾符审读，一个月后通知我要立即翻译出版。第一版于1963年出版，为内部发行，后又由三联书店在1974年出了校订版，也是内部发行，1979年世界知识出版社恢复建社以后出公开发行第一版，至今已印了七次，只是由于版权问题没有解决，否则值此二战结束五十周年之际，它是应该再版发行的。

当初《西行漫记》给了我政治上的启蒙教育。在日本的占领区里，凡是稍有血性的青年都无不向往自由的环境，因此有人去了解放区，有人去了大后方。但是我需要耐着性子留在上海，先是做学生工作，进了大学以后做文化工作。长期在敌伪的统治下，特别是日本的法西斯的管制方式，再加上我所接触到的关于德国法西斯的暴行和统治的书籍和报道，使我对极权主义极为反感。《一九八四》是英国作家乔治·奥威尔在1948年写的一本人类在未来的极权主义社会中自由怎样受到压制，人性怎样受到摧残的政治寓言小说。我到1977年才有机会读到此书，像梦魇一样，我立刻被它所描述的抑压窒息的气氛震慑住了，我仿佛成了一个身历其境的过来人一样。我在少年时代本来有创作的梦想，但后来，久经磨难，如今锐气已尽，再无精力，更无才华来完成那个梦想（也可以说那时候有梦想而无生活，如今是有经历而无激情），唯一能够做的就是选择一本应该译而没有人译的书，聊以自慰，所谓借别人文章浇自己的块垒，大概就是这个意思吧。

失业纪实

"毕业即失业",这是一般用来形容在旧社会中大、中学生从学校毕业以后到社会上找不到工作机会的听似陈词滥调的真理。我在1947年春从大学毕业后也曾有过这样的遭遇,但是平心而论,当时工作机会还是有的,应试的次数也不少,所以没有立即解决工作问题,主观的因素大于客观,这且容我以后慢慢道来。而我以后在新社会里两次尝到失业苦味,却是我所意想不到的。

先说我的第一次失业的经历。

那是在1945年日本投降以后一年多的1947年年初,我刚从大学毕业。还在上大学的时候,我已经在上海的一些报刊上写写文章了,也认识了上海新闻界和文化界的一些人,因此自认为将来毕业以后,在新闻界和文化界找个工作大概不成问题。就在1945年日本投降以后,原来在上海出版的一些大报纷纷复刊,如《申报》和《新闻报》,还有一些报纸从内地迁来,如《大公报》等。它们一时都人手不足,需要招新手。先是《申报》刊出招考记者的广告。当时我心中跃跃欲试,但是我的哥哥鼎山这时已大学毕业,原来在一家小型报《辛报》工作,感到没有什么前途,就想去投考《申报》。我不想兄弟两人同去竞争一个机会(当然双双考取的可能性不是没有,但报馆方面恐怕不会做出这种抉择的),同时考虑到我还没有毕业,将来还有其他机会,因此就放弃了报名的打算。我的哥哥果然考取了,他兴冲冲地去《申报》,在采访主任吴嘉棠的手下当外勤记者。但我记得他当了记者不久就辞了职，转到另一家不若《申报》有名的《东南日报》去当本市新闻版编辑。后来我才知道他不愿当记者而愿意当编辑的原因。《申报》记者吴嘉棠是战前从圣约翰大学毕业的，后来曾到美国著名的新闻学院密苏里大学新闻学院进修，他当时是上海新闻界红人，还身兼英文《大美晚报》主笔。他学来了美国新闻报道中的所谓 muck-raker（搜集社会丑闻）的手法，因此要求采访部的记者每天按照他交代的任务去社会各个角落里发掘和搜集种种丑闻，比如假装嫖客到四马路或大世界去暗地采访妓女卖淫，或者去刺探海关人员贪污索贿，如此等等。从新闻事业的角度来看，这样做是完全必要的，甚至可以说是开创了中国新闻调查性报道的先河。但是对于一个刚刚从大学毕业的稚嫩新手来说，这就有些强人之所难了。后来我想，性格比我哥哥更为内向的我，即使考到了吴嘉棠的麾下，我也是无法在他那里久待的，完成不了任务，不挨他说才怪呢。

我的第二次"谦让"是在《大公报》招考记者的时候，有了我哥哥考上《申报》的事例，当时有不少朋友认为凭我的国际政治知识和写作能力，如果去考，考上是应该不成问题的，因此这次《大公报》招考，他们都鼓励我一试。但是这时又有一位在我之先已经毕业了的平时交往较好的同学要去考，我考虑再三，我终究还没有毕业，何苦急着要与好友去竞争呢？因此我再一次放弃了应考这家中国著名大报的机会。应该说，这是更大的一次的失策，因为那位平时不怎么关心政治时事的同学名落孙山，没有考取，早知如此，我何必"谦让"呢，这使我懊悔不止。不过他后来还是给补选上了，那是靠他父亲托了《大公报》主笔王芸生的朋友去说了情才通融进去的。

在这期间，也就是在日本投降（1945 年 8 月）到我大学毕业（1946 年与 1947 年之交）之间，上海也出版了不少进步的报纸，如陈翰伯、刘尊棋创办的《联合晚报》，柯灵主持的《文汇报》等等，我如果启口向一些左派朋友提出要求，我想他们还是可以为我在这些报纸谋到一个记者或者助理编辑的职位的。后来我知道当时的一些文友如田钟洛（袁鹰）、顾家照都进了几家进步报纸。可是说我生性孤傲也好，羞于启齿也好，我没有向他们申援。而他们大概认为我家境尚可，不愁吃穿，不致急于谋个差使养家活口，因此也没有主动提出来。而且他们大概对我也另有安排，要我在一些文艺青年中进行一些联络活动。在大学还没有毕业的时候，这样做是没有问题的，但在大学毕业以后，我认为应该找个固定的职业，不能在家吃"老米饭"（现成饭）、"孵豆芽"，否则我的父母就会认为我这个儿子不争气，没有出息。但是在两次失去置身新闻界的大好机会以后，等我毕业时，上海各报基本上阵容已定，很少有招考新手的举措了。我只能退而求其次，不问就业机会是否与我意向和兴趣相合，只求有个固定的说得过去的职业就行。

这样，我曾经投考过中国航空公司、美孚石油公司，也曾经由同学介绍到联合国善后救济总署的中国相应机构中国善后救济总署应试，但是这几次应试都失败了。我想主要是与我生性腼腆，在面试时尤其是英语面试时不善应对，过于木讷有关。不过在美孚石油公司应试的那一次，却不是因为面试不过关，而又是我主动放弃的。那次在面试临近结束时，"试官"向我说录取后要分派到内地去工作，问我愿意不愿意。我心里想，如今胜利了，原来为了抗战到内地去的人都大批回到京沪一带来，内地各中心城市都在一度热闹之后复归死寂，怎么能到那样的地方去消耗青春呢？

我遂问他可能是哪些地方,他说是九江、宜昌等长江沿岸的小城市,那原来都是美孚煤油灯的行销地。我一听心里凉了半截,就回答他不去。面试就此结束,我当然没有给录取。出门的时候遇到一位经济系毕业的杨姓同学,他问了我的情况以后,直呼我真是太傻!"你不会表示愿意,等他们录取了以后,培训一两个月,到时候再找个理由不去内地,他们总不能把你开除呀!"我的确是太傻了,什么事情都丁是丁,卯是卯,含糊不得,更不用说欺蒙了。果然,后来偶然在街上与我那位姓杨的同学相遇,他告诉我他已在美孚石油公司上海总公司上班,没有去九江或者宜昌那样的小地方。

在大学毕业以后,这样的求职失败的情况持续了半年之久,终于有了生机。那是我哥哥鼎山申请到美国密苏里大学新闻学院进修成功,定于 1947 年 8 月乘戈登将军号轮船离开上海。他向他所任职的《东南日报》主管副总编辑陈福榆(笔名桑榆,是抗战前后上海的最著名体育记者)提出,把他的本市新闻版编辑的职位让给我。陈福榆是爽快人,一口答应了,但要我去同他见一面。在我哥哥离沪以后,我应约前去了。陈福榆住在北四川路,他晚上值班发稿,白天上午睡觉,下午在家玩"挖花",这是一种比麻将更复杂更刺激的骨牌游戏,在宁波人中间比较流行。我去时他牌兴正酣,招呼我坐下以后,就继续打牌了。我是对下棋打牌概无兴趣的。坐在一旁无事,就捡起丢在沙发上的一本平装本(那时叫袖珍本)英文小说读了起来。这是美国当时的一位专栏作家兼短篇小说家台蒙·伦扬的短篇小说集,写的都是他成天泡在纽约百老汇酒吧间里所遇到的形形色色人物如赌棍酒鬼、妓女乌龟等的故事,性格刻画惟妙惟肖,口语化的语言机智辛辣,十分生动,还用了不少下层社会的切口黑话。而他笔下的这些社会渣滓往往都有一颗金子般的善良的心，在故事收尾处来个使人意想不到的结局，手法可以与奥·亨利媲美。在大学里读了四年正规英语，我还是第一次接触到这样生动的活英语，真是有些如醉如痴，也就不感到枯坐在他们热闹的牌桌边上的无聊，而津津有味地把台蒙·伦扬的小说读了起来。我也不知道读了多久，只听见陈福榆在摸牌的间隙回过头来对我说："这小说我还有几本，就放在茶几底下，你这么有兴趣，就都拿去吧。"我听了大喜，忙去茶几底下找了出来。这时陈福榆又发话了："你早些回去，晚上七点就来上班。"

我在旧社会的失业阶段到此就宣告结束。

我的第二次失业是在1949年上海解放之后。

当时我在美国新闻处上海分处工作。这是半年以前冯亦代介绍我去接替他的太太郑安娜的职位的。郑安娜早在重庆的时候就在美国新闻处工作了。当时在抗战期间，美国新闻处后来在美国著名文学家费正清的主持下，与当时在重庆的进步文人是有不少来往的，据我所知，刘尊棋就在那里工作过，郑安娜在美国新闻处为龚澎、乔冠华等起了某种程度的联络作用。在郑安娜离职以前，她曾经拿些赵树理的小说要我译成英文推荐给美国记者去阅读和介绍给美国出版界。她为人朴素无华，在我的心目中觉得她大概是个地下党员。如今她辞去美国新闻处的工作，要到中国福利会去当宋庆龄的秘书了，正如冯亦代告诉我的，她不想随便让别人去占这个职位，有意找个信得过的朋友，这才找到了我。我在那里工作还没有满半年，上海就解放了。解放之初，美国新闻处照常工作，我记得还曾有解放军来借二战新闻片到营地去放映，后来听说遭到了夏衍的批评。不过不论是美国领事馆还是美国新闻处都似乎没有关闭或者撤出的打算，他们还从福州路江西路口上的建设大厦搬迁到北京东路外滩的原美国海军总部大楼，新闻处在一层，搬迁时还大事装修一番，但到装修还未完毕时，领事馆和新闻处都得到通知要关闭了。美国人要撤出自不待言，至于在那里工作的中国职工，当时就在几个地下党员的组织下，向美方提出要求发给遣散费，以便另谋生路。

但是在领到遣散费以后，并不是所有的人都谋到生路的，一些地下党员都到外事部门去工作了，原来新闻处一个管中文翻译的邓树勋，不愿与美国人翻脸，就中途退出，悄悄地去了香港，后来听说又在香港的美国新闻处工作，至于其他大多数人则一时都赋闲在家。这样就开始了我第二次的失业。

其实，如果不是想找个通常意义上的职业，当时一般年轻人找个出路还是有的，不是有很多的学生报名参加了南下工作团，或者成年人参加了革大去学习吗？但是在我心里，总有一些思想障碍，迟迟没有采取这个行动。一是我认为年纪已大，过去十来年中多少与革命有些缘分，要我像天真无知的孩子们去参加南下工作团，不免有些"屈尊"；至于革大，更是谈不上了，我又不是国民党的"残渣余孽"，为什么要去经受这种我认为是"自我侮辱"的"考验"。不过，从骨子上来说，还是因为我早已失去了年轻时的热情，对于社会变革采取了冷眼旁观的态度，这才迟迟不想投身其间。

就在我迟疑之间，报上刊出了华东新闻学校招生的广告，期限是半年，结业后即分配工作。这对我来说，倒是个对口的出路。因此我就去报了名，在考试的那一天，看到考场上坐的大多数都是比我年轻得多的稚龄青年，我倒没有"不屑为伍"的感觉，反而增强了我的必胜的信心。可是出人意料的是，等到发榜时，我竟然名落孙山！我自问不论作文、史地、国际知识，甚至政治都考得不错，怎么会败在那些没有新闻工作经验的毛孩子们之手呢？这个谜，我很久未能揭开，直到后来在历次政治运动中发现有的人隐瞒了家庭出身和历史却得到了信任，不仅入了党，还担任专案工作，审查其实问题不大而老实交代的人的历史，我才悟到也许是我太老实了，在填报名表格时把我学生时代入党、脱党的历史和后来在国民党新闻机构和美国新闻处工作的经历都如数详细做了交代，以致政审者对我望而生畏。

这次失利，我还没有缓过气来，报上又刊载了北京新闻学校招考的消息，有了华东的惨败，我已没有勇气再做第二次的尝试。接着又有北京外语学校（即后来的北京外语学院）招考的消息。我的一些大学时代低年级的同学都去报了名，还来约我一起去赴考。我不免心动，当时想得很单纯，以为新闻工作在政治方面要求严，外语工作无非是翻译这种技术性的工作，我也许有考取的希望。但是我的一位进步朋友，当时已在上海军管会外事处工作的刘邦琛却说，你何必跟孩子们去凑热闹，你如果想做翻译工作，这几天正好有个朋友从北京来，为北京的一个机构招外语人才，住在百老汇大厦（即后来的上海大厦），我介绍你去面试一下吧。当时郑安娜和美国新闻处另一位同事郁怡民（郁风的三妹）都已经录取，准备北上了。那天由郁怡民陪我到上海大厦找一位姓蔡的同志，后来知道他是为中华全国总工会的国际联络部来招募外语人才的，因此我虽然未蒙录取，却并不在意，因为我并不想做国际交往的口译工作。至于没有录取的原因，大概仍是口试不善应答的缘故。

郁怡民看我有些失落，于心不忍，想另外设法帮我找个工作。这个时期，即上海解放前后不到一年的时间里，郁怡民是我唯一能够敞开心扉谈一谈知心话的朋友。我们是在美国新闻处共事时认识的，她们一家——她的母亲郁华烈士的夫人、郁达夫的嫂嫂和她的大姐郁风和姐夫黄苗子——都是冯亦代夫妇的好友。郁怡民是中西女中毕业，抗战期间去内地入复旦大学外语系，复旦迁校回上海后她才毕业，也是经郑安娜介绍进美国新闻处的。我们在美国新闻处共事时，由于兴趣相投，性格接近，因此常常在一起聊天，有时一起吃顿午饭或看场电影。我在同她接触时几乎并不意识到她是异性，而只是感觉到她是个可以无话不谈而善解"我意"（不是一般的"人意"）的知心朋友。在她之前，我并不是没有相熟的朋友，但那些朋友大多比我年纪大一两岁，甚至四五岁，同他们在一起，我总感到有些胆怯或者腼腆，闲谈之中，我总是只有听的份儿，而很少说话机会，他们只是从我交往的朋友和所写的文章中来了解我的，想当然地以为我是个左派青年。比如在 1949 年初，有一些进步文人到香港去了，我也曾向冯亦代透露过想去香港找工作，问他能不能把我介绍给什么熟人。冯亦代不以为然地说："上海快要解放了，你去香港干什么，他们是因为国民党要抓他们才不得已去香港的。"他哪里知道正是上海快要解放了，我才想去香港的。不过我不能把心底的想法，哪怕是感情，流露给这些朋友。但我可以毫无顾忌地向郁怡民说出我心中的顾虑，我对未来的疑惧，甚至我对所谓资产阶级生活方式的留恋，对丧失个人自由特别是思想自由和言论自由的悲哀。我不知道她当时心里是怎么想的，不以为然？还是抱有共鸣？但至少从她愿意听我的诉说来看，她还是能够听得进去的。也许可以说，我有生以来第一次在一个女朋友面前不感到腼腆，不感到木讷，不需要故作矜持，或者曲意讨好，我有时还陶醉在自己满以为是一针见血的独到见解和不免尖酸刻薄的俏皮话中。只是过了大半辈子，历经政治风雨，20世纪80年代初我们有一次在街上偶然相遇，她邀我到她近在咫尺的家中吃一顿从食堂买回的午饭时，她才向我说了她的反应："当时我虽然心中感到有些共鸣，但是总觉得你过于悲观了一些，好像生命之火已经熄了。现在回想起来，应该佩服你的先见之明。"（愿她的在天之灵安息！）

不过这是后话，暂且不提。现在来说说郁怡民介绍我去见谁找工作：大家都景仰的文化界前辈夏衍。当时夏衍是军管会文管会主任，也许是因为家眷还没有到解放不久的上海的缘故，逢到星期六晚上，他常常到郁风家去尝尝她母亲做的晚饭，因此郁怡民向他提出来有个以前美国新闻处同事想找工作。夏衍一口答应了，叫她约我持他的介绍信到河南路九江路口的军管会文管会办公处去找他。我记得那天是炎热的下午，我在约定时间到了那里，门口站岗的解放军看了我所持的夏衍亲笔信，就让我上二楼他的办公室去。我上了楼，直奔他的办公室，当时并没有像后来一般领导同志那样在外间有个秘书接待。我敲门进去后，递了他的亲笔信，他看也不看，就撂在一旁，一边继续批阅文件，一边叫我在窗边的沙发上坐下。过了几分钟，等他批阅文件完了，这才抬起头来，看了我一眼，然后就拿起毛笔，在一张八行信笺上飕飕地写了起来。写毕，他把信纸叠好，放在一只军管会文管会的大信封里，交给我说："好吧，你就持这封信去联系吧。"我没有想到这事这么干脆利落，他连我的简况问也不问——也许郁怡民已经告诉他了——就开了介绍信。我欢喜不迭地接了过来，谢了一句，就离开了他的办公室。到了街上以后，我才打开没有封口的信封，迫不及待地抽出介绍信来阅读。一看之下，我的心凉了半截。不是说夏衍没有诚意为我推荐，随便打发我到一个我所不愿意去的什么冷衙门去，而是他太看重我了，竟介绍我到军管会外事处去工作！稍具一些政治头脑的人都知道，像外事处、公安局等都是机要部门，他们怎么会录用我这样一个连普通新闻训练班都不录用的政治背景不明的人呢？因此，我对此项求职不抱什么希望。何况夏衍要我去见的外事处的工作人员，不是别人，正是我的朋友刘邦琛！我知道刘邦琛抗战期间曾在香港和重庆工作过，同进步文化界的许多人士如乔冠华、袁水拍、冯亦代等过从甚密。他的母亲是英国人，他本人又受中国的传统教育和西方的文化熏陶，中英文都很好，有这样的政治背景和学历及工作经验，到外事处工作自然完全够条件的。但他毕竟不是党员，在外事处恐怕只是个普通工作人员，不见得有人事决定权。他接到夏衍的介绍信后，还不是转交给有关的负责同志，顶多为我美言几句而已。当时他收下信以后，也只是说："好吧，我给你转上去，你回家等吧。"

这一等又是杳无音讯。我打电话去问，开始他说还没有回音，过了几个星期我再打电话去问，接电话的人说："刘邦琛病了，是肺病，需要休养一个时期。"我就没有向接电话的人谈我自己的事。反正这事没有希望了，否则他们早会来叫我去上班了，不过我事先已有思想准备，并不存什么希望，因此谈不上失望。我只是奇怪，郁怡民（这时她早已上北京了）在向夏衍介绍我的情况时，为什么不提我在上海曾经做过新闻工作的背景，而只提我的外语。否则，如果夏衍介绍我去上海无论哪一家报馆，或者无论哪个文化机构工作，我想我是大概不会吃闭门羹的。另外，我一直在纳闷，夏衍当然知道外事处是机要部门，不会随便接纳一个政治情况不明的人，而且他一定也知道刘邦琛不是党员，没有人事决定权，他为什么介绍我去找他，而不去找外事处一个比较负责的党员干部呢？连我这样一个人都会想到的问题，难道他没有考虑过？以他的道德文章，待人接物，甚至他同郁家的关系来看，很难说他是随便敷衍的。这个谜直到 50 年代我读了他的回忆录《懒寻旧梦录》以后才得以揭开。当然，这并不是说他在回忆录中提到了我的求职的事，他一生接触的人和事太多了，是绝对不会记得我这个只见一面的青年的。而是我从他的回忆录中了解到了他的为人后才恍然大悟的。那是他担任了文管会主任以后，一个人事干部来问他是哪一级干部他浑然不知的一节。他心目中只知自己参加了革命，做了多年的革命工作，但是从来没有想过自己是属于哪一级别，或者说，多大的官儿。真不愧是文人的本色！他一定是在白区做文化和统战工作惯了，以为在中华人民共和国成立以后仍像他以前在香港和重庆一样，写一张便条给一个老朋友，凭他的面子和交情，什么事情都可以办妥了。我想他后来挨整和挨整复出后反而更受大家的敬重，大概是因为他不是官僚而是文人的缘故。

至于我原来在上海交的一些朋友中，多半是没有什么办法帮上我的忙的。我认为有一些办法的，如 1944 年去了苏北如今以某个纵队的文工队长身份从南京到上海的旧时中学同窗好友白文，介绍了黄宗江去参军，但是他知道我即使愿意去，到部队也没有用，因为我毕竟不是做文艺工作的，他只好爱莫能助；原来在地下以宋庆龄的中国福利会作掩护的丁景唐，自己的工作还没有安排，只能劝我耐心等待，在这期间，到中国福利会的儿童剧团帮助做些工作，但我对儿童工作毫无兴趣；1947 年去了张家口的原苦干剧团的演员陈叙一，这时身穿褪色的解放军黄军装出现了，风度不减当年的西装革履，也劝我耐心等待（也许我如果听了他的话，后来很可能跟他进翻译片厂）；写剧评出身的报人李一（又名李之华）通过以前的地下关系进了人民电台当秘书，但介绍我到一家新办的小报《亦报》去，要是在中华人民共和国成立以前，进一家小报暂时混混也不错，但是如今中华人民共和国成立了，有那么许多正经的工作要做，我去进一家小报鬼混，不是太没有出息了吗？其实那家小报是在夏衍倡议下办的，目的是团结一部分原小报界接近进步势力的报人，如唐大郎、姚苏凤等，同时以群众比较喜闻乐见的形式争取一部分读者。后来它就成了《新民晚报》的前身。当时我的一些朋友进去了以后，像沈毓刚后来担任了副总编辑，吴承惠（笔名秦绿枝）虽没有逃脱丁西之灾，离休前还担任了一届全国人大代表，都比我这个自视清高的茅坑石要有出息得多了。

这时我想，此处不留人，自有留人处。偌大的一个中国，而且是解放了的中国，百废待兴，难道竟没有我的容身之处？于是，我想到了去首都北京找工作。正好这时我原来在美国新闻处的同事陈尧光和王中也想到北京去找出路，我们三人就结伴同行。陈尧光是燕京大学毕业生，在北京多的是师长、同学，果然一到北京就经同学高骏千（后来曾任人民文学出版社编辑）介绍，到新成立的对外文化联络局去工作了；王中从上海提着一只金华火腿去京探访一个世交，看有没有生意可做，就住在那人家里，在如今的美术馆后面的一条街上，我则跟陈尧光一起住在他的一个同学的家里，那是在沙滩附近叫纳福胡同的地方，相距甚近，见面很容易。这里要说一说王中，我当时觉得他有些神秘。王中是山东人，也是圣约翰大学毕业生，不过毕业比我早十二年，早已娶妻生子。他原来在上海一家英文报纸《字林西报》当记者，在上海快解放的时候，到美国新闻处来应聘派到新疆的乌鲁木齐（当时叫迪化）分处工作。他第一次来的时候，是我领他去见处长康纳斯的（后来我在《光荣与梦想》里读到，就是这个肥胖的康纳斯后来从国务院半夜打电话叫醒杜鲁门，报告朝鲜战争的爆发）。当然，他新疆没有去成，就留下在上海分处工作了，其时他在《字林两报》的工作仍未放弃，我曾经问过他，新疆眼看就要解放，兵荒马乱的，你在上海有家有口，到那里去干什么？他笑道，我也知道是去不成的，再说我也不想去，既然如此，先赚它几个月美金薪水再说。原来他同那个与我同时考美孚石油公司的姓杨的同学一样，是个聪明机灵的人，不像我这样死脑筋，什么都当真。到了北京以后，他找的一位世交是何等样的人物，做的是什么生意，他都没有对我们透露过。只是有一次由他的居停主人雇了两辆单座三轮车，送我们出朝阳门，去参观制造著名的五星啤酒的一家啤酒厂，只是后来过了十几年我再出朝阳门，一直到定福庄，都已见不到啤酒厂的旧址了。王中生意没有谈成先回上海了，陈尧光这时已开始上班，我找了一次先我到北京的冯亦代（他就住在王中寄寓的那一家的隔壁，也是一所深宅大院的四合院房子，安排了一些文化人住在里面，如胡绳、丁聪等），他已在新成立的国际新闻局（后来改组为外文出版局）任秘书长，但对我的工作问题，似乎一时也并没有什么办法。我独自一人，在一个陌生的城市里，无法久待，我也没有心境去游览名胜古迹，因此就登车南下，返回上海了。这次北京之行，铩羽而归，虽然谈不上是乘兴而来，败兴而去，多少有些感到失望，加上回去的火车因铁路状况还没有恢复正常，停停开开，足足走了两天两夜，回到上海身心交瘁，万念俱灰，再也不做什么打算了。就是在这听其自然发展的时候，事情忽然有了转机。王中打电话来告诉我，北京新华社派人来上海招聘翻译人才，问我愿不愿意去一试。我问他自己的意思怎么样，他说，他们实行供给制，他有家有口，生活问题无法解决，反正我是单身，如果想去的话，愿意陪我去一试。我想这个工作倒比较合适，既是新闻工作，我的老本行，又是利用我的特长英语，不必当记者去抛头露面到处奔走，符合我的性格。我就同意与他去一试。

去的时候，同王中一起来的还有另外一个年纪较大的英文报记者，王中是通过他的关系才知道有这么一回事的。因此应该说是那个老油子模样的旧报人带王中和我去应试的。接待我们的是两位身穿灰色棉袄的朴实老干部，后来我知道给我们题纸笔试的是一位姓萧的同志，另一位矮矮的姓丁。考题是翻译政治协商会议的纲领，个把小时就完了，那个英文报老油子则在旁与他们瞎聊，吹些不伦不类的牛。试毕出来，王中问我，英文"讲台"（platform）怎么会出现在这个文件中，原来他很少接触左派政治文件，不知道英文"讲台"还有"纲领"的意思。我向他解释以后，他连连拍脑袋"该死，该死！"又笑着说"那你一定能考取的"。考取不考取，我因钉子碰得多了，已不在乎，但是对于以我这样的政治水平，或者起码说知识，居然考不上华东新闻学校，还是感到有些怏怏然，而这位自称政治知识不如我的王中，后来取道香港转赴美国，陈尧光于1983年在加利福尼亚大学伯克莱分校做访问学者时，辗转打听到了他的下落，同他取得了联系，他已是加州大学另一分校的政治学教授了。陈尧光向他提起了我，他已记不起我的姓名了。人生真是无常！

我现在已记不起是当天晚上还是第二天，姓萧的同志打电话来叫我再去一次。见面时他告诉我已被录取，如果我愿意的话，过几天等他们办完了事跟他们一起回北京。我当时就表示愿意。回家后我又接到冯亦代从北京寄来的信，叫我火速持所附介绍信到汉口路一个大楼里去见新华社外文翻译部副主任萧希明和干部处副处长丁拓，那信是外文翻译部主任纪坚博开的，内容大体是兹有冯亦代同志介绍某某人前来应试云云。

这样，几天之后，我就随萧、丁两位二度北上了，同行的还有一个他们另外招来的俄文翻译老头子。车过南京渡江到浦口时，已是深夜，车窗下面叫卖茶叶蛋的声音，夜深人静之时在旅途中听来感到特别凄凉。我心里不由得想起当初我哥哥离家去美国时，冯亦代派汽车来我家门口接我哥哥上杨树浦公和祥码头，看着我哥哥兴冲冲上车时，我母亲在我身旁喃喃自语："这一去以后恐怕没有再见的日子了。"果然一语成谶，我母亲于1959年患肠癌去世，而我哥哥要到快三十年后才有机会回国，不仅见不到父母，而且连父母的尸骨也因历次动乱而不可寻了……但是我这次离开上海，以后还有机会回来省亲。

谁也不会相信，在1980年给错划右派改正以后，在绝大多数右派分子得到了政策落实的时候，我又失业了三个月。

我在1957年被划为右派分子以后，先是在十三陵水库工地和唐山柏各庄农场劳动，后来调回到新华社外语训练班教英语，摘帽后随外训班并到第二外国语学院英语系。1979年底对错划右派实行改正，我也在改正之列，由原单位新华社参编部党委对我作了改正结论，结论的最后一句是"由原单位重新安排适当工作"，对于这句话，我的理解是，目前我在二外的教书工作的安排是不适当的，需要原单位重新给我安排。因此当参编部主任陈理昂，也就是当初主持把我划为右派的副主任，问我愿意不愿意回去工作时，我表示愿意由新华社把我从二外调回去，因为我不想在二外继续教书，我的兴趣一直是做文字工作。但我并不要求回参编部做原来的主管翻译业务的工作，因为这是不现实的，一是我不是党员干部，不存在官复原职的问题，能够恢复工资级别，已经谢天谢地了；二是我不想回原来单位去，让原来斗争我的积极分子看得不顺眼，让原来言不由衷跟在他们后面的老同事看到我感到尴尬，让后来才参加工作的新同志看我用好奇的目光。因此不论安排我什么工作，只要调离二外，不回原来岗位，在我看来都是"适当"的。陈理昂建议，我可以回来同一两位老同志做些翻译经验总结工作，或者可以成立一个研究室。在我表示同意后，他就表示要派人去二外调我的人事档案，我安心在家等好了。我对他说春节过后，新学期就要开始，二外如果安排我教学任务怎么办？他连声说那可不行，你一上课，这个学期里就休想把你调回来了。这样吧，你就不要去上班，在家里等，由我们抓紧派人去办。这样，1980 年初学期开始后，我就没有去二外上班，在家等候调动。

这一等就是大半年。

我不能说新华社答应把我调回去的承诺没有诚意，他们的确派了人事干部刘子寿去二外跑了一次，但是碰了钉子回来，详细情况，我就不知道了。照理说，刘子寿同二外还是有些交情的，因为二外的一个副院长雷文原来就是从新华社合并过去的外训班的主任，而且他的妻子由四川出来就是由他安排在二外工作的。但是也许就是由于这个缘故，他的腰板不硬，撕不下面子，不肯为我这个改正右派卖力，或者得罪二外的领导。刘子寿碰了钉子回来，陈理昂答应他要亲自出马去办交涉。但是等了很久没有动静，我去找他，他说《参考消息》要改版，任务很忙，过一阵子才能抽出时间去跑。我见他的确很忙，似乎同我说几句话的时间也没有，为了不再自讨没趣，下次我就改在星期日到党委书记方实家里去请他催办了。这样催了几次，还是没有眉目，不过未始没有好处，经过了这一番的空折腾，使我心里明白，人家并不欢迎我回去，我何苦死乞白赖去惹人嫌呢？何况，我原来并不是想非回新华社不可，只是不愿再待在二外而已。但是我这时要再回二外，已骑虎难下，二外英语系主任在全系大会上已经宣布过，老董看来留不住了，下学期不给他安排教课任务，这次（即第一次）职称评定就不给他评了。我倒不是担心回二外后评职称落了空，因为我原来有 1956 年评定的翻译级别，相当于副教授，你再给我评，大不了也是副教授，我稀罕你什么？我担心的老是待在家里总不是办法。人就是这么贱，按部就班惯了，辛苦了大半辈子，如今有机会给你喘口气，却不自在起来。这就仿佛有人在监牢里待久了，放了出来以后，却不知怎样过自由的生活了。不过这一段等待重新安排工作的时间，我还是做了充分的利用，接受了三联书店的约稿，为他们重译了《西行漫记》。同时，我既然感觉到新华社并不欢迎我回去，我也不想使他们难堪了，便想另谋出路。我先找了当时复出任出版局代局长的陈翰伯，他欢迎我去他们的研究室工作，并且叫来了人事处长林尔蔚，请他跑一次二外。林尔蔚在"文化大革命"以前到二外英语系干训部进修过英语，在我教的班上上过课，一见面就十分热情地握住我手叫老师（后来他当了商务印书馆总经理了，在所有公开场合见到我时还是如此，并连声给别人介绍说"这是我的老师，这是我的老师"，实在令我感到惶恐。因为老实说，当时我在二外受到政治歧视，心中有怨气，教书并不尽心称职，但是那批学生毕竟是工作多年的干部，可以说是读书明理，后来在街上偶尔碰到，都执礼甚恭。人民出版社的石磊还给我联系了重校《第三帝国的兴亡》的事）。他认为自己在二外待过，去联系我的工作调动，当不至于有问题。但他也碰了钉子。

这时原来任新华社对外部副主任后来被错划右派曾经和我一

起在农场劳动又一起调回新华社外训班教英语的郑德芳大姐，叫我去找复出后任社会科学院科技局长的温济泽，说是他们要成立研究生院，亟需教员。我打电话给温济泽，他叫我马上去见他，并叮嘱我，他待一会要去开会，我去后如果他不在办公室，可以请他的秘书把他从会场叫出来。见面之后，他当即应承派人去二外调我，我这时已对调动的事多少有了一些戒备，因此特别向他指出，二外恐不会轻易放人，但他很有信心，连声说他认识二外的院长唐恺，不会有问题的。他哪里知道就是院长唐恺和副院长雷文不肯放我，与其说他们是惜才，不如说他们刚复出上台，可能对我不肯为他们捧场有些不高兴：你不识抬举，我就不让你走。果然他们连温济泽亲自打电话也不买账，听说唐恺不但没有同意放我，并且扬言要把另外一位借调在研究生院的教员索回去。尽管温济泽礼贤下士，在这以后还派了研究生院一位副秘书长特地到我家里来探访一次，但问题的关键不是我搭架子不愿去（我是巴不得），而是二外不放人。

又是这位热心的大姐郑德芳，她这时复出担任筹备中的英文报纸《中国日报》副总编辑，看到温济泽调不动我，就问我愿不愿意到《中国日报》去同她一起工作。郑德芳是个细心人，她主动为我做了缜密的考虑：我过去一直从事英译中的工作，如今要改为中译英，等于是用惯了右手，改用左手，可能有个适应过程，不过她看过我用英文写的东西，认为不像有些人那样死板的学院体，倒是接近西方英文报纸的文风，因此问题不大。二是工作安排问题，她说："你的级别放在那里，但又不是党员干部……"我连忙向她表示，我只愿做个普通编辑，不想当什么官，哪怕是芝麻绿豆大的官。她说那就好办了，好在总编辑刘尊棋和实际负责的副总编辑冯锡良都是你的熟人，了解你的情况，应该没有问题。

但是我说，温济泽调不动我，你们调得动吗？郑德芳说，《中国日报》是胡耀邦批示要创办的，通过《人民日报》政治部（《中国日报》筹建之初由《人民日报》政治部代管人事）甚或中宣部去调，他们恐怕是顶不住的。这时又有郁风的二妹郁隽民进了《中国日报》，她很热心地向冯锡良推荐了我。我想这一次大概可以办成了吧。

在这期间，发生了两件事。一是二外正式通知我，如果我再不去上班，将作为旷工处理，立即停发我的工资。于是我又去找了一次方实，告诉他此事，问他怎么办？他表示立即要陈理昂抓紧跑一次。我问他接此"最后通牒"以后，我要不要去上班？他沉吟了片刻之后说，还是不要去吧。的确，这事已到了无法回头的地步，去了就是承认失败而告放弃。我原来对于长久不去上班，心里还是有些放心不下的，这时倒感到坦然了，反正我不是无故旷工，这是在对我落实政策过程中你们两个组织之间的事，如果有矛盾，也是你们两个组织之间的矛盾，我只有安心等待你们的矛盾的解决。于是在拖了快半年以后，陈理昂终于亲自出马，跑了一次二外，结果可想而知也是碰了钉子。在新华社来说是给足了面子，过去多大的干部只需打个电话或者发了调令就可以调来了，还没有听说过需要部门领导亲自出马的，如今为了一个区区的改正右派居然要领导大老远地来求人，按理说，这个面子总应该给吧。但是令他失望的是（也许还令他感到不痛快，就是我后来听到了都生气），那位曾在新华社待过的二外领导见到陈理昂进来，不但没有欠身迎一下，甚至连坐也不请他坐，让他晾在一边站着，就仿佛求见什么大官似的，同意放人就更不用谈了。这么一来，新华社方面就没有戏了。尚有一丝希望的地方只剩下《中国日报》了。

但是《中国日报》方面也是拖着没有消息，我托郁隽民打听一下，她回来后千叮万嘱要我不要说出去，说是《人民日报》政治部有这样的意见：听说此人要到美国去探亲，怕他不回来了，等他探亲回来以后再说。我听到这样的话，肝火就立刻上升，一时冲动之下，给当时的《人民日报》社长兼总编辑胡绩伟写了一封信。我在简单地介绍了我的情况后说，我很希望能解决我的工作问题，并不想出国探亲，尽管我哥哥要我出去散散心，而贵报政治部却把我一笔勾销，认为我出去以后不会回来了，这不是把我向国外推吗？你们报纸天天宣传要落实知识分子政策，但是说的是一套，做的又是一套，使人对党失去了信任，我本可一走了之，但是我还是写了这封信，无非说明对党还是抱了一线希望，语多唐突，请你包涵。

写完之后，我连第二遍都不看，就马上寄出了，怕我情绪平定了以后，会把这信左改右改，最后撕掉不发。我更没有告诉我的家人，怕她为我担心，她平时总是怪我说话太直，不留余地，以致不知几次吃了大亏。

不过，意想不到的是，这次没有吃大亏。这一来要感谢不久前开过的三中全会的精神，二来要感谢胡绩伟的政治家宽宏大量的胸襟。有一天三联书店的沈昌文告诉我说，他从一个朋友那里听到了一个消息，说是正在举行的人大代表的一个小组会上，有人以我为例子提出了知识分子政策的落实问题。我想怎么会有这样的事呢，就请他的那位朋友把详情转告给我。过了几天，沈昌文寄来当时任群众出版社总编辑的于浩成从人大会议简报中抄下来的一段话，那是人大代表新闻组里一位代表余焕春（《人民日报》编委）的发言，说是知识分子政策需要进一步落实，比如《西行漫记》的译者至今没有安排好工作。我与余焕春素昧平生，他怎么会知道我的呢？我推测大概是胡绩伟把我写给他的信在《人民日报》编委中间传阅了。又过了一两天，我正在家中枯坐无事，门外有人敲门，开门一看，是国家人事局的干部，一位姓李的女同志和另外一位男同志。那位女同志前不久曾来找过我，她因为在《读书》看到我写的一篇关于翻译工作者在社会上不受重视的文章，前来找我，说是人事局要推动组织一个全国性的翻译工作者组织，前来听听我的意见，并且希望我写篇鼓吹文章，她拿去给《光明日报》发表。这就是后来中国翻译工作者协会产生的缘起。因此我们是认识的，但她这次前来，又是为什么呢？我心中正在狐疑，她就劈头问我："老董，你的工作问题解决了没有？"还没有等我回答，她又说，"如果还没有解决，由我们来帮你解决怎么样？"我就告诉她，拖了好几个月，还没有解决，你们肯帮我解决，我当然十分欢迎。但是我又告诉她，新华社要把我调回去，二外就是不放人，后来新华社托了当时国务院副秘书长郑思远（不是民革的程思远）的儿子（他在新华社工作）请他的父亲以老上级的身份，向有时星期四来探视的二外院长唐恺打个招呼，人家既要走，放了他算了，唐恺也不买账。如今你们两位去有用么？李同志正色对我说："老董，你这就错了。郑思远官再大也是以私人身份，我们两人官再小，也是国家人事局的代表。二外不听也要听。"我想这倒也是。她又问，如果办成，你是不是还是要回新华社？我告诉她，再回新华社就没有意思了。她说："那就好，你赶紧联系一个去处，一星期以后，打电话来听我的讯。"他们俩就告辞了。当晚我就给李慎之打电话，托他给我想个去处。他正好应中国社会科学院副院长宦乡之邀，到社科院去筹建美国研究所，正在用人之际，马上就答应要我。一星期后，我打电话去国家人事局，李同志告诉我二外已同意放人，事不宜迟，马上请社科院去调我的档案。至于他们扣发你的三个月工资，他们不肯补发，也就算了，否则夜长梦多，反而败事。我想也对。按现今物价来算，五百元钱不算什么，但在当时却不是个小数，但能够从此脱离"苦海"，这个代价还是值得的。

　　这样，我的第三次"失业"宣告结束，从此开始了我的人生道路的"最后一站"（李慎之语）。

苦中作乐

毛泽东有一句名言:"与天斗,与地斗,与人斗,其乐无穷。"

与天斗,与地斗,是否其乐无穷,我不敢肯定。至少从我本人经历而言,与天(我把它理解为政治统治势力,因为它主宰我们的命运)斗,与地(我指的是下乡劳动改造)斗,只有苦而没有乐的。只是与人斗有的倒确实有一些乐趣,不过细想起来,也只是苦中作乐而已。

在史无前例的所谓"文化大革命"中,我就遇到了两件事,本来是应该吓得屁滚尿流的,但是凭我这个老运动员的狡猾,也就是革命小将们所说的老奸巨猾,居然安然度过,如今回想起来,还感到好玩。这里要补充一句,"老运动员"是革命小将给我的"溢美"之词,因为自从"参加革命"以来,我大概因为在业务工作上得到领导器重,在反右运动之前,50年代初期的历次运动,不论肃反、土改、抗美援朝等,他们为了要腾出手来领导,就把日常业务工作交我主持,这样我得以置身于运动之外。而在戴了"右派分子"帽子以后,我被排斥在革命群众之外,什么反右倾、"四清"运动,更没有我的份儿了,因此仅仅因为在一次运动中身陷罗网而被封为"老运动员"实在太抬举我了。

一次是"文化大革命"正如火如荼展开之际,横扫一切牛鬼蛇神的扫帚还无暇顾及我这暂时在旁提心吊胆地逍遥的"死老虎"的时候,我忽然接到商务印书馆革命造反派铁扫帚战斗队的一封最后通牒,勒令我这个吸血鬼限期退回一部译稿校订费人民币五百元。这部译稿是新华社对外部孙硕人、诸长福、贾鼎治等 4 位同志合译的《阿拉伯民族史》。这四位都是经验丰富的翻译家，在对外部做定稿工作，翻译质量，自无问题。但是为了对工作负责起见，还是要我给他们通读润饰一遍，以免译名或用词方面前后不一致。核定后由商务另开一笔校订费共五百元给我。要知道在 60 年代初期，五百元是一笔相当可观的数目。当时我的右派工资只有六十九元一月（比原来工资一百六十七元少了将近一百元），捉襟见肘，难以维持日常生活。后来幸而得到商务印书馆总编辑陈翰伯的照顾，由他出面打了招呼，给中宣部组织的反修灰皮书译些稿子，贴补家用。这时正好积了一些稿费，也有五百左右，我就一起拿到西单第一储蓄所，各开一张定期一年的存单。到铁扫帚战斗队来信向我这个老吸血鬼索回这五百元的血汗钱时，存单还没有到期。如果要退回稿费的话，家里没有余钱，需要到银行去提前支取，然后送到商务去。但送去不免与铁扫帚战斗队革命小将打照面，很可能发生当众受辱的结果。左思右想，不如把存单直接寄给他们，一点利息牺牲了也就算了。

在我寄出存单后几个月，我的另一张存单也到期了。我就到西单第一储蓄所去取了出来。在柜台上办理取款时，我忽然灵机一动，问那出纳员另一张联号的同样存单，那位出纳员翻了一下说"有"，就问我"要不要一起取？"。这么看来，铁扫帚队并没有把存款取走，我只好扯个谎说那张存单丢了，能不能凭户口本领取。她沉吟了一会儿，站起身来，叫我等一下，她进去请示领导。片刻后她又出来问我工作单位和电话号码，然后又进了里间，这次时间长了一些，出来后要我把户口本给她，核对名字无误后，就把两笔存款连本带息递给了我。

我之所以敢冒这个险，一是估计铁扫帚战斗队收到我的存单后，按照储蓄规章是无法取出现款的，如今存款果然仍在那里；二是在"文化大革命"中，我作为"死老虎"，到了1968年清理阶级队伍之前还没有当作牛鬼蛇神被揪出来，因此我估计银行打电话到我工作单位去问此人有无问题，是否牛鬼蛇神，那边是不会给肯定答复的。结果证明我的估计果然没有错误。我取出存款后在回家路上心中暗暗窃喜，这是我与革命小将斗，也即是身陷政治罗网后与人斗第一次得到的乐趣。其实这不过是苦中作乐，因为当初我接到铁扫帚战斗队的最后通牒时，的确是很害怕的，怕的是如果我拒绝退回这笔"剥削"，他们会不会到我家来揪斗抄家，这样我暂时的相对平静的逍遥生活就要打破了。惊弓之鸟，只有乖乖服从，把存单寄了出去，可见中国知识分子为了求一时太平骨头之软，后来虽心有未甘，略施小计，把属于自己的东西理所当然地要了回来，但实在不足言勇也。

第二次与造反派斗智是在清理阶级队伍中被揪出来以后。我与走资派副院长彭平和一位姓李的日文教员（理所当然的"汉奸"）关在同一栋辟作"牛棚"的外国专家宿舍楼里，这楼虽叫专家楼，其实也是一栋筒子楼，只是粉刷得干净一些而已。其时学校停课闹革命，专家都已回国，一个不剩，半截空楼遂权充"牛棚"，便宜了我们这些为人所不齿的狗屎堆了。某日深夜，我们三人都已入睡，忽然外面走廊中有多人的脚步声，我睁开眼一看，只见我的专案组的几个学生走了进来，为首的一个叫道："董乐山，快起来，跟我们走！"我当即起身穿衣服，彭平虽是当官的走资派，平时却一点官架子也没有，他关心地问了一句："去哪儿？是提审？"这时一个学生斥责他："你睡你的觉，不关你的事！"

我在几个学生前后簇拥之下，到了楼下一间屋子，只见一盏至少有二百度以上的灯泡发出强烈的光，黑布围上的灯罩把光线集中在屋子中央的一张三屉桌上，桌子一边坐着一个军代表。他们让我坐在他的对面，押我下去的学生就坐在我的后面，由于灯光正对着，十分刺眼，我看不清屋子里有多少人，只见黑黢黢的人影憧憧，沿着四周墙边，坐满了几排，显然是来造声势的。

当初清理阶级队伍把我揪出来时，我以为只是算算我这只极右分子"死老虎"的老账。谁知这些老账他们都没有什么兴趣，开头几次提审，问的都是一些我根本想不到、甚至根本不知所云的问题。这一次，在强烈的灯光照得我睁不开眼的半夜两点钟，他们若有其事地要我交代接受司徒雷登委派充任美帝潜伏特务的经过。天晓得，我根本不认识司徒雷登，更不用说为他充当潜伏特务了。但是在他们有板有眼的提示下，我的昏沉沉的脑子里仿佛确实发生了一件我的记忆中从来没有过的事情：司徒雷登在离中国的时候，途经上海，在杜美路杜月笙的公馆（当时租给美国总领事馆）接见领馆所有中国雇员，接见后把我留下来，在密室布置我潜伏的任务。我当然是矢口否认：第一，我是美国新闻处一个小职员，连总领事面都没有见过，说不定他根本不知道我的存在，何况是美国大使；第二，司徒雷登离沪时确实接见过一些华籍员工，但都是各部门的助理主管，根本轮不上我，我也只是在事后听说有此事。但是，在强烈的灯光照射下，在军代表的吹胡子瞪眼的大声怒斥下，在提示者的循循诱导下，在屋子四周黑暗的墙边坐着的革命群众高声朗读伟大领袖的语录"我们要相信群众，相信党"的启发下，我的混乱头脑实在无法正常思维了。我唯一的希望是让我回去好好地睡一觉。既然群众说我见了司徒雷登，既然党说我见了司徒雷登，那么为了遵循最高指示要相信群众，相信党，我只好不相信自己了，我一定见了司徒雷登。此话一出，全场喘了一口气。原先是凶神恶煞的军代表顿时换了一副和颜悦色的面貌："那么今晚的会就开到这里，你回去再好好想一想，仔细回忆一下，把材料写好。"

我回到牛棚房间以后，倒头就睡。睡在对面的彭平大概放心不下，一直在等我，没有睡着，他小声地问我："怎么样，没事吧?"我只叹了一口气，翻过身去，脸冲着墙一边。他又关切地叮咛了一句："要顶住，千万不要想不开。"彭平是个小老头儿，"一二·九"时代清华大学学生，上了年纪以后，有些倚老卖老，嘴巴很碎，平时大家都不怎么喜欢他，从不跟他谈正经话。这时我却心头感到了一股暖意。

这一夜我当然是辗转反侧，没有合眼，不知这场逼供闹剧如何收场：屈打成招，心有不甘，这莫须有的罪名一辈子也洗不清；但是要坚持不屈，他们是不会轻易罢休的，长期折磨下去，后果也不堪设想。

这样左思右想，辗转反侧，我一宵未睡。天亮之后，我决定要"翻案"，事不宜迟，宁可因此挨斗挨批，否则木已成舟，悔之晚矣。因此在起床以后来不及盥洗就到门口把看守的学生叫了过来，告诉他，我要找工宣队谈话，我之所以要找工宣队，因为昨晚提审是军代表，似乎没有工宣队在场，这样转个弯，也许不至于招致难堪——不论是对军代表，还是对我自己。我还没有洗完脸，那学生就来了，把我带到工宣队的办公室。里面坐着两个工宣队和一个革委会学生代表，桌上放着纸和笔。他们都一脸兴奋的神情，大概以为我要招供了。为首的工宣队女队长平时脸色铁青，这时却满脸和颜悦色地欠一欠身，请我坐下。

我没有等她说开场白，就抢先说："昨天半夜，在强烈的灯光下，在军代表和革命小将的追问下（我没有敢用'逼问'一词），我头脑混乱了，最后说的话不是实情，心中不安，一夜未睡，所以一早就来找你们郑重声明，希望你们谅解。"

　　我的话还没有说完，工宣队女队长的脸色就变了，但我看出失望多于生气。她沉吟了片刻，把手一挥说，"你回去吧。"

　　她居然没有当场发火，骂我一顿，使我意想不到。我回到自己屋子里去时，心里一块大石落地，感到十分轻松。连彭老头也看出来了，期望地望着我。我不忍对他保密，就说："我找工宣队声明昨夜他们逼我说的不是事实。"他似乎也放了心："是嘛，应该实事求是嘛。"不过说实话，我还是有些担心的，不知军宣队听了工宣队的汇报以后，一怒之下，想出什么法儿来整我。

　　但是奇怪的是，我提心吊胆地等了几天，风暴却没有来临，一点动静也没有。但是那个军宣队员却不再露面了，换了另外一个。我私下打听一下，听说是调走了。彭老头儿认为他搞逼供信，违反了政策，所以给调走了，但我认为事情不这么简单，要说违反政策，整个"文化大革命"是对共产党过去的政策的大违反，怎么没有人出来说话或制止。彭老头儿这一心态正如不少老干部在被折磨致死时还高呼"毛主席万岁"，希望他老人家前来解救他的冤屈似的。

　　不管怎么样，我从这件事中得到的教训是，必要的时候，略施诡计斗一斗智也是一种乐趣，尽管这是为了避免束手待毙而不得已为之的。

1998 年 10 月 14 日病中

我的第一本书

严格地说来，我的第一本书是 1979 年 12 月出版的新译《西行漫记》，也就是我从事职业翻译三十年以后才出版的一本可以称得上我个人劳动成果的东西。

在这以前，我一直从事集体的翻译工作，尽管从 1949 年冬天起，每天报上都有我的译文发表，有时还占整个一版或半版的篇幅，但是这都是集体的成果，算不到个人头上。

其实，要说第一篇译文，那还要更早一些。1942 年我还在上大学的时候，就开始在报纸副刊上译载法国作家莫洛阿的作品了。当然译得错误百出，如今想起来还觉脸红发烫。1945 年日本投降，我如饥似渴地读了斯坦培克的中篇小说《珍珠》，一口气把它译了出来，发表在上海一家刊物上。当然，译文水平很低。已故话剧演员沈浩是我的好友，她不好意思说我的译文佶屈聱牙，只是说："××（另一位翻译界前辈）毕竟学到了一口地道北京话，译出来的东西好读，你的怎么这样涩口？"老实说，"涩口"这个词汇，对我这个从小在南方长大的人，这时还是第一次听到。由此可见我的语言的贫乏！

从此，我放弃了文学翻译，甚至放弃了文学创作。因为我虽然说已经大学毕业，但我的语言还没有过关，尤其是口语没有过关。

1949 年我到北京工作，那时候工作没有个人选择的余地，只问"革命的需要"。由于我是大学英语系毕业的，让我做翻译工作似乎是天经地义的事。尽管我是一百个不愿意，还是硬着头皮去做了，三十多年来翻译就同我结了不解之缘。从这开始一直到《西行漫记》新译本的出版，不论是本分的工作，还是业余的翻译，没有一本从头至尾是我个人的单独劳动。我翻译，我也改稿，后来基本上是改稿。若以每天平均三千字计，三十年累计的结果恐怕是个天文数字了。这期间尽管后来也做了其他工作，但始终与翻译没有分过手。

第一次标上我个人名字的译作是《第三帝国的兴亡》，尽管书是在1963年出的初版，但冠上我的名字是在十年以后。这也是一本集体译作，参加其事者有九人之多，只是由我统一润饰而已。1973年再版，出版社又让我校订修改一遍。当时出书没有稿费，校订工作足足花了一年时间，完全是尽义务，所以同意冠我真名，大概是作为一种补偿吧。由于当时正值"文化大革命"，什么书都读不到，于是这本历史书比小说还受欢迎，不胫而走，几乎达到了雅俗共赏的地步。这是我意料所不及的，因为毕竟这是"内部"发行的呀。

1976年"四人帮"虽已垮台，出版界禁忌仍多，出的书少得可怜。但也有高瞻远瞩的人，人民出版社的范用同志就是一个。他当时还处于半"靠边"状态，分工只管资料室。但他一辈子从事出版工作，不出书手头就发痒，因此，即使是资料室，他也要出书，就想出了一招：用资料室名义出内部参考书。第一本就是斯诺的《西行漫记》。他来找我，要我把胡愈之同志等老前辈（其中一位还是我中学时的老师）的译本，根据新版老版等各式版本的原文校核一遍，增补一些材料。后来因为这个工程太大，不如重译省事，这才使我从事翻译工作三十年后第一次有机会以个人的力量译了一本书。等到书译竟付排时，出版界已逐渐松了"紧箍咒"，新译本就公开发行了，销数在百万以上。

　　这就是我的第一本书。说来也令人难以相信，别人的第一本书是他文学生涯的开始，我的第一本书虽然不是我的文学生涯的终结，但离终结也不远矣。写完此短文，不觉掷笔一叹！

1984 年花甲前夕

另一种出书难

　　近年来报上屡屡报道出书难的情况，使人不禁感慨系之。不论是遭遇困难的著译者，还是报道这种情况的记者，或者是读到这种新闻的读者，一般的共识都是：这是出版事业商业化带来的后果，而在过去出版事业国有化的时代，是从来不会也没有发生过这种要作者自费出版，或者代销若干册，著者以书代稿酬的情况的。

　　这话只说对了一半。商业化有商业化的弊病，国有化也有国有化的弊病。商业化的出版事业有出书难的情况，以前国有化的出版事业何尝没有出书难的事发生。别的情况（如经营管理方面）我不知道，但自己亲身遇到的另一种出书难却不止一桩。

　　记得大约在十年前，上海《书讯报》来信向我征文，题目是"我的第一本书"。我在文中把《西行漫记》作为我的第一本书，并且还就此发了一通感慨：毕生从事翻译，为他人作嫁衣裳，直到年快花甲的时候才出了第一本书。但是为什么会发生这样令人不解的事，我在短文中多有隐讳，只有明眼人才能看出其中另有隐情。其实，《西行漫记》并不是我的第一本书。撇开其他与别人合译的几本书（如《非洲内幕》等）以外，我的第一本书应该算是1958年人民文学出版社用作家出版社的名义出版的《红光照耀克拉德诺》。这是当时捷克斯洛伐克总统萨波托夫斯基（恕我年老，记忆力衰退，这个名字也许有误）写的一本关于捷克斯洛伐克钢铁城镇克拉德诺在战前的工人生活和斗争的小说。

翻译这本书的由来是：我在1949年冬到北京来从事新闻工作后，每天同国际新闻打交道，深感枯燥乏味，同时我又未能忘情外国文学，因此很想译一本外国文学作品来调剂一下。但是当时各行各业互不来往，我在北京不认识任何文学翻译界的人可以把我介绍给文学出版界。于是我就毛遂自荐，写了一封信给人民文学出版社表示这一心愿。没有多久，我就接到他们编辑部来信，要我试译五千字（记不清是谁的作品了，萧伯纳，还是别的英国作家了）寄去。我把试译稿寄去后，一天下午他们派一位编辑来看我，他就是后来听说担任洛阳外语学院副院长的王仲英，当时他是翩翩少年，同我一见如故。他表示欢迎我为他们译书，如今正好有一部捷克斯洛伐克总统写的小说急着要出版，考虑到我从事新闻翻译多年，翻译这种政治性强的小说，驾轻就熟，当无问题，不知我愿意不愿意。我一直想闯进到文学翻译圈子里去，过去苦无机会，如今机会来了，自然欢喜不迭，尽管这本小说谈不上是什么文学作品，但译好了，说不定以后还有机会，于是就欣然同意了。

而且我和王仲英也交上了朋友。我们两人年龄相仿，经历相仿（他仿佛是清华大学外语系毕业的），兴趣相仿，还有共同认识的一位师长：他调到"人文"之前，原来在南开大学英语系教书，而当时南开英语系主任 Miss Soo-Hoo（司徒月兰）原来是我在上海圣约翰大学读书时的英语系主任。当然，我同王仲英不能完全相比，他是司徒小姐（此"小姐"不是我们今天称呼的"小姐"，而是按西方习惯对未婚妇女不论年龄大小，一概以 miss 相称，以示尊敬）的得力助手，后来当了领导，而我则是她的不成才学生，不久就当了右派。

过了一年左右，我把书译了一半，就遇上了反右。"人文"把我已译的一半原稿和未译完的原书要了回去，还发给我一个通知，根据新的降低了的稿酬标准，要我把原来预支的稿费多出来的一部分退回给他们。我当时工资已降了一大半，每月只领几十元生活费，当然没有多余的钱退给他们，只好相应不理，他们也没有再来追讨。书，后来总算出版了，成了王仲英和我合译。尽管扉页中没有我的名字，但还是用了一个假名，这大概是王仲英争取的结果。这便是我的第一本书出版的经过。

这以后好几年我都没有译书的机会，甚至连原来的翻译工作也不让我做了，我被调去培养干部的英语班教书。原来我在做新闻翻译工作时不能忘情于文学翻译，如今索性连新闻翻译工作也把我拒于门外了，而教成人的基础英语比新闻翻译更加枯燥乏味。因此我就连新闻翻译也不能忘情了。总之，凡是翻译就行，不论是什么翻译，产生这样的想法还有一个实际原因：我需要找些稿费收入贴补我捉襟见肘的家庭生活开支。就在这个时候，我在机关图书馆的英文书架上发现了厚厚一大本的《第三帝国的兴亡》。我是在第二次世界大战期间长大的，同这一段历史息息相关，不但比较熟悉，也极感兴趣。我当即把这本书借回家，一打开就停不下来，可以说是手不释卷，茶饭不思。我花了两个星期，一口气读完了全书，深深为作者搜集的资料的丰富和文笔的出神入化所打动。许多过去在报刊上读到过而又语焉不详的历史事件一一重现在眼前，而作者夹叙夹议的评论洞微察毫，令人折服。到当时为止，国外的情况我不知道，至少在国内，似乎还没有一部有关第二次世界大战的全面完整的（不是片面的）历史著作。当然，《第三帝国的兴亡》的作者不是历史学家，这本书也谈不上是历史著作，但是作者在许多重大历史关头身临其境，而且又搜集到纳粹德国的卷帙浩繁的官方文件档案，从一个新闻记者的角度，为一般读者提供一部反映历史全貌的读物，这本书不失为一部深入浅出的佳作。

于是我在一时冲动之下，冒昧地写了一封信给世界知识出版社推荐这本书的翻译和出版。为什么选中"世知"，是因为在50年代初我曾为他们组织过几部译稿，另一原因这种书应该属于他们分工的选题。"世知"很快就回了信，要我把这本书送去给他们的总编辑、国际问题专家冯宾符审读。书送去后不到一个月，他们又来信告诉我，他们决定要出版这本书。我原来打算与同我一起在教干部英语的李慎之和郑德芳三人合译，半年交稿。但是出版社担心我们三人在半年内恐无法把这部一百多万字的巨著如期译出交稿（也许还有其他考虑），只同意给我们三人前半本，后半本由他们到外文出版局另找六个人合译，表面看来，人多力量大，似乎可以保证交稿时间。其实，这完全是多虑，人少有人少的好处，译稿互校一下即可，比起人多手杂来，时间反有保证，因为多人合译，水平不一，势必要有人统一校订，结果反而费时。实际情况就是这样，本来半年可以完稿，后来校订又费了加倍的时间，到1963年方始出书。这么多人参与翻译，署名就成问题，只好在每人名字中摘取一字，合成三个假名。当时还没有校订者署名的先例，何况我是"另册"上的人，能参与翻译已算是"照顾"了，怎么可能还敢有这种奢求。这本书因为作者对斯大林的政策有直率的批评，因此在当时情况下只能作为"内部发行"出版，读到的人不多，影响不大。只是到了"文化大革命"后期再版时，由于当时无书可读，才广为流传。

等到1971年我从干校回来，发现家中仅存的这部书被刚懂事的孩子借给他的同学看，不仅封面脱落，书页揉烂，而且上下两册还丢了一册。正在懊恼之际，一次路遇原来由人民出版社派送到我授课的英语班进修的石磊，几年不见，他对我仍执礼甚恭。他告诉我，根据外交部提出的意见，出于研究工作的需要，《第三帝国的兴亡》要再版发行，由于世界知识出版社已经撤销，这个任务就落在人民出版社头上，用三联书店的名义出版。我告诉石磊，此书译稿我虽花了不少工夫，但如今读来觉得还有改进的余地，因此请他转告出版社领导，如果他们同意，为了精益求精，我愿对照原书再修订一遍。当时还没有恢复稿费制度，我的校订工作当然是尽义务的。他回去反映后，该社领导即表示同意（后来听说他们还找到当初"世知"负责此书的柴金如了解有关我的情况），并委派弥松颐做责任编辑。这样我又花了大半年时间在样书上做了修改，一般尽量不动版面。1973年该书终于出版，把第一版的上下两册改为四册一套。我交稿时见到当时的政治编辑室主任张惠卿，提出署上校订者姓名的要求，他叫我稍候，当即去请示社的领导，几分钟后回来表示同意。多亏石磊、张惠卿、柴金如几位，我的名字终于第一次出现在一本书的扉页上，这种感觉就像出土化石重见阳光一样。

"四人帮"垮台后，一天下午，我妻子的一位老同事李庄藩忽然带了两位陌生人来到我所住的斗室。经介绍他们是人民出版社前领导范用和他的得力助手沈昌文。李庄藩那时已退休，在人民出版社尽义务帮忙做些外文资料工作，而范用和沈昌文虽然已获解放，还处在"半靠边站"状态。他们是老出版工作者，不编书出版，心里就发慌，手头就发痒。当时"四人帮"虽已倒台，出版界禁忌仍多，很少出书。范用挖空心思，想以沈昌文当时主管的资料室名义，出些国外对华友好人士的有关中国著作。他们想到的第一本书是斯诺夫人记述刚刚逝世的斯诺与病魔斗争的一本小册子《尊严的死》（译本出版时改名为《我热爱中国》），请我来译。范用与我素昧平生，但他"求贤若渴"，对我这个名列"另册"的人不仅没有歧视，而且还不惜礼贤下士，亲自来访，真如后来沈昌文向他开玩笑说的一样，"你苦头吃得还不够吗？"指的大概是他在"文化大革命"中受到的"招降纳叛"的批判吧。至于在我来说，被冷落已久，如今有人亲顾茅庐，自然受宠若惊，欣然从命。因此，严格地来说，这本小册子才是我独力翻译完成的第一本书。

在这本书出版以后，当时出版局代局长陈翰伯决定要出《西行漫记》（说来奇怪，斯诺的这本有关中共的经典之作中华人民共和国成立前曾在国内外产生过重大影响，中华人民共和国成立后却从来没有在国内出版过！），委托沈昌文来找我，要我根据原文核对一遍。由于最初复社译本是在一个月内由多人抢时间合译出版的，虽然主其事者如胡愈之等都是译界前辈（其中还有我的一位中学老师倪文宙），但是仓促上马，质量不免粗糙，校订费时费事，不如重译。他们接受了我的意见，同意由我重译，终于我第一次有机会独力译一本重头书。当初曾经在延安为斯诺译"毛泽东小传"一章的老前辈吴黎平很关心我的工作，有一天下午突然光临寒舍，在先由他的司机上来探明我在家后，才吃力地爬上四楼，把他的原译稿打印件交给我参考。老人家看到我家徒四壁，墙头还开裂，就不无风趣地嗔怪我，怎么不花些时间把屋子整理布置得风雅一些，不过这是题外话了。

尽管有贵人相助，但是且慢高兴，我刚译了一半的时候，半路上忽然杀出一个程咬金来，要把此书交出一半来给他译。在一般情况下，我也许会同意的，但是有了以前的不愉快经历，我表示了犹豫。沈昌文是个明白人，他另外想了个办法，解决了这一难题。

类似这样，原来说要由我独力负责，后来又有别人插进来的事情还有，而且不止一桩，有的还算是"前辈"，或者是"朋友"。很难说是什么原因促使他们提出这样不合情理的要求，是他们名望大，还是我腰板不硬而可欺？当初的确是令人感到不快的，不过现在我已到了万事看空的年龄，一切荣耀富贵，虚名实利，都已属过眼烟云。今天之所以还喋喋不休者，无非是想说明，要在非商业化的条件下出一本书也不是易事，尤其是在政治"条件"压倒一切的时代。

陋室铭

　　最近病中蛰居，忽发奇想，要附庸风雅一番，给所居陋室题一斋名。因为说起来颇可炫耀一番，我这间屋子虽然谦称陋室，却并非家徒四壁，一边挂的是书法家黄苗子为我写的一个条幅，录的是故友唐大郎的赠诗，另一边是漫画家天呈给我画的漫画像。因此没有一个斋名，似乎缺些什么。尤其是看到老友冯亦代的文章末尾总是附有一笔"某年某月某日于听风楼"，更使我有东施效颦之想。凡是到过他在三不老胡同居处的朋友，无不为他的楼名叫绝。这是一间书房兼客厅兼饭厅兼卧室的屋子，一面朝北，一面朝东，一到北方刮风季节，狂风怒啸，窗框格格作响，楼名由此而得。不知情者觉得这个名字颇为风雅，而知情者又觉得哀而不怨，可称一绝。

　　而我所居的斗室，虽然在用途上与听风楼有异曲同工之妙，却占了一个绝大的优势：坐北向南。一到冬日，阳光满屋，温馨如春。再加上地处使馆区边缘，叨了回余热的光，暖气总在摄氏二十度以上，有时连毛衣毛裤都穿不住，棉袄更不用说早已淘汰了。因此有一个被落实了政策、收回独院的"阔"朋友见后也羡慕不止。他一到冬天就犯愁，又是安蜂窝炉，又是装土暖气，还是冻得嗦嗦发抖。有朋友来访，还须临时插个电炉，才能留得住客人。但是他不知道我是在"风波亭"熬了二十一个年头，才终于得此超度的。而且他怎么羡慕，也是不会用他的独院同我交换的。

所谓"风波亭"，当然是说它的建筑条件，不过也是恰好因为它的真名也叫什么亭子之类的。我在1958年初搬进去时，这还是个新建的楼群。但是没有几年，就像中国所有的工房一样，由于无人管理和维修，弄得脏乱破败不堪。尤其到了史无前例的年代，楼道上的玻璃打得一块不剩（其中也有犬子的功劳，他那时刚学会玩弹弓）。而我偏偏又住在房门冲着西向的楼道上，狂风怒号之日，连门框都摇摇欲坠。冬季室温最高徘徊在十度上下，非得在门缝里夹着一条旧棉毯御寒，否则即使钻在厚被里睡觉，脑后还是感到有飕飕的冷风。

在这四用的斗室里，一家人如果要人人占一铺位，白天就无立锥之地。有的人认为，人生在世，有三分之一的时间是睡觉，因此睡一张舒服的床最为要紧。而我却觉得另外三分之二的时间更长，何况我因工作关系，不必天天上班，有更多的时间待在家中，因此宁可睡得不舒服一些（反正长期失眠，睡得舒服不舒服，都是一个样），也要坐着舒服一些。在干校回来以后，便把刚学到的手艺施展了一番，用地震棚的剩余木料，做了一个没有靠手的沙发，挨在一只旧樟木箱边，白天靠坐其上读书休息，俨然是个坐（作）家，晚上与木箱连在一起，长度足够做一张单人床。这样房间里无形中空出了一个转身的余地，不至于被几张单人床（由于空间限制，双人床早已撤销）占满。否则，不如索性改为日本式的榻榻米，大家都睡地铺，只是洋灰地（上海话叫水门汀）实在太硬太凉了。

可是长期睡木箱，垫得又不够，不知不觉落了一个背痛的毛病。直到五年前搬到现在的住处，经过几冬使馆区暖气超标准的优待，这个毛病才慢慢消失了。现在回想起来，这二十一年在"风波亭"中真不知怎么熬过来的。

但是人心不足蛇吞象，取暖的条件改善了，但空间的面积所增无几，只是多了一个小间，堆放无用杂物而已，因此看到到处万丈高楼平地起，心里总是不能释然。修养再高，也不能不感到有些酸溜溜。所幸斗室虽小，总算还有一个差强人意的取暖条件，有时以此自慰，甚至打肿脸充胖子说："到了冬天，你要我搬，我还不搬呢？"写到这里，心血来潮，忽然想到鲁迅的华盖运诗，叫个"不问春夏秋冬楼"不是很好吗？要声明的是我决无"躲进小楼成一统"之意，只是取其四季如春耳。

1986 年 2 月 7 日

张爱玲说 "I'm Not A Sing Song Girl!"

　　我在年前凑了一本不成样的文集，名叫《边缘人语》，题意是我虽然一生从事文学工作，但由于种种主客观的原因，始终在各种学科的边缘上徘徊逡巡，仿佛蜻蜓点水，浅尝即止，了无成就。其实现在回顾起来，不仅在学科上是如此，甚至我这一生也都是在人生边缘上徘徊过来的，我总是有一种没有"活过"（不是没有"活够"）的感觉，看到别人的一生或者丰富多彩，或者跌宕起伏，哪怕是坐牢充军，我都有一种说不出的羡艳之情，至少他们的生活比我要充实得多了，不枉这一生。比如好友巫宁坤与我是丁酉同科，但我吃的苦头同他相比，真是应了一句俗话"小巫见大巫"了。因此我写不出一部像《沧海一泪》那样的"坎坷史"，更不用说时下流行的"光荣史"和"奋斗史"了。

　　但是有些年轻朋友不知究竟，以为你在这多事的 20 世纪和多难的中国，活了这一把年纪，总该有些趣闻轶事可以说一说的。无奈我这个人在年轻时因为性格内向，讷讷寡言，不擅社交，后来名列"另册"，与世隔绝，别人见我仿佛见了麻风病人一般，避之犹不及，因此养成了孤僻的性格，很少交游，甚至连原来年轻时候较熟的朋友也逐渐疏于往来了。不像有些人写起回忆录或交游记来，来往几乎全无白丁，甚至平时交谈，也不断地把名人的名字挂在嘴边（而且直呼其名，不冠其姓，以示亲昵，英文里有一句短语叫 name-dropping，没有比这更简赅更形象的词了）。而我在文坛边缘徘徊大半辈子，虽然有缘认识了几位名人，但都是一面之交。在年轻的时候，是诚惶诚恐地只敢躲在一边远远景仰，到了晚近有幸与他们同席时，看到他们谈笑风生，总有一种局外人插不上嘴的感觉。而且终究受到自己的年龄的制约，生怕说了一些不识趣的话，遭人见笑，因此一般只是叨陪末座，恭听宏论而已，全然没有年轻人那样的"追星族"的热情，去追踪造访请教了。

　　但是令人意想不到的是，我在名人面前怯生，居然也有人把我当作"名家"，而且与前辈唐弢并列，这真是叫我感到不胜惶恐。那是在当今炒得红透半边天的张爱玲客死他乡以后，她的弟弟张子静在学林出版社出的一本纪念文集中提到，他年轻的时候，受到姐姐的熏陶，有志于文艺，在 1943 年（在我的记忆中似是 1945 年）想创办一份文艺刊物《飙》，约到了名家唐弢和我的作品，后来只是由于他姐姐不肯支持他，才没有把它办下去。这是我的一个老同学，看到了以后打电话告诉我的。他还提醒我，在大学时代，我们曾由张爱玲的好友炎樱陪同前去见张爱玲的事。这才使我想到在这个 name-dropping 的时代，与名人素不谋面的人尚可洋洋洒洒写"×××与我"的文章，而我与该名人多少有一面之缘，为什么不能写一篇"我与×××的一面之交"呢？何况这种短暂相会，有时却确有一些使我终生难忘的事情，即使在对方心目中早已被忘得一干二净了。

　　其实那次去见张爱玲完全是我的那位同学的主意，他是个张爱玲的崇拜者，后来曾经模仿张爱玲的风格写过一些短篇小说，达到了可以乱真的程度。不过这是后话，暂且按下不提。当时我们在大学里有个同系的印中混血儿女同学叫 Fatima 的（现在看来，这是个穆斯林名字，但当时印巴还没有分治，因此一般统统都算是印度人），是张爱玲的好朋友，张爱玲还为她起了一个中国名字叫炎樱，他就央炎樱介绍他去见一见他的偶像。大概是由于年轻胆怯吧，或者是由于我当时也在张爱玲发表小说的同一杂志上写文章，他就拉了我去作陪，为他壮胆。张爱玲当时与她的姑姑住在上海静安寺附近赫德路上一幢高层西式公寓里。她把我们请进去后，炎樱已经在屋里了，正在有说有笑地同她在说着话，我由于是作陪客去的，一点也没有准备去问些什么，或者说些什么，而我那位同学在他崇拜的偶像面前也临时怯场，说不出话来。炎樱却是个热心肠的爽快人，在旁一个劲儿催他："你不是很想来见她吗，怎么来了倒不说话了？"我已经记不起当时还说了一些什么话了，只记得张爱玲看着我们两个大孩子的既感到好玩，又感到好奇的神色。这次"访问"就以失败告终。

在这以后不久，我偶然在一张小报上看到一段记载，内容大概是有个文人集会，想请张爱玲去吃饭（鲁迅日记中的"召饮"大概就是这个意思），张爱玲对兴冲冲前去召请的人，冷冷地说了一句："I'm not a sing song girl!"（"我不是卖唱女郎！"）就把他拒诸门外了。

我们幸而有炎樱介绍，否则恐怕也难免听她一句"I'm not a movie star!"（"我不是电影明星！"）而吃闭门羹的。

记江南第一支笔唐大郎

唐大郎以玩世不恭的态度，对当时社会风尚，尤其是暴发户、奸商或洋场恶少的种种看不惯的现象，进行冷嘲热讽，极尽其嬉笑怒骂之能事。

在三四十年代上海各小报上写文章的，多半是为骗取稿费的无聊文人，他们写些舞女或明星的隐私绯闻取媚于庸俗读者，有些人甚至敲诈勒索，为人所不齿。但其中也不乏出淤泥而不染者，素有江南第一支笔之誉的唐大郎就是其中之佼佼者。他以犀利笔锋，写诗作文，对上海十里洋场的五花八门现象，极尽其讽刺的能事，因此拥有趣味比较高雅的固定读者群。他富贵不能淫，威武不能屈，贫贱不能移，谁来说好求情，一概置之不理，任你是威胁利诱的奸商巨贾，还是以色相取悦的风月女子（他自己就说过"凭我这张西风脸，有谁会同你真心相好"），他要骂照骂，要挖苦就挖苦，毫不留情，也决不拿了什么好处就息事宁人。因此他一生过的是文人的清贫生活，唯一奢侈不过是每天晚上在舞厅或夜总会泡一杯清茶，摆测字摊（意为只坐在那里喝茶聊天，不下场跳舞）而已。

我是在 40 年代认识他的。他当时已是报界名人，而我不过是个初出茅庐的大学生，怎么会有缘识荆呢？原来他那时同另一小报报人龚之方一起在国际饭店和大光明电影院之间的白克路卡尔登大戏院（后改名为黄河路黄河大戏院，如今已拆掉了）后台有一间宽敞的办公室，还雇有一名工友为他们打扫收拾。当时卡尔登大戏院正在上演费穆导演的《唐明皇》（刘琼和狄梵主演），轰动一时，我在高中时代的同学白文在戏中演一个跑龙套的驿卒。这样我就有机会到后台去看白戏，到了《秋海棠》演出时，白文戏份儿增加了，他把我介绍给剧社管宣传的王季琛，让我为他们在报上写些宣传文字，这样我就放弃了文艺写作（因为孤岛期间进步报刊不是遭到封闭，就是自动停刊，刊登文艺作品的园地越来越少了），开始了写剧评的生涯。这时我到后台去，胆子也大了，有时还到唐大郎的办公室坐坐，他也引我为同行，但毕竟年龄背景不同，还谈不上忘年交的程度。后来上海艺术剧团分出了苦干剧团，搬到霞飞路（后改名为淮海路）巴黎大戏院去演出，我也转到苦干剧团去泡后台，这才不怎么到卡尔登后台去了。

在日寇投降前后，唐大郎和龚之方一起独立办了一张小报，报名《光化日报》，形式上仍是八开一张的小报，但内容都做了革新，第一版是社会文教消息，第二、三版仍是小报形式的软性副刊，第四版影剧消息。报纸创办之初还在各大报上刊登广告，开列特约撰稿人名单，我们兄弟两人都名列其中，为第一版主编老友沈毓刚写稿撑场面。

但是这时我面临大学毕业，急于寻求一个正当职业，对自由撰稿人的不稳定生活感到厌倦，因此慢慢疏于文笔，同一些报界旧友来往日稀。《光化日报》像其他许多小报一样维持寿命不长，但唐大郎即使自己不办报，仅为各报每天写一篇豆腐干长的短文或一首七绝，其收入也足够维持一般水平的生活了，因此他从来没有辍过笔。

唐大郎的打油诗与众不同的是，他以玩世不恭的态度，对当时社会风尚，尤其是暴发户奸商或洋场恶少的种种看不惯的现象，进行冷嘲热讽，极尽其嬉笑怒骂之能事。表面看来他似乎有些文痞作风，但骨子里他却是中国旧式伦理所熏陶出来的文人。有时似乎诲盗诲淫，实则是在卫道，只是不扮正人君子角色而已，也许其效果更加切中要害。

要列举他的那些打油佳作，如今已不可能了，因为他写得太多太滥，写完就丢，没有保存下来，这是十分可惜的，因为这里面不仅有他过人才华，还有他笔下的旧上海社会众生相，极有社会学和民俗学甚至史料价值。90年代初龚之方来京小住，我们几个上海旧友请他到他女儿住处附近一家川菜馆小叙（因他当时已不良于行），谈起大郎诗稿。据之方说大郎去世之后，曾有一位老先生从启东（还是苏北什么地方）来信，告知之方，他是大郎的忠实读者，历年来凡能从报上读到的，他都剪下粘贴成册。之方闻之大喜，马上去信要求借用复印，将来完璧归赵。但此信发出后，如石沉大海，杳无音讯，不知是那位老先生已不在人世，还是人已迁走，或者地址记错。结果空喜欢了一场，真是可惜。

大郎诗集后来还是出版了一本的，那是在改革开放之后，他为香港《大公报》副刊《大公园》每期写一首诗，栏名《闲居集》，写的虽是上海生活，大都是怀旧之作，已无昔日锋芒了。据他自己在信中告我，这只不过是"弄眼（些）港币白相相而已"。

我素无国学根底，儿时背诵的耳熟能详的唐诗宋词，在进了大学接受西方文化教育以后，早已忘得差不多了。但读到好诗好词，还是有欣赏力的，只是过眼即忘，能记得一句半句已属不错。读大郎的诗也是如此，少年时代读了这么多，留在记忆中只有两句，而且在某些正人君子心目中恐怕还是不堪入目的，那就是：

美人送我宝塔巾，

我赠美人勒吐精。

宝塔巾为当时上海新出的高级手帕的商标名，广告做得很大，勒吐精则是美国著名奶粉的商标名。凡是读到此诗的友人莫不会心微笑，或者拍案叫好，叹为绝作。

至于后来香港出版的诗集《闲居集》已无这样的忘情佳作了，多半是怀念旧友的感伤之作，比如赠我的一首：

知君翻译已成家，
常为清才念麦芽（我当时用的笔名麦耶）。
愧我终非梁羽老，
误他空梦笔生花。
皇亭子畔勤埋首（我当时蜗居北京皇亭子），
八面槽头驻前车（50年代曾在八面槽三轮车上匆匆一见）。
安得约齐沈与李（沈、李均为旧友），
蜗居煮酒复煎茶。

这里需略加说明的是，"文化大革命"结束后，我无事可做，穷极无聊，忽发奇想，要请大郎信笔所至，把上海当时风月场中的轶闻趣事记它一二，由我译成英文，设法弄到国外去出版。因为我曾经读过美国作家台蒙·伦扬的作品，他也是每天晚上泡在酒吧里，把耳闻目睹的风尘中人物如黑帮头子、流氓拆白、地头蛇、赌棍、拉皮条吃软饭的，还有歌女、舞女、妓女、老鸨等各色各样人物进行诈骗、敲诈勒索的活动写成故事，成为光怪陆离的纽约生活的一面。不过台蒙·伦扬的高明之处，不但是语言生动逼真，粗话与切口连篇，如闻其声，如见其人，而最独具匠心的，还是每篇都有一个欧·亨利式的结局：人性未泯，个个有颗黄金般善良之心。现在对旧上海社会生活阴暗面知者已不多了，所知者也无非是些公式化和概念化的东西。大郎若能重操旧业，对上海社会民俗史当有所贡献。但是也许我在信中没有把话说清楚，使他误以为我要他学流行作家的笔法，写一部上海大亨发迹史之类，与我当初的用意大相径庭，自然不屑为之，遂来信婉言拒绝。反而向我借阅傅译巴尔扎克小说《贝姨》，令我觉得惊异。可惜待我有机会回上海一次，他已过世。到上海那天下午，我到《新民晚报》去会老友，才闻此噩耗，当天下午就在龙华殡仪馆开追悼会，我还赶得上去送了一只花圈和瞻仰遗容，却无法与他一起"煮酒复煎茶"了。

戊寅初雪卧床拥被作此，时年七十有五

记姚师莘农

　　我最早看到姚师莘农的笔名姚克是报上关于鲁迅出殡的报道，十二位抬枢起灵的人中有他。接着是在《鲁迅全集》中关于他协助斯诺选编《活的中国》的记述，当时还曾在上海旧书铺中翻到几本吴经熊编的英文杂志《天下》，这才知姚克是位学贯中西的才子。后来又使我意想不到的是他还能写剧本，而且是古装戏的剧本。他编剧的《清宫怨》早在 40 年代就风靡了上海的剧坛，少年时代的我曾是忠实的观众之一。

　　在 40 年代中期我对话剧产生了浓厚的兴趣，那是因为当时日军进驻上海租界，美国电影断档，国产电影水平低下，越剧、沪剧仍是下层市民的娱乐，于是话剧异军突起，成了上海较有文化品位的人们的唯一高尚娱乐。由于我的同学苦干剧团演员白文的引路，我不仅跟着他跑后台，看排戏，而且也认识了黄佐临、李健吾等编导和石挥、韩非、乔奇、白沉、叶明、李德伦、陈叙一等演员，其中当然有我心仪已久的姚克。但是我毕竟是个初出茅庐的大学生，虽然在上海的一些主要报刊上写些观感，有人以剧评家相称，但在上述几位前辈面前我还是个毛孩子，因此只是在远处景仰，或默坐一旁，听他们高谈阔论而已。

　　到了日本投降后，我在大学最后一年时，这才有机会选修姚克在圣约翰大学英国文学系开设的欧洲戏剧课。那时圣约翰大学英国文学系是个小系，全系师生不满百人。除了系主任司徒月兰女士教授英国小说和散文以外，还有一位英国文学教学界的耆宿原清华大学教授王文显老先生，当初他曾是张骏祥等前辈的师长，如今我居然也有幸在课堂上听他用声若洪钟的圆润的音调，抑扬顿挫地朗读关于莎士比亚剧作的讲稿，真是感到三生有幸。我记得姚克是在日本投降前夕苦干剧团遭迫害解散后到圣约翰大学来做兼职讲师的。他开的欧洲戏剧课一共两个学期，六个学分，前后要读七八十个剧本，从希腊的悲喜剧，到歌德的《浮士德》、莫里哀的喜剧，一直到王尔德、萧伯纳的剧本等。每读完一个剧本，还需写一篇报告，这在别的同学来说，也许是苦差事，但是我因有一些写看戏后观感的底子，还能应付一下，要费脑筋的是如何用英文表达了。不知是由于姚克碍于相识的面子，还是由于其他原因，他在批阅时总写下几句勉励的话。

日本投降后，他在联合国善后救济总署工作，大学里的课仍兼着。每周三次，我们都会在静安寺路和西摩路口（现名南京西路和陕西北路）相遇，等候学校新添置的班车（一辆美军卡车）一起去学校。头一次他在吃力地爬上卡车时还不好意思地苦笑一下，向我解释为什么善后救济总署没有为他派车，其实，这种爱面子的想法完全是多余的。当时车辆和汽油都短缺，有卡车可搭已是够方便了。当时从华西大学转到圣约翰大学来教书的加拿大著名和平人士文幼章博士周末也是和我们学生一起爬上卡车进城的。

在班车上，我趁机向姚克提了一些比较现代的英国剧作家的问题，他向我介绍了毛姆和诺尔·考德（一般都把这个姓按英语拼写读为"考华德"，即"懦夫"意，但用在姓中应念为"考德"，以示区别，这就是姚克告诉我的）。后来我曾把考德的一个喜剧翻译改编，由上海著名喜剧导演胡导导演，在一个小剧场演出，居然演了二三十场。不过这已是后话，因为我从学校毕业出来以后，与姚克已不再有联系了。

　　但是我对姚克的行踪还是很关心的，有海外文化界友人归来，总要打听一下他的消息，对这位才华过人的前辈晚年绝笔隐居深感惋惜。我谈不上和姚克有什么深交，但毕竟上过他的课，虽然不才，勉强也可以算是他的一个亲炙弟子，因此写此短文，以表怀念。如果我不写，也许没有人会想起姚师莘农曾在 40 年代中期的这一段设帐授徒的经历了。

1995 年 6 月 20 日

听风楼里的辛勤耕耘者

　　很久以前就想写一篇回忆我同冯亦代的交往的文章，但是千头万绪，不知从何下笔才好。我同冯亦代相识已快五十年了，其中历经风风雨雨，因此可以说我们既是忘年之交，又是患难之交。尤其是在我一生几个重要的关头，冯亦代总是像兄长一样令人宽慰地出现在我面前，他的坦荡的胸怀，宽厚的待人，他的在患难之中相濡以沫之情，是我毕生也不能忘怀的。

　　1945年日本投降以后，冯亦代从重庆回到了上海，一边在圆明园路一家从事长江船运的公司里供职，一边编了一家报纸的文艺副刊。我大概是在这个时候认识他的，但至今已记不得是怎么认识他的了。因为说来令人不信，我当时虽刚从大学毕业，已厌倦在学生时代就开始的卖文生涯，一心想找个固定的工作。因此我对作为企业家的冯亦代，远比作为副刊编辑的冯亦代更感兴趣。我记不起曾经为他编的副刊写过稿。

　　但是正如英语里所说的，"Once a writer, always a writer."我当然还谈不上是个作家，但既然写过一些文章，就不免染上了文人"臭味相投"这一习气。因此我还是通过一位同窗好友的关系，给吸引到冯亦代周围的一个文化人圈子里去了。这个圈子就是后来被称为重庆二流堂上海分店的一些文艺界朋友，其中多数是原来在上海的一些文学青年加上重庆来的一些我们仰慕已久的著名作家、诗人、戏剧家、漫画家，甚至演员、明星等等。这其中的媒介就是当时大家称为二哥的冯亦代。这些朋友常常在赛维纳喝咖啡，或者在朋友家中跳舞。不过，这只是聚会的场合或形式。而内容则是谈文学，论古今，当然同时还写稿，编报，办刊物。如今回忆起来，这一段生活是我一生之中最热闹和激动的插曲。

上面说过，我当时虽然小小年纪，却已厌倦生活没有保障的卖文生涯，一心只想谋一待遇优厚的差使，过上安定的生活。毕竟我已从大学毕业，需要独立生活，不能再靠家庭供养，闲时写写报屁股文章了。而一个学西洋文学专业的大学毕业生，在当时的环境里，除了"吃洋行饭"以外，是没有什么其他出路的，而自视清高的我，自然不屑于去做生意。正是在这彷徨徘徊之际，冯亦代托人给我送来了几本书，叫我把其中大意摘要译成英文。这是他太太郑安娜受一位美国记者之托。冯亦代要我代劳，其用意很明显：想让暂时失业的我赚些稿费，手头有些零用钱花。

可是这几本书是赵树理著的《李有才板话》等那样的解放区出版的文艺作品。老实说，我当时刚从大学毕业，还从来没有过把中文小说译成英文的经验，何况解放区的文艺作品写的又是我所不熟悉的题材。尤其难的是，我从出生到成年，足迹不出家乡和求学所在的上海两地，因此，语言是出奇的贫乏，初读北方农村乡土气息如此浓厚的赵树理作品，不仅感到生疏和新奇，而且许多地方都看不懂，要把它译成英文那就难如登天了。

只是由于郑安娜的信任和冯亦代的鼓励，我才勉力把这几本小说译了一个大意，交了出去。好在是个大意，许多无法解决的困难都给我绕过去了，有时中译英仿佛比英译中还容易些，就是因为可以采取这种"取巧"的办法的缘故。这事随后我也忘了。谁知过了很久，偶然与一位同行谈起翻译甘苦，她居然对我推崇备至，使我感到意外，经一再追问，竟是从郑安娜那里听来的。

这使我心里感到热乎乎的。倒不是因为有人吹嘘而感到得意,而是觉得冯、郑二位友情的可贵。要知道我当时与他们刚刚相识,还没有什么深交,何况自己刚从大学出来,英语的水平和功底可想而知,而他们作为前辈还是这么看重,只能说是出于提携后进的好意。根据我后来长期观察的经验,在他们二位嘴里,是很少听到对共同认识的人有微词的。即使有的人的为人有些瑕疵,他们也往往出于好心,从善意去为之解释。处在当今"打击别人,抬高自己"成风之世,又寄身于素有"文人相轻"之诮的知识分子圈子里,遇到这样忠厚待人的长者,确实令人感佩。

冯、郑二位这种提携后进的热心肠的事例,在我以后的接触中还看到不少。近年来冯亦代二度中风,体力和精神已不如往年,郑安娜左眼因在干校患青光眼没有得到及时治疗而失明,但是他们两位老人爱护青年、提携后进的精神始终不减。你若到听风楼去造访,常常会见到冯亦代被一些青年围着,一起在认真地切磋翻译和写作问题。经冯亦代的介绍和推荐,他们的作品已有不少问世。你也经常会听到郑安娜在她自己的房里,带着一位女青年在练英语对话。隔着墙壁去听,师生两人的语言与语调使人辨不清是华人还是洋人。但是郑安娜在听到别人的赞叹时,总是很谦虚地把赞美的话转到学生的身上:"这孩子真聪明,她的一口漂亮的英语就是自己听广播刻苦学来的。"

谦虚,也是冯亦代的美德。50 年代初他在外文局前身国际新闻局担任秘书长,百忙之中还抽出时间来译一些书。那时出于时代的需要,业余翻译的书以政治性的居多。有一次他要我为他校阅一本关于英国政治的书。我说:"你译的东西还需要我校订什么?"他却郑重地说:"话可不能这样说,这种政治书我从来没有译过,你是搞这一行的,可以看得仔细一些,免得出错。"甚至到今天，冯亦代还常常拿出他翻译中令人挠头的问题同人商量，而对别人的意见，他总是虚怀若谷，留心倾听的，从来不以翻译界老前辈自居。

我很欣赏冯亦代为自己简陋的居处题名为"听风楼"。这是一间一面朝北一面朝东的楼房，阳光很少照进屋子来，而逢到北京冬春两季刮风季节，西北风狂啸怒号，窗棂格格作响，仿佛就像"风波亭"一样。我不知当初题名为"听风楼"是不是这个原因，如果我的猜想属实，则此名起得哀而不怨，饶有风趣。冯亦代历年藏书，在几次劫难中散失殆尽，到了最近几年才又陆续添购收藏，这些印刷精美的原版新书刮风时就会积上厚厚的一层尘土，身体瘦弱的郑安娜老人则忙碌不停，或者扫拂尘土，或者在简陋的书架上蒙上一块罩布。书架在屋子里已放不下，侵占到外面过道上来了。书，大概是他们两位老人最珍贵的东西了。在听风楼里，作为他们两位晚年自娱的，不是这个机、那个机的现代化家庭设备（当然，郑安娜也有一台携带式录音机几乎随身带着，但这不是为了听音乐消遣，而是为了听读书。因为她视力不好，有时只能用磁带来代替书本了），而是书、书、书。夫妇对坐，读书、写书、译书，这就是听风楼里的韵事和佳话。因此把听风楼更名为"耕耘堂"也许更为贴切一些，只是这么一改，就俗得索然无味了。

冯亦代在文学、翻译界享有的声望，是不用我多说的。然而他的太太郑安娜却鲜为人知。这不是说她没有享有口碑的译著出版，而是因为她默默耕耘，不计名利。比如她第一个译了意大利著名作家卡尔维诺的童话集，但她没有送到著名文学出版社去出版，却送到儿童出版社，因为她首先想到的是为儿童们提供一些精神食粮。她尽管翻译出版了不少好书，但从来不趋炎附势，投一时之所好；也从来不抛头露面，以译家自居。更多的是埋头工作，不计收获。他们夫妇俩有时也合作译些东西，但外人从不知冯亦代的合译者郑之岱就是他太太本人。甚至冯亦代的一些老友也不知道，有一次赵家璧在上海看到两人合译的一本书，还寄信来祝贺冯亦代得到了一位这么好的"中年助手"！

也许从事业上来说，如果扣去二十多年的劫难，冯亦代、郑安娜现在孜孜从事的正是他们在中年时被迫中断的旧业，这大概也是他们两位老人在离休之后犹如此勤奋的原因。为了把那被无端剥夺掉的大好时光夺回来，夜以继日，分秒必争，辛勤耕耘，使我这个懒散成性的后辈只有惭愧的份儿。

有耕耘，必然有收获，近年来冯亦代出了好几本散文集，也出了一些当年译作的重译（如海明威的《第五纵队》等），但是新译尤多，光是近期出版的，就有他们二老合作的《西西里民间故事》（漓江出版社出版）；还有三个集子：《年轻的心》《青春的梦》《逝水流年》，都是以青年读者为对象，介绍当代英美文学及其流派，由中国青年出版社和中国文联出版公司出版。

哀老成之凋零

　　"文化大革命"中号称北京外语学院英语系"三家村"的王佐良、许国璋、周珏良三教授，如今都已作古，先是最年轻的周珏良，后是许国璋，三是今年年初心脏病突发的王佐良，他们三位的相继亡故，是中国英语教学界的莫大损失，不论是他们的朋友同事，还是入帐或私淑弟子，莫不扼腕叹息。

　　三位前辈之中，我最早见到的是许国璋。那是60年代初。但是我同许国璋先生相交并无渊源。我既不是他的学生，也不是他的同事，更不是他的同学。而且我同他相会很晚，只是近十几年来的事，会面的次数也不多，仅十来次而已。因此，按一般常理来说，是完全没有资格写什么悼念文章的。但是我从南方回来间接听到许国璋先生病故的消息，不免怅然良久，仿佛失去了一位良师益友。

　　从某种意义上来说，我的确可以说是许先生的一个私淑弟子。我因1957年犯"言论罪"削职为民，在华北一家国营农场劳动改造两年后，调回原机关的一个新设的外语训练班，为内定派出国的驻外记者教英语。这些记者多半在中学或大学时代学过英语，因此所授课程除了补习基础和突击口语以外，还设置了所谓"外电外论"课，即以英美通讯社的电讯和报刊社论及专栏文章为教材，教他们阅读理解和翻译。由于我在"犯罪"之前长期担任和主管这一工作，就被从农场调回来教这门课程。我虽是教会学校出身，但由于少年时代心有外骛，以致英语语法从来没有系统地学过一遍。后来我虽然做了快十年的翻译工作，全是凭我上大学时的英语环境和大量阅读所养成的一些语感对付下来的。如今要我半途出家去教成人英语，多亏许国璋先生主编的四册英语课本（如今已以《许国璋英语》闻名于世）勉渡难关的。我边教边学才大致弄通了英语基本语法。因此后来我在给他写信时执以弟子之礼，称他为"许师国璋先生"，他是完全可以受之无愧的。但他却马上给我写了回信，谆谆告诫我以后不可再这样称呼他，由此可见这位一代大师的谦虚品质。

我同许先生的第一次接触，或者毋宁说"没有接触"，是在1963年前后。当时我工作的单位一时无处容身，不知通过什么关系，在北外西大门斜对面的中央团校借了一幢空楼当临时校舍。搬去不久，一位管教务的干部通知我们两三个"右派"教员第二天去参加一次接待外单位来"取经"的会。据他说这个外单位就是马路对过的北外英语系，带头来取经的是鼎鼎大名的许国璋教授。我听到了这个消息先是感到有些受宠若惊，后来又有些惶恐。我心里想：把我们小小的外语训练班搬到北外的大门口，本来就有些班门弄斧了。不论从情理上来讲，或是从礼貌上来讲，我们都应该主动先去求教才是，怎么可以有劳像许先生这样的前辈屈尊呢？但是我还没有把这番话说完，这位干部就有些不高兴了，大概是因为我扫了他的兴吧，他冷冷地说了一句"我们教外报外刊有一套，不要妄自菲薄嘛"，好像书是他教似的。说完他转身就走了。第二天会见许国璋先生等一行时，这位干部大概是担心我们几个口无遮拦说错话吧，就自己包揽了介绍教学经验的发言，洋洋洒洒地讲了一个上午，只有在最后几分钟需要回答一些具体问题时才要我们几个简单地讲一两句作为补充。许先生他们表示感谢后站起身来告辞走了，我们才如释重负地站了起来，自始至终，没有同许先生有任何直接的接触。

第二次同许先生发生接触已是"文化大革命"的后期了。在此以前，我的工作单位在1964年并入了一所新建的外语学院，我们几个教员跟着原来的领导班子转了过去。到"文化大革命"后期学校从"五七"干校回来要"复课闹革命"的时候，英语系的一位领导不知怎么想起我同许国璋先生在1963年的那次"接触"，要我去请许先生来做一次报告。我那时政策还没有落实，革命还是反革命的身份待定，因此凡事不敢顶撞。我从东郊赶到西郊，找到许先生时，他正好下课出来。我赶紧趋前问好，但是他已记不起我是谁了。待我把此次前来见他的使命说清，他表示自己不能做主，要我到教务处去联系。教务处以"保护许先生健康"为由婉言相拒。这个结果是意料中事，但是使我怏怏不快的，是我没有勇气拒绝这个明知要碰钉子的使命。

第三次见到许国璋先生是在山水甲天下的桂林。那是在70年代中期，我随我们学校的教务长和英语系的一位领导去那里参加联合国文件翻译经验交流会。在这以前我虽然已参加联合国文件的翻译和校订，但是这次去桂林开会，就像当初参加译校工作一样，若不是主其事的几位行家点名要人，我是轮不上参加译校或开会的。说实话，我对游山玩水一向没有兴趣，这次也是这样，但是能有机会意外地重逢许国璋先生，使我在困厄之中添了一位心仪已久的师友，是我毕生珍惜的收获。头一次交谈是在去阳朔的游艇上，许先生与我坐在船头，领略两岸如画的风景。我不免谈到第一次会见时的不恭（虽然那不是我的过错）和第二次造访的唐突（那也不是我的过错），许先生淡然一笑置之，反过来却很关心我的谈不上坎坷却令他叹息的境遇。

第四次与许先生邂逅是几年后在东交民巷红都服装店。那天我陪妻子去那里帮她定制出国服装，正好许先生夫妇也在那里定制许先生的出国服装。在选料和量衣的间隙，许先生问我自己为什么不想法出国游学一次，并且告诉我不妨一试申请哈佛大学为新闻工作者专设的尼门基金。我对他说我对出国没有兴趣，要出去镀金的话，40年代后期我早就出去了。许先生听了叫了一声我的名字正色说："这不是镀金，这是恢复名誉。"言下之意是，那时出国的政治条件控制很严，如果批准你出国，就说明你已通过政治审查，等于是恢复了名誉，因此要积极争取。对于许先生的这番关心，我当然十分感激，无奈我天生的犟脾气，这样的事情我不愿低声下气去求人，所以隔了两三年才由新的单位为我安排了一次机会，也算当了一次访问学者。

正是这次邂逅中许国璋先生邀我有空到他那里去坐坐聊聊，我同许先生的接触才多了一些。每隔两三个月，我总要骑车到许先生在北外西院的寓所一次，闲聊一会儿，谈的都是一些社会见闻、小道消息之类。许先生大概蛰居书斋，对于外面世界的情况不甚了解。他的一些同事和学生在这位长者面前恐怕不会像我那样口无忌惮，所以他对我带去的一些见闻很感兴趣，不时还同我探讨一些国家命运、民族前途、社会积弊。每次在我告辞时他都觉得意犹未尽，嘱我有空多去聊聊。身在书斋，心系窗外，许先生也许可以说是一位典型的忧国忧民的知识分子吧。

如果说在这短短几年的这种师友之间的交往中，我有什么求教的话，一共就只两次。一次是我写了一篇有关翻译的短文请他斧正。他略加改动，就转到《外语教学与研究》上去发表了。另一次是请他为我的申请职称事写推荐信。我本来是可以找好友巫宁坤的，不巧他到剑桥游学去了。于是我只好去找许先生，还生怕他婉言拒绝，因为他同我虽然已说得上是朋友了，但是对我的业务水平终究是一无所知。可是他听了我的要求以后，二话不说，当场拿出一张信纸来一挥而就，几行毛笔字龙飞凤舞。写完他答应我第二天送到教务处加盖公章挂号寄我。这次相见还有一件小事值得一记。我去许先生寓所时，来应门的是许太太。她告诉我，许先生很忙，来求见的人又多，他不胜其烦，躲出去了。我正想留言告辞，许太太却叫我且慢回去。她转身拿了几个橘子，说陪我去见许先生。原来校方为了给许先生一个清静的工作环境，在另外一座楼里腾了一间屋子，给许先生做工作室。那里没有开水供应，所以许太太带了几个橘子待客。果然，那间屋子空荡荡的，除了一桌一椅和两张小沙发外，什么都没有。但桌子上却有一套五大卷的《西方思想史》，正是我多年寻觅而没有找到的一部百科全书型巨著。我抚摸良久，爱不释手，就在许先生展开信纸写信之际，我赶紧抄下书名书号，以备日后有机会选购。

在这以后几年中，我与许先生分居东西两郊，路途遥远，交通不便。尽管许先生曾经相约，各人走一半路到王府井清华园洗澡相会，但这只能说说而已。清华园那样的澡堂无复是昔日那样朋友重逢叙旧的去处，洗完澡多躺一会儿恐怕也会遭到服务员的白眼的。而有时兴趣来时打电话想约会许先生，说来奇怪，一共两次，两次都是碰上许先生出访的前夕，一次去香港，一次去欧洲。许先生正在整理行装，我只好匆匆说了几句一路顺风、后会有期的话，就把电话挂上了。我最后两次见到许先生都是在他倦游归来的饭桌上，特别是最后一次，他确是面有倦容。那是商务印书馆国际公司成立大会上，一年多不见，许先生已老态龙钟，步履不稳，还是由陈兄羽纶搀扶进来的，岁月真是不饶人。席间许先生说话不多，显得有些反应迟钝。但是在我们的谈笑中，他忽然迸出来一句"这卡拉OK到底是什么东西？"，这不禁使我感慨系之：面对汹涌的商业化浪潮冲刷来的不规范的"外来语"，一代英语大师也无可奈何。

1994 年 12 月 6 日

巫宁坤教授的一滴泪

　　我同巫宁坤相交不算久,至今刚满十年,初次相识是在美国华盛顿郊外参加一次美国史学术研讨会的时候,但是由于同是1957年的过来人,稍一接触,就无话不谈,相见恨晚。我们两人同住北京,他在西郊,我在东郊,交通不便,无法经常见面,幸有电话相通,一般每周两三次,频繁的时候达每天两三次。我生性孤僻,一生结交朋友不多,到了晚年结识了这样一位知交,也可以说是难得的了。

　　我们两人虽然经历大致相同,但是我所吃到的苦头同巫宁坤的相比,真是应了一句俗话"小巫见大巫"了。我比较详细了解宁坤一生的坎坷经历还是在80年代中期,我应安岗之邀,为他编了几期英文季刊 NEXUS,正愁缺稿之际,宁坤给我看了他在英国访问讲学时所写的一篇讲稿《从半步桥到剑桥》,讲的是他于50年代初从美国芝加哥大学获得文学硕士学位,投奔祖国,参加新社会建设,1957年被打成右派,又加上反革命分子的罪名,投入半步桥监狱,以后又送北大荒劳改、清河农场服刑以及最后终于获得"改正",恢复教职,并接到剑桥大学邀请讲学的一生经历。正好我的这份英文季刊的中文刊名叫《桥》,三桥凑在一起,也可以算是一种时代的象征吧。

　　我的这份刊物销路虽然不畅,但在北京的外国社团中间却有不少留心的读者,巫文刊出后,据我所知,就有荷兰、英国、美国大使请他吃饭晤谈,荷兰大使还同他结成了好友,宁坤成了活跃北京外国社团中一个"名人"了。

　　三年以前宁坤得到他在美国念大学时的母校曼彻斯特学院的邀请,作为访问学者任教一年,他就利用这个时间把《从半步桥到剑桥》扩充为一本自传,书名《沧海一泪》,已于去年年底在美国出版,甚得书评界的好评,《纽约时报图书评论》周刊2月28日一期已有专文评述,颇多赞誉之词。据我所知,国人能直接用英文写作者并不多,写得好的更少见,宁坤之书能获海外书评界的好评,除了内容以外,我想文字精湛,当是个很重要的原因。《从半步桥到剑桥》我虽有幸先睹为快,《沧海一泪》的赠书想也在途中,但是我的急切的等待心情还是十分强烈的。

　　一生快事不多,能够品尝一下友人泪中的苦味大概也是一件快事吧。

1993年10月14日

梅兰芳的翻译家儿子

新春伊始，北京电视台每晚黄金时间在播一部连续剧《梅兰芳》，这是为纪念梅兰芳、周信芳百年诞辰而拍摄的，编剧是梅兰芳的哲嗣梅绍武。

梅绍武是我二十年的老友，翻译同行，研究所同事。我同绍武相识相交，还有一段文字因缘。那是 70 年代中，我从干校回到北京，学校还没有正规复课，我们无事可做，闲得发慌。我就常常跑到托马斯·曼专家傅惟慈的家中去听他历经浩劫幸存下来的老掉牙的唱片。闲谈时他说起还有两个文友也是他的听友（那时还没有"发烧友"的称呼），一位是梅兰芳的儿子梅绍武，一位是后来成了福克纳专家的李文俊。我这才知道中国第一名旦还有个儿子是研究外国文学和迷醉西洋古典音乐的，印象十分深刻。

那时绍武在北京图书馆交换组工作，近水楼台可以看到许多与国外交换而来的新书，因为所有新书都要经过他们那里才送去编目上架。即使上了架，我们外人作为普通读者不一定能借到，因为当时"四人帮"未倒，控制极严，规定非专业人员不能借阅该专业的图书。我虽承学校照顾，领有一张个人借阅证，但因学校是所外语学院，我的专业是外语教学，只能借阅与外语教学有关的书，如语法修辞，而文学作品只供文学专业者借阅，不借予我。为了读到一些新书，我只好开后门由傅惟慈介绍我到梅绍武那里去借了。那里比前门爽快多了，书架上、桌子上、地板上乱七八糟成堆的新书，任我寻找挑选，册数、种类、时间都不限，因此每次都满载而归，填补了多年与外面书的世界断绝所留下的空白。

有一次惟慈兄问我，有一本极难啃的书我愿不愿意参加翻译。原来三联书店想约请绍武翻译英国牛津大学教授柏拉威尔著的《马克思和世界文学》，如果我们几人愿意，就一起翻译。当时出书控制极紧，一般外国文学书籍都还没有开禁，反正闲着也没有事。我就答应了，就由绍武带头，四人分开翻译，绍武的是第一部分，我分的是最后有关资本论的一部分。这书所以不好译，倒不是因为深奥难懂，作者毕竟是牛津大学教授，英语是很地道易懂的。麻烦的是书中引语甚多，需要查找马克思的原文，再对照已有的中文版译文，或摘引，或参考，这需要费极大功夫，为此我还借了马恩全集的中英文本各一套，翻来覆去，没有读一遍，至少也读了小半遍。有趣的是通过德文原文（傅惟慈兄擅德文）、英文译文和中文正式译本的对照，居然发现了一些不一致甚至错译的地方，比如把"Rival Queens"（两后相争）译为"王后的情敌"等这种笑话。等到这本书译完，我已成了梅府经常的座上客了，因为绍武的太太屠珍是外经贸大学英语教授，也是外国文学翻译家，他们两位贤伉俪有时夫唱妇随有时妇唱夫随合作翻译了许多脍炙人口的文学名著，还经常联袂出访讲学。屠珍性格爽朗，极为好客，家中经常中外宾朋满座，可以说是京中一个著名文学沙龙。不过绍武性格比较内向，人多时常常讷讷寡言，这大概同他听音乐耳机使用得过多而造成轻微失聪有关。但人少场合他常常冷不防地说几句俏皮机智的话，令人莞尔。有一次他告诉我，他在北京图书馆工作时有一个外号，同事叫他"梅踩铃"。那是因为他每天上班总是掐着时间到达，上班铃响，他才不早不晚踩进办公室的门，因此同事仿北京著名曲艺演员筱踩舞的艺名，给他起了这个外号。这个外号作为艺名颇不俗，同他老弟梅葆玖的名字一起写在海报上，一定也很叫座的。

如果说梅葆玖是梅兰芳艺术的舞台传人的话，应该说梅绍武是梅兰芳艺术的文字传人，对于保持和弘扬梅兰芳的艺术和风范有同样的功劳。十年前，绍武曾出版一本回忆录《我的父亲梅兰芳》，记述了这一代宗师的一生经历、艺术成就和为人，所根据的都是他亲身的感受和有关梅兰芳生前的可靠资料，可以说是一本"authorized"传记。后来他又主持成立梅兰芳艺术研究会和梅兰芳纪念馆，为发扬他先人的成就倾注了不少心血。最近几年他又牛刀初试，执笔编写《梅兰芳》电视剧。从资料的可靠性来说，他当然是绝对的权威。但是即使如此，他对细节仍十分严谨，一丝不苟。记得去年他曾打电话问我，当初日本投降消息传到上海时，上海市民作何反应，有没有爆竹齐响，锣鼓喧天？因为当时梅兰芳一家住在上海，而绍武却在内地上学，没有亲身经历可以凭借来写这一欢欣鼓舞的场面。我当时是在上海，记得半夜里为外面街上嘈杂的人声吵醒，连忙起床到街上打听，这才知日本已经投降，抗战已经胜利。但是当时上海租界还在日军占领之下，并没有人敢鸣放爆竹或敲锣打鼓以示庆祝。倒是有人在日本军车开过街道时，一时兴起，扔了一块西瓜皮，结果招来了日军的报复，派兵封锁了这个街区数天，不许居民进出，影响了居民的生活。我写此文时还没有看到这一段的戏，不知绍武是怎么写的。其实戏毕竟是戏，与生活不能太离谱，但也不必过于忠实，这里来个锣鼓喧天、爆竹齐鸣的场面又有何妨，反正是为了表达上海市民的欢欣情绪嘛。

绍武毕竟是个学者，他把严谨的治学作风带到电视剧的编写上来，因此《梅兰芳》一剧兼有戏剧和传记的特点。但是绍武又是性情中人，思想活泼，机智幽默，因此这一剧作又有极大的观赏性和艺术性，把梅兰芳一生孜孜以求，继承、发展和弘扬中国京剧艺术的努力和成就刻画得惟妙惟肖，淋漓尽致，确是十分难能可贵。

我尤其欣赏的是不论是台词或者演员的一举手一投足（当然这里有导演和演员的功劳）都把十足的京味儿表现出来了，我仿佛又回到了四十多年前的北京，令人怀念不已。

几个重要演员的选择也十分恰当，尤其是演青年时代梅兰芳的那一位，乍一看，还以为是葆玖的小弟弟呢。

1995 年 3 月 23 日

一位外国"遗少"

  澳大利亚学者白杰明是我的一位研究中国近代文化思想的外国朋友，在暌别几年之后突然前来看我，寒暄之后不免问他此行所为何来。他的回答令我意想不到：趁东安市场没有拆毁之前再来看一眼，以便向古城传统文化告别。言下之意颇有王国维投水自尽前的苍凉劲道。可惜的是他来迟了一步，东安市场旧址已成一片瓦砾，只有吉祥戏院的破坏外壳还孤零零地留在废墟边上，看来已朝不保夕，为日无多了。

  近年来国外汉学中兴，颇有一些醉心于中国古老文明的学人，趁改革开放之际，纷纷前来寻访他们原来只是在书本中领略的文化古迹、风土人情，这本来是不足为奇的。但奇怪的是我这位老外忘年交年纪不大，只有四十开外，留着一脸络腮胡子，身穿皮夹克、牛仔裤、脚蹬旅游鞋，完全是个嬉皮士的样子，丝毫没有学者风度，更谈不上中国文化熏陶的痕迹了。但是他的思想感情，尤其是对中国传统文化的思想感情，却可称得上是个外国"遗少"。他每次来华，总要发一通九斤老太式的一代不如一代的感叹：不是痛惜被拆除了的北京城墙，就是凭吊快要进行危房改造的拥挤的大杂院；不是懊丧喝不到京味十足的豆汁，就是痛斥肯德基和麦当劳的文化入侵。他还能如数家珍地告诉你，梁思成怎么在天安门前左右两侧三座门拆除前夕痛哭一宵，或者中华人民共和国成立之初曾有仿印度在旧城新德里郊外筑一新城的方式在北京西郊筑一新北京之议。总而言之，他对中国旧有的一切的心仪和迷恋，令我这个土生土长的中国旧知识分子自愧不如。

不过他也有露馅的时候，比如中国传统京戏他就欣赏不了，还对中国报纸上所宣扬的外国掀起京戏热的说法颇有微词，认为这纯属自我陶醉的夸大宣传，不足为训。可是这次他又来了一个一百八十度的大转变，恨不得跻身到五十余位中国文化界名人的行列，向有关方面呼吁保全吉祥戏院这一国宝。这一次目睹东安市场的废墟之后，说不定还会到国外去发动一场保存文物古迹的运动呢！只是凭他"遗少"的身份，影响还远远不够；何况破砖残瓦盖的吉祥戏院也不能同雅典万神庙、罗马斗兽场、埃及金字塔相比，更不用说中国的长城。而且由于年龄和阅历的限制，他对中国传统文化的了解，说得不客气一些，也只皮毛而已。比如当我倚老卖老地问他，第一次看到东安市场是在什么年代，他马上意识到了这一点，连忙承认，那时的东安市场已经不是原来的东安市场了，经过50年代的改造和合营，跟一般的国营百货商场已无区别。又如他所看到的四合院中家家门前有个小碉堡式的厨房，这种大杂院已无昔日大户人家独门独院的幽静雅致了。

要是他有我这一把年纪，也许够得上摆一摆"遗老"的架子，但经过历次运动和改造，这样的"遗老"为数已不多了。而他晚生了三四十年，至多只能当个"遗少"，而且是个外国"遗少"。不过话得说回来，当外国洋"遗少"比起中国土"遗老"来，还有一个优势：他有足够的外汇券，可以买张高价门票到"老舍茶馆"去喝杯茶，听一听骆玉笙的京韵大鼓。不过在那装饰富丽堂皇的地方，除了胡絜青题字的匾额，已无一丝一毫老舍的痕迹了。

1993 年 12 月 11 日

记伊罗生

到波士顿四天，原来是想做本行研究的，却意外见到伊罗生（Harold Isaacs）两次，可谓意外的收获。

布兰代斯大学美国研究系主任知道我过去有新闻工作的经历，在一次午餐会上特别请了伊罗生夫妇来作陪。果然一见之下，我们有一些共同的友人，虽然从年纪和经历上来说，我们相隔整整的一代，甚至说两代也可以。

我第一次看到伊罗生的名字是1938年的初版《鲁迅全集》，那是萧伯纳访问中国时在上海与宋庆龄、蔡元培、鲁迅、史沫特莱、林语堂、伊罗生合摄的照片，在我少年的心目中留下了深刻的印象，知道有这么一个关心中国的美国记者。谁知在以后几版的《鲁迅全集》或其他地方出现这张照片时，剩下的只有萧、宋、蔡、鲁、史五个人像了，伊罗生和林语堂消失得无影无踪。林语堂之被从历史上抹掉，还可以理解，但伊罗生为什么也会遭到从历史上、甚至人们的记忆中抹掉的命运，则就无从解释了。即使在三十多年以后的今天，即使林语堂和伊罗生都已"恢复名誉"，在新刊出的该张照片上，重又露出尊容，但是这位老先生一见到我，仍在不断地问我"为什么？为什么？"，使我无词以对，只能"王顾左右而言他"了。

其实他也读到英国作家乔治·奥威尔的名著《一九八四》，很清楚这是为什么。

伊罗生老夫妇在被冷落、被从人们的记忆中抹掉三十多年以后，终于在 1980 年应作家协会之请，重游中国，会见了一些像陈翰笙、刘尊棋、丁玲那样的老朋友，也结交了像王辛笛那样的新朋友。对他们，像对我一样，他都问："你为什么不把你个人的经历写一部小说？"他觉得不写太可惜了，历史将会留下空白。他觉得有些反映"文化大革命"暴行的小说，人人会写，并没有什么永久的价值，但是在中国 20 世纪这个多难的历史阶段，许许多多知识分子的经历，哪怕是个人的经历，却是很有历史意义的，即使没有很大的文学加工，也会是一部有价值的小说。

问到他自己最近在写什么，他说正在为《纽约时报》书评周刊写一篇《中国的一日》英文摘译本的书评。中国的读者恐怕很少有人读过或者听过这本书了。那是茅盾领衔主编由生活书店在 1936 年出版的一本报告文学集，我还记得那是模仿高尔基所编的《苏联的一日》的。毕竟老前辈记得比我清楚，高尔基虽然在 1935 年作了这个创议，但《苏联的一日》到 1937 年才出版，倒是由此得到启发的《中国的一日》抢先在 1936 年问世了。

说起来也慨叹世界真小。这本书的英译者就是我在康奈尔大学的主人薛尔曼·考克伦教授。前不久他还告诉我正忙着在看清样，杀青后将由耶鲁大学出版社出版。他从原来四百多篇的征文中，摘译了八十几篇，大体上反映了抗战前夕中国的各种社会情况，这对于研究中国的美国学者固然有用，其实对于中国的一般读者，尤其是年轻一代，也是不无益处的，即使作为历史一页，国内恐怕也有重印的必要。

白文和我

一

　　今年是 40 年代上海著名话剧演员白文病逝的五周年，终于读到由黄宗江转寄来的白文自传性的遗作《娘娘和我》。这本书是他在病中写的，最后没有写完，他在写了一句"我再也写不动了"之后一病不起，就此搁笔，病逝于南京军区总医院。从此，中国少了一个在演技上下过真功夫的演员，也失去了一个用真话写作的作家。但是由于他身处在谎话的包围之中，有时为了保护自己，也不得不半真半假地说了一些违心之言，甚至在真诚相待的朋友面前也是如此，特别是在酒后（而他又嗜酒如命），因此常常给人以装疯卖傻的印象（但是实际上他常常用假话形式在说真话）。作为一个自幼参加革命快五十年的人来说，这是实在有些令人感到凄然的悲剧。

　　就是他的死讯，也是真真假假，传了多次。前几次是怎么传的，我不知道，因为我虽然在少年时代与他是朝夕相处的至交，但是成年之后，各奔一方，特别是中华人民共和国成立以后，各行各业互不来往，虽然间或相聚，除了回忆昔日年华以外，已无多少共同语言了，因此后来音讯渐疏。及至 1990 年我蛰居美国中西部一小城，一日忽接纽约鼎山来电云，黄宗江嘱其在纽约之女转告，白文已经去世，并云他在临终前叮嘱家人，死讯务必告诉黄佐临、黄宗江、董乐山三人。我接电话不禁感到怆然，马上动笔写了一封信给还在南京的姜曼璞，表示哀悼。谁知约莫一个月后忽接他们在旧金山的女儿晴晴的电话，才知噩耗是误传。但他的病已入膏肓，返归道山之日当为期不远矣。果然，过了几星期，晴晴又来电话告我，这次是真的去了。

在这以后，我一直想写一篇文章，悼念我这个少年时代的至交。老实说，除了黄宗江以外，也许只有我是唯一真正了解白文的了，虽然我在中华人民共和国成立以后的四十多年中同他交往并不多，诚如宗江所言，"酒后吐真言"，或者如俗语所说，"人之将死，其言亦善"。我通读《娘娘和我》两遍（第一遍是三年前宗江寄我的原稿复印件，后半部字迹潦草，复印不清，读来非常费力），在他特有的半真半假、亦庄亦谐的文风下，掩盖不了他的一颗赤真的心。可惜，他生不逢辰，抑郁之下，无法吐露真言，只好求得一醉，但又不甘就此消沉，因此形成了他的十分矛盾的性格，有时甚至遭到外人的误解，把他当作一个丑角式的人物，这只能说他们自己乃是俗物而已。

白文在书中写到了许多真人真事，有的用真名，如王季琛、李求实和我，有的用外号如"皇帝""公主""胖子"，有的用当时本人的假名如"方先生"，或当时的尊称如"黄先生""高先生"。这些人当时我也都是认识的，有的还是前辈，对我做过指点，大概是他们看到我是白文的好友才爱屋及乌吧。"方先生"在敌伪即将覆亡前夕，通过白文对我表示的关心，我是一直没有忘怀的。"黄先生"十几年前在北京排《伽利略》时，把我叫去一见，还感叹地说了一句"麦耶（我当时的笔名）长大了！"，这也是我永远不会忘记的。这里补记一句，也算是对他的悼念吧。

二

　　前不久我在上海《新民晚报》发表了一篇回忆 40 年代著名话剧演员白文的文章，想不到拙文刊出后马上就有反应：第二天中午，我接到同在北京与我一样第二天才能读到上海报纸的范用同志的电话，他对白文其人其书很感兴趣，他还记得白文创作的话剧和电影《哥俩好》。天下真是不乏有心人，我禁不住忙不迭地告诉他，文中提到的"方先生"就是他的好友王元化，至于"黄先生"是黄佐临，"高先生"是高季琳（柯灵），我不说，他也能猜到的。范用当时是在大后方工作，对于敌伪时期的上海的情况很感兴趣，他问我为什么不把自己了解和经历过的一些事情当作回忆录写出来呢。

　　老实说，在这回忆录充斥的年代，我对于写回忆录实在没有兴趣。这，我在 1992 年刊载在《中国作家》的一篇随笔中已经说过了：我不是名人，来往皆白丁，一生乏善足陈，既无光荣史，又无坎坷史，更无奋斗史。但是如今看在快要（或者得说已经）被人遗忘的亡友份上，觉得有些往事还是可以记一下的，给历史存真谈不上，至少可以让后人在读了许多给自己贴金或粉饰的回忆录之余，也知道事情的另一面，发个"原来是这样"的感叹。

　　白文在自传性遗作《娘娘和我》中说他与我相识是在 1941年，我们在一所弄堂中学上高中三年级的时候。其实，在这以前我们已经有了一段文字因缘。1940 年夏，我因在光华附中参与反对学校当局向汪伪政权登记的罢课，被勒令退学，名字上了黑名单，接连考几所中学都没有考取。后来换了一个假名进了一所新办的中学。由于身份已经暴露，不宜再做学生工作，而我课余又喜涂抹，曾在一些报刊上投些诗歌和散文的稿子。因此就被调去做文化工作，为一个以青年为对象的刊物《青年知识》编文艺稿件。在这期间，我曾选用了白文投来的一首短诗。后来，我恢复原名转到那所左派办的弄堂中学，与白文成为同班同学，在谈起个人文学兴趣时，他自然提到他的投稿，我提到了我的编稿，两人相视大笑，相见恨晚。

　　这时他白天在教室里打瞌睡，晚上在卡尔登大戏院（今黄河剧场）的上海艺术剧团当跑龙套的小演员。上艺的主持人是人称"鬼才"的名导演费穆，当时演出的剧目是他编导的《杨贵妃》，由刘琼演唐明皇，狄梵演杨贵妃，白文演的是站在舞台边上只有一句台词的驿卒。他带我去看了白戏，并把我介绍给剧社负责宣传工作的王季琛相识，无非是要我为他们写些宣传文字。从此，我就对话剧发生了兴趣，并开始在报上写些观感，虽然远远谈不上是剧评，却开始了我的所谓"剧评家"的生涯。

　　今天回想起来，我当时真可以说是少不更事，不自量力。当时小报很多，影剧新闻很受读者欢迎，但是正经八百地评论话剧的文字却很少。而在日军进驻租界以后，美国电影断了档，国产电影又很庸俗幼稚，越剧沪剧还只有娘姨大姐做观众，话剧就异军突起，成了稍有文化品位的人们的唯一高尚消遣和娱乐。话剧界几经组合，先是费穆办上艺演出《杨贵妃》，后又有黄佐临和顾仲彝加盟演出《秋海棠》，及后黄佐临又另组苦干剧团演出师陀改编的《大马戏团》和柯灵改编的《夜店》，编剧还有李健吾、姚克，演员有石挥（即白文书中的"话剧皇帝"）、张伐、丹尼、沈敏（即书中的"公主"）等，成为上海实力最强大的一个剧团，白文就是因为《大马戏团》中演达子的乔奇（即书中的"徐兄"）倒嗓临时代戏而成名的。这个时期也许是中国话剧运动史上唯一能靠演出维持剧团存在和演员生计的一个职业化时期，话剧已不复是大学生的业余文艺活动，也不再突出它的宣传功能。我当时白天在就读的大学里听王文显讲莎士比亚，姚克授欧洲戏剧，晚上看话剧演出，每月给当时一份大型综合性文学刊物《杂志》写一篇剧评。这家《杂志》的老板是原左联成员袁小逸，他当时改名为袁殊，在汪伪政府任江苏教育厅长，实际上可能是打入敌伪的地下工作者。当初张爱玲、苏青、沈寂等人就是在这家刊物上发表作品而崭露头角的，我的剧评只是作为每期的垫底而已。

白文那时候先后换了三个与他联系的党员：李求实、沈默和王元化（即书中的"方先生"）。这三个人我都在白文那里见过。沈默是位和蔼可亲的戴眼镜的大姐姐，后来与王季琛结了婚。李求实还是叶明的联系人，虽然叶明不是党员。后来李求实离开了上海，正好这时我经白文介绍在兰心戏院后台与叶明相识。叶明大我五岁，文学修养和戏剧造诣都很高。吕叔湘的翻译精品美国作家威廉·萨洛扬的《我的名字叫阿拉木》和伊迪丝·瓦顿的《伊坦·弗洛美》以及钱锺书的《写在人生边上》都是他介绍给我阅读的，开拓了我的审美视界，当时的感受真可以说是一阵兴奋的战栗。叶明肯与我这个在什么方面都只能算是他的小弟弟来往，而并不把我当作小弟弟，可能是他误会了我是继李求实之后同他联系的人。其实，当时我在剧评中的一些看法，有不少还是从他那里听来的，他才是我在戏剧艺术方面的引路人。这个误会由于我们从来没有正面谈及过，他可能一直保持到现在。因为他在去年年底给我的一封信中提到了他："……一月份去广州（为谢晋的明星学校）招考。广州有老友李求实，他是大学同学，又是地下党，我是他联系对象，近年他中过风，现已好一些。去广州时，想去看看他，好容易找到他家，见一老人扶一铝制架子慢慢移动（不能行走），我已不认识他了，他也不认识我。加上他中风后，

131

面部什么表情也没有，冷漠如素不相识者，使我大失所望。他问：
'你为什么不是离休？……你应该去找我走后与你联系的人（大概
是指你），由他证明嘛！'我说：'他自己都不能算离休，何况我。'
他听后仍无表情，拍在电影里，很新潮的。"幽默感，也许就是靠
它，我们才活到现在。

　　我在白文家见到过王元化多次，每次如我先在，见他一到，
就借故走开了，如是他先在，我进门见到，就稍为支吾几句走了。
我心里明白，他是白文的党内联系人，大家心照不宣，识相走开。
我以为王元化一定也知道我的身份，为了不至于发生横向关系，
没有挑明。谁知白文在离开上海去苏北前夕，忽然要介绍我入党，
使我意想不到。那天仿佛是他在我家吃了中饭，在我送他回家
（因为他已有些醉了）路上，大约走到西摩路（今陕西北路）平安
电影院南首的邮局门口，他忽然对我说："我走后，你放心，我是
（他的手心中画了一个'共'字）我们要吸收你。"我心里不免感
到好笑，但是又奇怪：我们朝夕相处四五年，几乎无话不谈，我
能猜到他是党员，怎么他就猜不到我呢？尽管如此，我还是很感
激他和他的上级王元化对我的关怀。照理，我是不能向他表明身
份的，但是为了消除不必要的误会，我只好间接问他，他是哪一
年？他在手心中画了个"40"，我在手心中画了个"39"，他这才
恍然大悟，哈哈大笑。后来我不知道他是怎样去向王元化汇报的。

　　类似的"笑话"以后还发生过一次。那是在日本投降前，苦
干剧团似乎已经解散，原来在剧团的乐队里拉大提琴的李德伦
（就是白文书中的"胖子"）失业后在"苏联之声"电台做 DJ，放
古典音乐唱片。有一天我奉命去电台（在南京西路茂名路口的一
家店铺楼上）找他，要同他恢复关系。他是一二·九学生运动时
入党的老党员，后来离开北京到上海断了关系，但这时已有姜椿

芳在同他联系，让我这么做是完全没有必要的。他不久就回北京经西郊进解放区了，一直到50年代初他在北京石驸马大街俄专进修俄语准备留苏时，我们才在西单附近街上偶遇过一次。当时苦干剧团还有一个朋友英文名字叫吉美的后来也去了张家口。他临走时还同我一起在上海电影院看了一场电影。他去解放区就是在看电影时告诉我的。他是沪江大学毕业生，英语极好，人也长得风流倜傥，当时正在与苦干剧团一位女演员莫愁热恋之中，居然能抛下她而走，使我有些不解。上海解放后他回来了，穿着洗得褪色的黄军装，依稀仍有昔日潇洒。他在文管会的电影处工作，后来创建了上海翻译片厂。他就是英语翻译片的"祖师爷"陈叙一。要是我当初不急于找工作而去北京，我很有可能跟他进翻译片厂的。

在这几个朋友陆续离开上海以后，我同话剧界的交往就渐渐少了，最后终于搁笔不再写这方面的东西，甚至销声文坛。

[注] 我同袁殊一共只见了两次面，一次是1944年他在前法租界寓所举行茶会，由《杂志》主编吴江枫临时来我家把我兄弟俩请去参加。当时袁殊喝得醉醺醺的，搂着当时著名弹词艺人范雪君胡言乱语。给我的印象是做戏给人看的：他是个腐化堕落的人。至于出于什么目的，就不得而知了（向世人掩饰他的真实面目？）。

后来一次是1952年我参加亚太和会的翻译处工作的时候。工作地点是中南海一个大厅，我值英文组夜班，两排桌子远的地方是日文组，他在值夜班。我们相视一怔，但没有说话。后来我从工作人员处打听到，这位光头胖子是从中共中央社会部借来的日文定稿人。由此可见，我当初听到的他是地下工作者的传闻不是没有根据的。

1995 年

寂寞的自语者

前不久在本报读到韩沪麟写的他在译文出版社偶遇老编辑吴劳留下深刻印象一文，深有感触。吴劳在外国文学翻译和编辑工作岗位上辛勤劳动一辈子，如今终于有人在报刊上公开表示"赏识"了，这使我感到高兴。但是遗憾的是，韩沪麟的那篇短文只涉及吴劳工作态度认真的一个侧面，并没有概括吴劳治学为人的全貌。这也难怪，韩沪麟同吴劳只有一面之缘，无法多所涉及。倒是自己的译文经过吴劳精心编辑加工的众多译者最有发言权，但他们所接触到的也只是吴劳工作的一个方面。要全面介绍吴劳，恐怕只有与他相知较深的人才能胜任。我与吴劳相交已有整整五十年了，虽然从来没有与他发生过工作关系，而且丁酉同年，一南一北，断了音讯，许多情况并不了解。只是到了最近十几年才偶尔见一次面，或通一次讯，因此实在也谈不上深知。近年来流行写回忆录为人为己立传，如果说我要为人立传的话，吴劳是唯一我愿意为之立传的。但是吴劳本人是个作家，他不需要"鬼作家"为之捉刀，而且再好的"鬼作家"也只能隔靴搔痒，不如自己动笔。而吴劳偏偏又不愿意动笔，因此我这才不揣冒昧，写此短文，姑且作为"激将法"一试。

我之所以认为吴劳值得立传，一是因为他命运多舛，他的坎坷一生，完全是中国知识分子在这快结束的多灾多难的半个世纪中受难的缩影；二是吴劳才华横溢，思维敏捷，平时妙语如珠，而又生性耿直，对于他所看到的客观现象，他都有自己的看法，常常如骨鲠在喉，一吐为快，以致口无遮拦，成了一个不合时宜的人，一生倒霉吃亏也就在此；三是他一生（其实只能算半生，因为要扣掉二十多年的劳改）从事翻译和编辑工作，中英文造诣之深和知识之广，国内同行恐很少有能与之相比的，我叨为学长，只能算个半瓶子醋，自叹不如。

吴劳虽比我年长一岁，但从学历上来说，我还是他的学长，我大学毕业的时候，他刚进同一所大学。不过学识是不能论资排辈的，在这方面他成了我的学长。我至今犹记得我们第一次见面的情况。他是通过当时写得一手张爱玲风格小说的同学李君维到我家来"慕名"求见的。一见之下，他立即毫不掩饰地表示大失所望。他以为我们兄弟两人，一个是风靡一时赢得上海许多纯情少女芳心的新派小说家令狐彗，一个是老气横秋点评戏剧的麦耶，生活一定过得很潇洒，有一个典型的知识分子的书房，或者资产阶级的公寓客厅。谁知我们的房间就像大学生宿舍一样，杂乱不堪。尤其使他意想不到的是，我还在书桌上熨烫自己的白衬衫！第一次见面，他就用苏州话冲口而出："啊哟哟，没想到你们过的是波希米亚式的生活！"要是换了别人，听了这话一定会不高兴的，但我觉得他说的是实话，不但不以为忤，反而欣赏他思维敏捷，心直口快，很合我的心意。

但是他以后一生倒霉，吃的就是这个亏。上海解放后他报名投考了北京外国语学校，在西苑集训。像当时所有这种性质的训练班一样，名为学校，实际上是变相的"革大"，先要经过一年半载的思想集训，交代历史和思想，经过政治审查后才正式入学（后即是北京外语学院）。我则因一个偶然机会，进了新华社，也到北京来了。京中没有熟人，星期日休息无以排遣，我就到西苑去找吴劳和他一起来京的哥哥（我们戏称大苏州和小苏州），到颐和园喝茶聊天，交换见闻。照理说，经过政治学习，吴劳应该检点一些了，但是据说他仍口无遮拦，依然故我，有时甚至还要与人辩论，以致经常在小组会上受到批评，后来被认为无可改造，予以除名。他在听到宣布开除的决定时，还若无其事地鼓掌欢迎。这也许是他求之不得的吧，终于可以摆脱思想控制，回家去过自由自在、我行我素的生活了。

下一次我再见到他时，是1953年我回上海探亲。他在锦江饭店旧楼请我们夫妇吃饭。饭后（还是另外一个下午？）他请我们到他新租到的复兴中路一幢气派很大的老式公寓家中吃茶，我还记得这幢公寓大门高出地面半层，两边有弧形车道上去的。这样的公寓大概就是吴劳当初第一次见到我时所想象的我们兄弟两人寄寓的地方吧。如今我是身穿灰布旧制服的北京来的"土"干部，而他却以上海寓公姿态在洋式公寓中招待我喝茶了。他当时已在译书，当个职业的翻译家，没有组织的约束，生活不仅过得自由自在，而且还很优越。老实说，我当时的确很羡慕。就在他一本又一本地寄给我他的亚马多、诺里斯、杰克·伦敦新译作的时候，我却白天黑夜地在值班翻译维辛斯基（后来才知道他在莫斯科清洗中所扮演的角色，曾经以斯大林的总检察长身份起诉许多老布尔什维克，把他们送往刑场或者流放西伯利亚）在联大的冷战发言。他译的几本小说至今仍在我的书架上，而印我译的新闻的报纸早已给大家当废纸卖掉在副食店给顾客包肉末了。

可是好景不长，吴劳没有过上几年的逍遥生活，就在一场席卷全国的政治"阳"谋中遭到了灭顶之灾。我也没有能幸免这场厄运，从此我们就断了音讯。直至快二十年后，我才约略听到了一些他的遭难缘由，可谓"咎由自取"。他本是化外之人，若能始终保持超然于物外的态度，这场灾难本来或可避免的。但是在当时一片"大好形势"之下，他怦然心动，不甘寂寞，去参加了什么民盟（还是作协?），在小组会议上又大放厥词起来，终于成了出洞的蛇，这是他性格使然，怪不得别人。根据他平时言谈，可以推想，他自是一个极右分子，没有公职可以开除，就给送到福建劳改。关于他在那里的种种磨难，我知之不详，只是后来有一次同丁酉同年巫宁坤谈起他本人在北大荒的经历时，据他告我，曾有一次与吴劳互比谁吃的苦头最大，结果各有胜负，不相上下。由于我与巫见面次数较多，他的经历我略知一二，如以我自己的与他相比，只能说小巫见大巫，由此可以推想吴劳当也在大巫之列。我不知道后来吴劳是怎么给遣返苏州原籍的，只知他回了苏州以后，在街道上当建筑小工，每天和泥拌灰，与老母相依老命。他家老屋我于1947年是去过的，在苏州可算是个大宅，后院还有一个网球场，如今这一切自然被没收归公了，他们母子两人给轰到一间灶披间安身，一直到70年代末期吴劳被聘到上海译文出版社当编辑。相隔二十多年我与吴劳再次相见，就是在译文出版社他的办公室里，而话题却不是我们两人别后的各自经历，而是他手头在编的书，所遇的疑难问题，时下译文的质量……仿佛这二十年的空白时光并没有出现过一样。

　　吴劳大概被当作"不可接触者"太久了，如同长期遭到单独禁闭的犯人一样，他成了一个自语者。不论是与他相晤还是通讯，我是又喜又怕。喜的是我们两人趣味相同，有说不尽的话题，发不尽的感慨，尤其是他的机智的话锋，巧妙的讽喻，广博的学识，在当今知识界庸俗、媚俗的气氛中实在有些振聋发聩令人玩味（但是他多半是以一种调侃的口气说的，一般人未必能领会他的深意，而视为"怪话"）。但是我又怕与他谈话或通讯，因为他养成了自语的习惯，常常一口气谈上三四个小时而无倦意，而且话题仍旧不绝，你不仅插不上话，而且连找个间歇趁此告辞的机会也没有。尽管他说的许多话，我恨不得用录音机记录下来，因为他的苏州话用机关枪的速度，实在叫我记不住，而有些见解，特别是翻译问题上的一些心得，不记下来实在太可惜了。我曾再三动员他写文章，他大概好不容易抓到一个知音，只顾忙着说话，根本没有理会。我平时疏于通讯，我的哥嫂曾说我的信仿佛是业务电报，有时偶尔给吴劳去一封短信，他的回信往往是两三张信纸，两面书写，蝇头小楷，顶格顶页，密密麻麻，把你看得头昏眼花。一次我寄了一份《旧金山书评》上刊登的一篇对我的访谈录复印件给他，只因其中有一句提到了贾平凹的《废都》，他老兄就写来了密密麻麻的两面书写的三张信纸的长信，大谈中国当代"性"文学。只是他文思太快，间有跳跃，稍加补足，便是一篇绝妙好评论文章，我本想转抄一下给他投寄出去，但又怕他不愿。最近回上海在约大同学会上见到了他，说起写文章的事，他说他的题目很多，但一时尚不想动笔。因为近来写了几篇，寄出五篇，只发表了一篇，这大概挫伤了他的积极性。他认为这是名气不响之故，其实恐怕是他文如其人，过于直率，不免伤人，以致编辑为难。他从书包中掏出来的就是在《文汇报》周末版发表的那篇关于算命的文章。那篇文章当初刊出时我就读到了，由于我也有同样的经历，因此我也写了一篇，投给《新民晚报》，至今没有刊出，也未见退回。吴劳听说甚表惊异，在他心目中，我比他略有名气，居然也有给扔字纸篓的命运，这总算慰了他对自己名气不响的"怨艾"心理。在一般读者心目中，也许不知吴劳为何许人，毕竟他久无新译问世，但作为编辑，即使是默默为人作嫁衣裳，但在自己的译作经过吴劳的加工点铁成金而领情的译者中间，吴劳还是有名气的，他们不会把他仅仅看成是个性情怪诞的寂寞自语者。

1997 年 5 月 17 日

奥威尔和他的《一九八四》

经过一番周折，《奥威尔文集》终于出版，了却了我的心愿。尽管原定出的上、下两册，只剩下了一册，把他的主要著作《一九八四》和《动物农场》给抽了下来。在出版者而言，这有不得已的苦衷，但是在我对读者的责任而言，实在感到无能为力。对此，我早有一些预感，这就是我为什么一反出版常规，没有给《文集》写序和跋的原因。因为写起来，总不免要全面介绍和论述奥威尔其人其文，这也就不免要介绍和论述他的主要作品，而在一本没有选入他的主要作品的文集里，写那样的序或跋又有什么意思呢，这不成了无的放矢？

如今《文集》已出，我就可以比较放手地写一写我对奥威尔和他的《一九八四》的看法了。这就是我写这篇文章的缘由，可能会受马后炮之讥。但比较全面的论述，恕我孤陋寡闻，似还没有见过，姑当抛砖引玉吧。

乔治·奥威尔在 1948 年写作《一九八四》之前，在英国是一个贫病交迫、没有多大名气的作家。《一九八四》虽在他 1950 年患肺病去世前出版，但他已看不到它后来在文坛引起的轰动为他带来的荣誉了：不仅是作为一个独具风格的小说家，而且是作为一个颇有远见卓识的政治预言家。从此，他的名字在英语文学史上占有了重要的独特地位，他在小说中创造的"老大哥""双重思想""新话"等词汇都收进了权威的英语词典，甚至由他的姓衍生了一个形容词"奥威尔式"，不断地出现在报道国际新闻的记者的笔下，这在其他作家身上是很罕见的。如果不是绝无仅有的话。

那么，奥威尔究竟是怎样的一个作家，他的传世之作《一九八四》究竟又是怎样的一部作品呢？要解答这个问题，最好是从奥威尔不是什么，或者《一九八四》不是什么说起。这也许对我们正确理解他和他的作品更有帮助。

首先必须指出，奥威尔不是一般概念中的所谓"反共"作家，《一九八四》也不是简单的所谓"反苏"作品。正如澳大利亚国立大学亚洲研究系汉学教授、著名评论家西蒙·黎斯 1983 年写的一篇论文《奥威尔：政治的恐怖》中所指出的："许多读者从《读者文摘》编辑的角度来看待奥威尔：在他的所有作品中，他们只保留《一九八四》，然后把它断章取义，硬把它贬低为一本反共的小册子。他们为着自己的方便，视而不见奥威尔反极权主义斗争的动力是他对社会主义的信念。"因此，在黎斯看来，奥威尔首先是一个社会主义者，其次是一个反极权主义者，而他的"反极权主义的斗争是他的社会主义信念的必然结果。他相信，只有击败极权主义，社会主义才有可能胜利"。《一九八四》与其说是一部影射苏联的"反共"小说，毋宁更透彻地说是反极权主义的预言。但是无论信奉社会主义或者反对极权主义，奥威尔都是在他生涯较晚的时候才走到这一步的。

奥威尔出身英国中产阶级，家庭生活并不宽裕。他父亲供职于印度的英国殖民地政府，作为一个下级官员，无力供养儿子回国进贵族子弟学校上学。奥威尔只是靠成绩优异，才免费进了一所二流的寄宿学校圣塞浦里安，后来又靠成绩优异考取了奖学金，进了英国最著名的伊顿公学。但是他以一个穷学生的身份，在那里先是受到校长的歧视，稍长后又与那里的贵族子弟格格不入。毕业后他一无上层社会关系，二无家庭经济支援，上不起大学，只好远走缅甸，为帝国警察部队效力，但殖民地下级官员的生活对他来说同样还是格格不入。尽管有这样的背景，用奥威尔自己的话来说，"我经受了贫困的生活和失败的感觉。这增加了我天生对权威的憎恨"，但是他毕竟受了英国传统的教育，因此从立场上和思想上，多少在开始的时候，是非常非政治性的。例如他写的《缅甸岁月》，背景是殖民地社会，他对英国人和缅甸人都一视同仁，无分轩轾，这使人想起了 E. M. 福斯特的《印度之行》。福斯特就说过，"大多数印度人，就像大多数英国人一样，都是狗屎"。

这种传统上层子弟教育，用一句庸俗社会学套话来说，在奥威尔身上留下了深深的阶级烙印，这是他在政治上迟迟没有找到"自性"（Identity）的主要原因。不错，他在学童时代由于家庭经济能力的限制而在势利的圣塞浦里安学校校长的手里饱受凌辱（见他死后出版的《如此欢乐童年》），使他有了心理准备，对日后在缅甸见到殖民统治的不公产生反感，而且后来在更大的范围内全身投入地站在受压迫者的一边。但是他毕竟出身中产阶级，而在英国这个阶级界限极为根深蒂固的社会里，要摆脱这个传统在自己身上的束缚是很困难的。奥威尔也不例外，他一直到死都意识到这一点。在另一方面，他对自己在寄宿学校中的屈辱生活感到极其不愉快。他曾写道："对一个孩子最残酷的事莫过于把他送到一所富家子弟的学校中去。一个意识到贫穷的孩子由于虚荣而感到痛苦，是成人所不能想象的。"这个在青少年时代所受到的心理创伤，在成年的奥威尔身上仍在流血，这在他写的充满不快的回忆的《如此欢乐童年》中可以看出。不止一个评论家认为应该把《如此欢乐童年》与《一九八四》放在一起来读。黎斯就认为，"奥威尔很可能在他当初上的预备学校中找到了他后来所写的大噩梦的第一个显微缩影的胚胎。"奥威尔生前就告诉他的一位友人托斯科·费维尔："一个不合群的孩子在寄宿学校吃到的苦头可能是英国唯一可以与一个外人在极权主义社会中感到的孤立相比的事。"费维尔在《如此欢乐童年》中观察到了英国寄宿学校生活为《一九八四》提供了一部分声音、景象和气味："……奥威尔在早年就显露出他对丑陋或敌意的环境特别敏感。这在他描述圣塞浦里安学校生活令人厌恶的一面表现出来。他回忆了他对常常用油腻的盆子端来的馊粥、大浴池里的脏水、硬邦邦的不平的床板、更衣室里的汗臭、到处没有个人隐蔽的地方、不上闩的成排的污秽厕所、厕所门不断开关的碰撞声、宿舍里用夜壶撒尿的淅沥声这种种印象——他以特有的细腻感觉回忆这一切时,我们几乎可以看到,奥威尔这么描述圣塞浦里安,是作为日后写《一九八四》中惨淡景象试笔的。"

奥威尔背叛自己阶级的努力,在他童年时代的寄宿学校中埋下了种子,而在伊顿毕业后因为升不起大学而到缅甸的帝国警察部队效力,则为这种子的萌芽准备了土壤。他在缅甸待了五年,这是他成长过程中又一决定性的阶段。他最后决定要脱离帝国警察部队:"我感到我必须洗赎那压得我透不过气来的罪咎……我觉得我不仅仅应该与帝国主义决裂,而且也应该与一切人对人的统治决裂。我希望融合到受压迫的人中间去,成为他们之中的一个,站在他们的一边反对他们的暴君……在这时候,在我看来,没有出息倒是唯一美德。自我奋斗,哪怕稍有成就,一年能挣上几百镑,我觉得稍有这种想法都是精神丑恶的,是一种欺压行为。"

由于自幼就喜欢写作,因此趁一次回国休假之便,他辞去了在缅甸的帝国警察部队的差使,独自到巴黎找了一间廉价的房子,关起门来从事写作。这一时期的摸索并没有为他带来成功,但使他有一个机会,亲身体验一下巴黎(和以后的伦敦)的下层生活。

这在开始是无意识的，后来则是有意识这么做的，比如他在伦敦曾经混在流浪汉里到收容所去度一个周末。奥威尔自己简短地概述了他从缅甸回来后的思想演变："我尝到过贫困的生活和失败的感觉。这增强了我天生对权威的憎恨，使我第一次充分意识到工人阶级的存在，而在缅甸的工作则使我对帝国主义的性质有了一些认识。但这些经验不足以给我确切的政治方向。"

确实是这样。他尽力接近下层群众，体验他们的生活，但是有一道无形的墙，隔在他与他们之间，成了一道不可逾越的鸿沟。这就是他身上的中产阶级烙印。英国的阶级区分比任何欧洲国家都要等级森严，这种区分看不见，摸不着，然而无处不在，不可逾越。奥威尔由于童年的创伤，对这一弊端极其敏感，对上层阶级有着一种刻骨的仇恨和厌恶。但是他出身于这一阶级的边缘，而且受到这一阶级的教育，因此即使后来在穷困潦倒流浪巴黎和伦敦时期，仍使他无法同下层贫苦群众打成一片，虽然他努力这么做了。别的不说，出身和教育养成的说话口音，就是一个不可逾越的障碍。甚至在他病危住院期间，听到隔壁病房探视者的上层阶级口音，还在笔记本中记下了他的一段感想："这是什么口音！一种饱食终日、无所事事、沾沾自喜、过分自信的口音，一种深沉、洪亮而带有恶意的口音，你没有看到也可以凭本能感到，他们是一切智慧的思想、细腻的感情、美丽的事物的敌人。怪不得大家都这么憎恨我们。"请注意最后的"我们"一词。奥威尔做了毕生的努力要与自己的阶级决裂，最后还是意识到他属于这个可憎的上层阶级。他曾经说过："英国人的（阶级）烙印是打在舌头上的。"有一个故事很生动地说明了这一点：他为了体验穷人的生活，曾经伪装醉酒的流浪汉，去辱骂一个警察，想被抓到监狱里去尝一尝与穷人一起过圣诞节的滋味。但是那个警察从他醉酒后的口音，一下就听出了这个身披借来的破烂衣服的醉鬼是一个出身伊顿公学的地道绅士，并没有上钩，而是善意相劝，叫他乖乖地回家去。也许他的侄女的话最一针见血地说明问题，她对奥威尔的传记作家克立克说："他的一切疙瘩都来自这个事实：他认为他应该去爱他的同胞，但是他连同他们随便交谈都做不到。"

后来在英格兰北部工业区维冈码头的经验最终树立了他对社会主义的信念。当时伦敦一家左翼出版社约请他到那里去考察大萧条期间工人阶级状况。这次考察和后来的西班牙内战（这在以后再说）用奥威尔自己的话来说，"改变了一切。从此之后，我知道了自己站在哪里。从 1936 年以来，我写的严肃作品中的每一句话都是直接或间接反对我所了解的那种极权主义而拥护民主社会主义的"。这次为期只有几个星期的工业区考察之行，打开了奥威尔的眼界，使他亲身体验到了社会的不公和人间的苦难达到了什么程度。在这以前，他生活颠簸，对下层社会生活不是没有体会，但这毕竟是个人经历，只有到了英格兰北部工业区后，他的这种体会才有了社会性和阶级性。这种政治上的"顿悟"也许可以用禅宗信徒的大彻大悟来做比喻，也仿佛保罗在去大马士革的路上听到上帝的启示而皈依基督教一样——奥威尔的"去维冈码头之路"就是保罗的"大马士革之路"。不过在他身上用这种宗教比喻恐怕是极不恰当的，尤其是因为奥威尔是一个十足的理性主义者，他对某些社会主义政党的神秘性和盲从性特别反感。做这样的比喻只是说明他的觉悟的即时性、彻底性和不可动摇性而已。

在维冈码头时，奥威尔并没有像一般记者那样仅仅作为一个进行采访的旁观者。《去维冈码头之路》中有一段文字可以扼要说明奥威尔在考察失业者的惨淡生活的旅程中突然面对面看到人间苦难时所得到的闪电般的启示：

穿过那尽是钢渣和烟囱，成堆的废铁和发臭的沟渠，靴印交错的泥泞的煤灰小径所构成的丑恶景色，火车把我载走了。时已初春三月，但气候仍极寒冷，到处是发黑的雪堆。我们慢慢地穿过市郊时，一排又一排灰色小破屋在我们面前掠过，它们与堤岸形成直角。在一所房子后面，有一个年轻妇女跪在石块地上，用一条棍子在捅从屋子里接出来的——我想大概是——堵塞了的排水管。我有时间看到她身上的一切：她的麻袋布围裙，她的笨重的木鞋，她的冻红的胳膊。火车经过时，她抬起头来，距离这么近，我几乎看到了她的眼光。她的圆圆的脸十分苍白，这是常见的贫民窟姑娘的憔悴的脸，由于早产、流产和生活操劳，二十五岁的人看上去像四十岁。在我看到的一刹那间，这脸上的表情是我见到的最凄惨绝望的表情。当时这使我想到，我们常说的"他们的感觉同我们的不一样"，还有什么"贫民窟里生长的人除了贫民窟不知有别的"，这样的话是何等的错误。因为我在她脸上看到的表情并不是一头牲口的无知的忍受。她很清楚地知道自己的遭遇是什么——同我一样清楚地知道——在严寒中在贫民窟后院的脏石块上捅一条发臭的排水管，是一种多么不幸的命运。

如果说，维冈之行是偶然的话，去西班牙参加内战则是自觉的行动，他曾向一位编辑友人说："我要到西班牙去了。"那人问："为什么？"他答道："这法西斯主义总得有人去制止它。"他在西班牙作战时间不长，最后因颈部中弹不得不回国治疗和休养。但这短短几个月的战斗，特别是共和政府军方面国际纵队内部派系的猜疑和斗争，不仅没有削弱，倒反而坚定了他对社会主义的信念，而且明确了他要的是哪一种社会主义，那就是主张政治民主和社会公正的社会主义，反对一切变种形式的社会主义，包括法西斯主义——纳粹主义（即国家社会主义）。当时流行的看法是法西斯主义是高级阶段的资本主义，只是极少数人认识到它是一种变种的社会主义。而在政府军一边汇集的各种派别的社会主义者中，不乏那种以社会主义为名，实际上为了霸主地位而在敌人的闪电轰炸中，在横飞的子弹中，向自己的同志背后放冷枪的国际阴谋家。一颗法西斯子弹打中了奥威尔的喉部，就在他回国疗伤的途中，还有人一路跟踪到巴塞隆那来进行追杀。看来这些同一战壕中的同志有兴趣的不是共同保卫共和国、抵御法西斯主义敌人，而是消灭有独立思想不跟着指挥棒转的盟友。这伤透了他的心，更加深了他对极权主义的痛恨，不论这种极权主义是以法西斯主义、国家社会主义，还是其他变种的社会主义的形式出现的。这条道路尽管曲折，却终于使奥威尔在政治上找到了"自性"，能够写出《一九八四》那样一部 20 世纪政治寓言的经典。

从文学写作方法上来讲，奥威尔找到"自性"也是经过了一条漫长曲折的道路。他从缅甸回来后立志于写作，为此，还有意识地到巴黎和伦敦体验下层生活，但这一时期写的作品并不成功，只有亨利·米勒认为他的初期作品《在巴黎和伦敦的穷困潦倒的日子》是他最好的一部作品，因为他经过几年锲而不舍和看来是无望的努力，终于形成自己的声音和观点。但是在黎斯看来，他没有把自己的声音和观点在全书中贯彻始终，这是美中不足。不过瑕不掩瑜，正是在这部作品中，奥威尔找到了一种新的写作形式，这就是把新闻写作发展成一种艺术，在极其精确和客观的事实报道的外衣下，对现实做了艺术的复原和再现。最后他在《去维冈码头之路》和《向卡塔隆尼亚致敬》两本书以及像《射象》

和《绞刑》这样好几篇记述文中，把这种写作新形式提高到了完美的境界。四分之一世纪之后，诺曼·梅勒和杜鲁门·卡波蒂花了不少时间、精力和笔墨，互相反驳对方自称为"非虚构小说"的鼻祖。他们大概没有读过奥威尔早在他们出道之前在这方面所做的尝试，否则他们就不会闹得如此不可开交了，相反会对自己的大言不惭，感到无地自容。

不过在这以前，奥威尔并没有意识到他是在为日后称作"新新闻写作方法"（new journalism）这一文学形式开先河。就像他在政治上迟迟没有找到"自性"一样，他在文学上也迟迟没有找到"自性"，或者说，即使像米勒评估的那样，他在《在巴黎和伦敦的穷困潦倒的日子》里已经形成了他自己的声音和观点，但这还不是自觉的和有意识的。证诸他后来接着出版的四部习作《缅甸岁月》《教士的女儿》《让盾形花继续飞扬》以及《上来透口气》都是用比较常规的艺术形式写的，就可以看出这一点。这四部作品都是平庸之作，换了别个作家，早该被人遗忘了。但是由于它们是奥威尔写的，在他成名之后，还是有人——至少是评论家——把它们找出来一读，倒不是因为它们的文学价值，而是为了读它们对了解奥威尔的思想和个性发展有所帮助。上面已经提到，奥威尔在《去维冈码头之路》以及这一时期的其他作品中找到了他艺术上的"自性"，但这是与他在政治上找到了"自性"分不开的，反过来也可以说，只有他在政治上找到了"自性"以后，他在文学上才找到了"自性"，这最终表现在他的两部政治讽刺和寓言作品《动物农场》和《一九八四》上。可惜天不假年，在贫困中奋斗了一辈子的他，没有能看到自己的成功和享受成功为自己带来的喜悦。然而《一九八四》这部表现20世纪政治恐怖的极权主义的作品是不会随着极权主义的兴衰而湮没于人类历史中的。

正如汉娜·阿伦特和卡尔·弗雷德里克及布热津斯基早在50年代分别在前者的《极权主义的起源》和后两者的《极权主义、独裁和专制》中一针见血地指出的那样，极权主义乃是现代专制主义。它从本质上来说与古代或中世纪的专制主义毫无二致，但与这些传统的专制主义不同的，或者说有过之而无不及的地方是，极权主义掌握了现代政治的统治手段，包括政治组织、社会生活、舆论工具、艺术创作、历史编纂甚至个人思想和隐私，无不在一个有形和无形的"老大哥"的全面严密控制之下（极权主义的英文"totalitarianism"意即指此，因此也可译"全面权力主义"），这是中外历史上任何一个暴君所做不到的，更是他们连想也想不到的。作为20世纪的过来人，我们无须根据个人的经历和体会，——印证《一九八四》中所做的预言与20世纪的现实何等相似，但我们不得不惊叹奥威尔的政治洞察力和艺术想象力是何等高超：他没有在任何极权主义国家生活过，他的观察怎么比过来人还要细腻、深刻和真确？是的，他没有这方面实际生活的经验，但是他在政治上的高度敏感大大超过了当时去参拜过新麦加，被牵了鼻子参观"波将金村庄"，归来后大唱看到了新世界曙光的赞歌的许多国际著名的大文豪。

奥威尔创作《一九八四》的灵感不是来源于此，而是他参加西班牙内战与其他变种的社会主义者接触，遭到猜疑和排斥，后来回到英国想说一些关于他所见所闻的真话而遭到封杀的经验。他遭到了沉默和诽谤的双重厚墙的包围，其他幸存者和目击者也都同样被封上了口，以致摇旗呐喊的应声虫们能够放手改写历史而无人置疑。这样，他直接第一次面对面地接触到极权主义如何制造谎言和改写历史，这被入木三分地反映在温斯顿·史密斯在"真理部"的工作上。这也令人想起了哈罗德·艾萨克在一张照片中他的身影曾被抹去这件事以及更早时他在巴黎、伦敦、纽约各大公立图书馆中遍找文献，就是找不到他要的关于"把蒋介石这一柠檬挤干了扔掉"这一著名发言。在原来发表的报刊上，这一发言都被人撕毁灭迹了。改写和忘却历史的网竟编织得这么无孔不入，只有极权主义才能做到。难怪奥威尔对写过《中午的黑暗》的阿瑟·库斯特勒说："历史在1936年停步了。"库斯特勒颇有同感，连连点头称是。

奥威尔反极权主义斗争是他对社会主义的坚定信念的必然结果。他相信，只有击败极权主义，社会主义才有可能胜利，因此揭露极权主义的危害，向世人敲起警钟，让大家都看到它的危害性——对伦理的破坏，对思想的控制，对自由的剥夺，对人性的扼杀，对历史的捏造和篡改……是何等的重要。如果听任它横行，在不久的将来，人类社会将陷入万劫不复的境地。奥威尔是1948年写完这部政治恐怖寓言小说的，为了表示这种可怕前景的迫在眉睫，他把"四八"颠倒了一下成了"八四"，便有了《一九八四》这一书名。事过境迁，也许这个年份幸而没有言中，但是书中所揭示的极权主义种种恐怖在世界上好几个地方在1984年以前就在肆虐了，今天在世界范围内也不能说已经绝迹。20世纪是个政治恐怖的世纪。20世纪快要结束了，但政治恐怖仍然阴魂不散，因此《一九八四》在今天仍有价值。

1997年7月酷暑

革命者的悲剧

英籍匈牙利作家阿瑟·库斯勒1941年震撼世界的名著《中午的黑暗》到今天才向中国读者介绍，从时间上来说，晚了快整整半个世纪。但是也许正是由于这时间上的差距，使我们具有了历史的眼光，能够撇开武断的盲从的偏见，比较冷静地来回顾一下这半个世纪的既往经过，从而做出比较客观的独立的判断，而不必有政治上的顾虑。历史，确实是最公正的法官。

五十年前正是全世界舆论因为苏共大规模清洗而闹得不可开交的时候。眼看着一个接着一个、一批接着一批的老布尔什维克被揭露为叛徒、奸细和间谍而遭到逮捕、审讯和处决，这不论在共产主义运动内部还是外部，都是令人难以置信的。而尤其使人不可理解的是，这些曾经叱咤风云、称雄一时的老革命家，在公开的法庭上，个个成了泄气的皮球一般，承认了自己犯有在外人看来是荒诞不经的罪行。每个有独立思考能力的人都不免要问：这究竟是怎么一回事？他们真的像起诉书中所说的和他们自己所承认的那样，犯了这些令人难以置信的荒唐罪行，还是有什么不可告人的险恶手段压垮了这些"用特殊材料"做成的坚强战士？世界上又有什么力量能把这些在沙皇的监狱里、在西伯利亚流放中仍能坚贞不屈的革命家变成这样令人鄙视的可怜虫呢？这成了百思不得其解的一个谜。

就在这个时候，曾经是德国共产党员、参加过第三国际活动的匈牙利作家阿瑟·库斯勒推出了这部震撼人心的力作《中午的黑暗》，尽管这是一部虚构小说，但是由于它在一定程度上解答了这个谜，因此它的出版立即引起了全世界的注意，销路甚旺，成为文化思想界的一件大事。

自不待言，它所引起的反响是毁誉参半的。但是不论是赞誉者称道它，还是反对者攻击它，他们有一点是共同的，那就是他们都把它看成是一部"反共"的作品。这就注定了它在运动内部的命运，尽管它在世界上其他国家一版再版，并且译成各种文字（仅在美国，从 1941 年起到 1979 年止，精装本和平装本一共印了二十六次，还作为经典名著收入《现代文库》），它在社会主义国家却是一部禁书，很少有人提到它，更不用说翻译和出版了。

但是，《中午的黑暗》是一部反共作品吗？要做这样的断言，必须先来看看这部作品写的究竟是什么，以及如果说它反对什么的话，它反对的究竟是什么。

《中午的黑暗》写的是应共产国际之命，在欧洲各资本主义国家从事秘密革命领导活动的一个老布尔维克，在斯大林开始党内大清洗之后，开始对苏共党内的不正常现象产生了怀疑，特别是因为革命的目的与手段的矛盾，使他的革命良心深深感到不安和自责，从而招致斯大林的猜忌，以致被捕入狱，经过疲劳轰炸式的狱中审讯后，终于精神崩溃，承认了莫须有的罪名，最后被处决的故事。

当然在书中，作者并没有明指共产国际或斯大林其人，仅以"国际"和"第一号"相称。但是这两个名称指的是什么，作者并不隐讳，读者也很明白。仅从这点来看，在第三国际还被视为世界革命运动的神经中枢，而不是斯大林个人所操纵的工具的时代，在斯大林还被视为马列主义的坚定捍卫者而不是专制者的时代，在千千万万遭到他无情迫害和清洗的老布尔什维克还被视为叛徒、奸细、间谍、破坏分子的时代，把《中午的黑暗》视为"反共"作品，自然是天经地义的事。

但是自从在苏共第二十次代表大会上赫鲁晓夫的秘密报告初步揭露了斯大林的暴行之后，特别是又时过三十年，苏共最近披露了基洛夫被刺真相和为布哈林平反等一系列澄清历史面目的措施之后，应该可以清楚地看出，在斯大林个人独裁下，不论是在第三国际还是苏共本身，马列主义政党的原则已经遭到了践踏和破坏，由此而带来了对共产主义运动的扭曲和畸变。但这并不是运动本身的应有素质。如果说《中午的黑暗》揭露和声讨这种扭曲和畸变现象是"反共"，那无疑是承认这种扭曲和畸变是共产主义运动的本色。任何一个曾经对这个运动的目标抱有崇高理想并为之奉献一生的人不论从思想上或感情上都是不能接受的。

不可否认，阿瑟·库斯勒揭露和声讨的固然是这种扭曲和畸变，但是由于他没有像我们那么幸运得到时间的恩赐，能够具有我们的历史眼光，因而他本人并不像我们那样能够把这种扭曲和畸变同运动本身划清界限。也许是由于他陷其中太深而不能自拔，也许是由于这种扭曲和畸变的包围太令人窒息而使他感到幻灭和绝望，他终于在1938年脱离了从他懂事起就投身的运动。历史上，每逢斯大林政策发生突然的变更，这样因幻灭而脱离运动的事例是不少的，有的转向，有的沉沦，但是从库斯勒后来仍旧积极参加西班牙内战，同佛朗哥法西斯军队坚决作战以致被俘下狱来看，他仍是一个抱有崇高人类理想的斗士。因此，如果说，他在《中午的黑暗》中也像一般人一样把扭曲和畸变看作是运动，那是历史使然，不是他的过错，任何人在当时是不可能有这样清醒的眼光的。

革命的崇高目的和所采取的手段的矛盾，是《中午的黑暗》的主题，也是折磨着书中主人公、老布尔什维克鲁巴肖夫的革命的良心的矛盾，当然也是折磨着作者库斯勒自己的矛盾。

库斯勒或在卷首或在章首引用了意大利文艺复兴时期政治权术家马基亚维利、法国革命家圣·约斯特、中世纪凡尔登主教狄德里希·冯·尼海姆的话，最好不过地一语道破了这部作品的中心思想："凡是建立了独裁政权而不杀布鲁图者，或创立共和政体而不杀布鲁图之子者，都只能统治一个很短的时候"（马基亚维利），"没有人能毫无内疚地进行统治"（圣·约斯特），"在教会的存在遭到威胁的时候，教会就可不受道德的约束。统一既是目的，一切手段均可使用，甚至包括诡诈、背信、暴力、贿买、监狱、死亡。因为一切秩序都是为了群体，个人必须为了公共利益做出牺牲"（冯·尼海姆）。

从历史上来看，不论中外古今，政治素来是被认为为了达到目的而可以不讲信义、不择手段的肮脏勾当，自从人类生活中出现阶级社会以来就是如此。整个人类历史就是一部背信弃义的历史。但是到了以消灭阶级为己任的无产阶级登上历史舞台以后，无产阶级仍旧是要继承封建统治者和资产阶级的政治衣钵，还是改弦更张、弃旧图新，彻底改变政治的内涵和手段呢？

从过去一百年的历史来看，这个问题似乎没有解决，也许在许许多多革命家的思想中，这个问题还没有很认真地思索过。即使有思索的话，多半也是用"对敌人还讲什么信义"或"为了革命的目的"的堂皇借口原谅了自己本来是会感到内疚的行为，甚至为之辩护，而把怀疑者看作是不切实际的书呆子或甚至怀疑他的忠诚。鲁巴肖夫在国外执行使命的时候就是这样教训哪怕是稍有不同意见的怀疑者："历史不知有什么顾忌和犹豫。它无情地流向它的目标，每次转折都留下它夹带的污泥和淹死的尸体。历史知道自己的进程，它不会犯错误。对历史没有绝对信任的人不能留在队伍内。"如果说鲁巴肖夫在开始还是十分自信地说这番话，在以后的使命中，他自己也产生了怀疑，并且进行了反思。他在狱中日记中写道："据说第一号有马基亚维利的《君主论》作他的永久同榻人，他理该如此。自此以后，关于政治伦理的规则，没有人说过真正重要的话。我们是第一个以 20 世纪的革命伦理取代 19 世纪自由主义的'费厄泼赖'（光明正大）伦理的人。我们也是正确的。按照打板球的规则进行革命是荒谬的。在历史的喘息时间里，政治可以相对的光明正大；但是在历史重要转折关头，除了以前的规则以外就不可能有别的规则，那就是为了目的可以不择手段。"他又写道："对我们来说，主观好意是没有意义的。错的必须付出代价，对的可以得到赦免。……历史教训我们，谎言常常比真话对它更有用。"

　　就是这样一些反思，痛苦地折磨着这个老革命家，使他一方面机械地执行在他认为是不讲政治伦理规则的命令，甚至为了自保而毫无内疚地眼看着自己心爱的秘书阿洛娃遭到逮捕和清算而不加援救（尽管这是根本做不到的）；另一方面他又在苦苦思索着这个使他的革命良心片刻不得安宁的政治伦理问题。接二连三的逮捕和清算已使他在思想上精神上隐隐地意识到自己的不可避免的下场：像原来到处挂在墙上的一张合影中的元老们一样，"这些曾经改变了世界进程的脑袋，几乎个个都吃了子弹，有的在前额，有的在后脖"。

　　究竟是什么力量打垮了鲁巴肖夫的精神，摧毁了他的意志？

不是单独禁闭和疲劳轰炸般的审讯，更不是肉体的苦刑，而是鲁巴肖夫陷在其中而无法自拔的目的与手段的矛盾和由此而产生的诡辩逻辑。崇高目的的大前提，使鲁巴肖夫这个 20 世纪的革命家像喝了"迷魂汤"（巴金语）一样那么愚昧和盲目，不敢同权术政治公开决裂，更不用说挑战了，深恐这样会对最终的目标产生不利的分裂，因此而发生内战造成千百万人头落地。殊不知妥协、听从和屈服所带来的后果如果说不是有过之而无不及的话，也不比假设中的分裂后果差多少：据苏联的报道，到 1938 年为止，有上千万的人遭到迫害，约一千七百万家庭被流放（《瞭望》1988年第 13 期）。这样大规模的清洗对苏联国力和革命事业本身所造成的损害，已有历史证明，毋庸我们多说了。

然而鲁巴肖夫和其他老革命家仍默默地、顺从地接受了种种横加的莫须有的荒谬罪名，毫无抵抗地，甚至心甘情愿地走向刑场，这是为什么？这是因为他们虽然对目的与手段的关系产生了怀疑，但是始终摆脱不了这个恶圈，因而认为自己是在为了最终的崇高目的，做出最后的贡献和必要的牺牲，包括牺牲自己的生命和名誉在内。这种心态，没有比我国左翼老作家聂绀弩在北大荒劳改因吸烟不慎引起火灾时说的话更能清楚生动地说明的了："火，我确实没有放。但如果党要我承认是我放的，如果承认了对工作有利，我可以承认。"（《瞭望》1988年第 10 期）有人认为这是快人快语，值得赞赏；也许还有人认为这是大无畏的气概。但是这话里面包含着何等苍凉和深刻的革命者的悲剧！

鲁巴肖夫甚至比聂绀弩还要更进一步，从诡辩的逻辑中寻找主动承认"放火"的理论。他认为"只有群众觉悟水平追上客观状态的时候，才能实现民主，不论是用和平的手段还是暴力的手段。每次历史阶段的发展，总是把群众抛在后面，使他们处于相对不成熟的状态，这就有可能和有必要出现某种形式的绝对领袖的领导，而人民往往需要好几代人的时间才能认识到自己用革命的手段所创造的新状态，在此以前，民主政体是不可能的。我们眼前出现的全部恐怖、虚伪和堕落不过是上述这个规律不可避免的看得见的表现。在群众成熟的时候，反对派的责任和作用是诉诸群众。在他们不成熟的时候，只有蛊惑人心者才诉诸'人民的最高判断'。在这样的情况下，反对派只有两条路可以选择：发动政变夺权，而不能得到群众的支持，或者在无声的绝望中听任命运的摆布——'在沉默中死去'"。

尽管有同狱囚友用敲墙的通讯办法，劝告鲁巴肖夫采取"在沉默中死去"的道路，但是鲁巴肖夫根据他的诡辩的逻辑而采取了第三条道路："在没有可能实现自己的信念的时候，要否认和压制自己的信念。由于社会效益这个道德标准是我们承认的唯一道德标准，为了留在党内而公开否认自己的信念显然比堂·吉诃德似的继续进行没有希望的斗争更加高尚。个人自尊问题，个人厌恶感和羞耻感——都要连根拔掉。"

这就是导致鲁巴肖夫最后终于屈服的原因，他在公开审判的法庭上丧失了个人尊严，毫无厌恶感和羞耻感地承认了检察官对他提出的从事叛国和破坏活动的控告，并且声称他是出于自己的自由意志，痛悔自己的反革命罪行而做出交代。可悲的是，尽管他竭力迎合检察官的要求，主动现身说法，表明任何人若稍一背离路线，稍有怀疑，最终必将堕落成为一个反革命分子的必然结果，以此作为全国人民汲取的教训，但是等待他的仍是死刑的判决，是监狱地下室里的脑后一枪。政治就是这么无情。

与所有传统的小说不同，《中午的黑暗》是一部理念小说。作为吸引读者的手段，不是故事情节的铺设，人物性格的刻画，而是主人公的内心的自省和反思，他与提审员的论辩，他的几乎是宿命的悲剧性格，而这一切都是从人类有史以来目的与手段的不可解决的矛盾所产生和决定的。书中写得最精彩的章节当推三次提审时所进行的论辩，与一般政治小说不同，这种理念的论辩不仅毫不枯燥，而且悬念迭出，因此甚至比情节的跌宕更惊心动魄，扣人心弦。这是《中午的黑暗》为什么历经半个世纪而仍盛销不衰的一个原因。从这个意义上来说，阿瑟·库斯勒无愧是个悬念大师。我们只要读一下小说开首的第二节主人公被捕的一段梦境与现实的交织描写就行了：它这样紧紧地吸引住你，使你仿佛也陷身于这场可怖的无法自拔的梦魇之中，感到不可摆脱的压迫与窒息，使你回想到在十年浩劫中自己的经历！

　　当然，这部小说之所以引起全世界的普遍注意，而且至今犹有现实意义，是因为它的题材和背景。20 世纪 30 年代的清洗，似乎已是过去的事了，在人们的记忆中，由于同时代人的逐一凋零，也被慢慢淡忘了。但是清洗的阴影，不仅仍旧笼罩着许多国家，而且在这半个世纪中仍旧不断地到处在"借尸还魂"。即使在大讲"公开化"和"透明度"的现在，许多人仍"心有余悸"。因为目的与手段的矛盾仍没有解决，政治权宜仍是行动准则，要消除这种扭曲和畸变对人类的威胁，必须光明正大地、毫无隐讳地正视这段历史，让人民和历史做出应有的判断。

卡赞扎基斯和他心中的耶稣

世界上恐怕没有一个作家有像希腊作家尼可斯·卡赞扎基斯（1883—1957）那样把他的毕生精力都自觉地用在精神与肉体之间斗争以求得灵魂的安宁的。正如他自己在《基督的最后诱惑》一书的序言中所说的，他的一切痛苦，他的一切悲伤，他的一切欢乐，都来自这一斗争，这一从他青年时代就开始的不断的无情的斗争，我们也可以说，他的一切文学作品，他的一切文学上和哲学上的造诣，也来源于这一深刻的内心斗争。放在我们前面的这本《基督的最后诱惑》，就是他在这一斗争中的个人思想发展和经历的总结。

尼可斯·卡赞扎基斯1883年生于希腊的克里特岛上一个农业经营者的家庭。在他十四岁之前，他一直生活在这个岛上的农村里，他就是在这里熟悉了日后在他的作品中不断出现的人物渔民、农民、牧羊人、小酒店老板、小商小贩的。因此，尽管他后来离开了克里特岛，尤其是在成年之后，以四海为家，过着一种自我流放的漂泊生活，但是他对家乡克里特岛和他曾经生活于其中的农民，也就是那些没有受过教育的普通人，始终有着一种特殊的眷恋和忠诚。这成了他的精神的归宿，而这也正是伟大的文学作品所以伟大的极其重要因素。

也是在克里特岛，卡赞扎基斯的童年是在革命斗争的氛围中度过的。希腊曾是奥斯曼帝国的一部分，处于土耳其人的专制主义统治几达四百年，当时虽已独立，但是克里特岛仍控制在土耳其人的手里，因此当地民族情绪特别强烈。少年卡赞扎基斯看到和听到不少民族英雄争取从异族统治下解放出来的可歌可泣的事迹。在他幼小的心灵中，这样的耳濡目染，使他把英勇无畏视为人类至高无上的美德，而他自己的父亲正好是这一美德的最完美的典范，这对于他的思想成长，对于他毕生所从事的对独立和自由的追求，都有不可泯灭的影响。

1897年克里特爆发了反异族统治的起义，卡赞扎基斯被家人送到纳克索斯岛避乱，进了一所由方济各会教士办的学校就读，在他一生中第一次生活在一个与他生长的环境完全不同的环境中。在这里，他不仅接触到了古代希腊哲学和近代西方思想，为日后他在哲学上的求索埋下了引子，奠定了他成为一个杰出的知识分子（请注意，这里的"知识分子"一词的含义远远不是我们一般所用仅仅指受过教育的人而已，而是指对人生意义和人类前途抱有悲天悯人的胸怀和远见卓识的睿智的哲人与贤者）的基础；尤其重要的是，他发现除了英勇无畏以外还有一个美德：沉思默想，和另外一个父亲——基督的完全不同的英勇献身精神。

就是从这时和这里开始了卡赞扎基斯毕生在他内心苦苦进行的精神与肉体的斗争：一方面他渴望行动，另一方面他又呕思隐退，以至他一生都在不懈地寻找他的真正父亲、真正救主——也就是寻找他自己的和人类的存在的意义。

他在纳克索斯岛的修道院里打下了人文学的基础以后，先到雅典大学进修，发现了尼采。取得了学位以后，他又到巴黎去师从著名哲学家柏格森。在这以后即开始了他的一个禁欲苦修时期，曾到马其顿的阿索斯山的修道院去修行，独居斗室，与世隔绝，想要通过精神上和肉体上的修炼，达到与救主的直接沟通。结果令他失望，因此他决定重新回归尼采。接着从尼采又转到佛陀，从佛陀转到列宁，从列宁转到奥德修斯·卡赞扎基斯这一哲学上的奥德修斯式的漂泊，最后还是以回归到基督告终。不过这个基督已不是他当初最早接触到的基督，而是在这期间以他在精神上求索之所得大大丰富了和充实了的基督。

他之所以能够抱着他那经过了试探的信念复归于基督，是因为他自己也体验到了被基督视为假救主而加以抵制和摒弃的诱惑：一是婚姻，二是革命。曾经在马其顿的那个从 10 世纪开始就无女性（甚至母牛和母鸡）进入的深山修道院中坐关默思的年轻人，终于在 1911 年结婚，享受了人伦之乐，但是并没有从中获得精神上的解脱。尤其是他在精神上的追求需要他付出独居为代价，终于导致婚姻破裂。他也像耶稣一样，遇到了争取自由的暴力革命的诱惑。克里特岛革命战士的英勇业绩，曾在他幼小的心灵中滋生了对积极活动的仰慕之情和亲身参加的热望。这在 1917 年由于两个外来因素而更加强烈了：一是俄国革命；二是与伯罗奔尼撒矿井的一个传奇性人物卓尔巴的相交。

卓尔巴是卡赞扎基斯心目中的肉体和行动的代表，他有充沛的精力，干练的能力，在生活上纵情享受，毫无顾忌地满足一切本能的欲望。后来在他的一部代表作《希腊人卓尔巴》（1946）中，卡赞扎基斯把他这一性格提高到一种信仰的高度，他的放纵成了自然界本身的力量的代表。作为对立面的矿井老板，也就是故事叙述者第一人称的"我"，他的禁欲主义的出世哲学终于抗拒不了卓尔巴所代表的生的欢乐的诱惑，以致去占有一个年轻寡妇，违反当地习俗，导致寡妇被私刑处死。这是在卡赞扎基斯的作品中，精神与肉体斗争的一次较量，以肉体的胜利告终。

在现实生活中，卓尔巴成了卡赞扎基斯的形影不离的朋友，1917 年两人曾一起访问了革命后的俄国，这次访问撒下了卡赞扎基斯信仰列宁的哲学的种子。但这种子要到 20 年代中期才萌芽开花，而在这以前，卡赞扎基斯在人生哲学上仍是彷徨不定的，仍不知他的人生的最后目的是什么，仍在寻求他的教主。他翻译了柏格森、达尔文、艾克曼、詹姆斯、梅特林克、尼采、柏拉图等人的作品。这其中对他影响最大的还是尼采，因为他后来自己曾经说过，是尼采教导他，一个人获得自由的唯一途径是斗争——即献身于一个事业，并为之斗争，没有任何畏惧，也不抱有想得到任何报酬的希望。这为他日后信仰列宁准备了基础。在转向列宁之前，他一度皈依佛陀的完全出世、肉体完全让位于精神的学说。但是在他当时寄居的柏林，他经历了德国战败后通货膨胀所造成的贫困和饥饿，因为他要创建一个新世界和为自己寻找一个新的上帝，马克思主义学说似乎正中他的下怀。这样他就又从佛陀的出世哲学摆到了列宁的革命行动哲学一边，列宁成了他的新的上帝。他先后曾以官方和私人身份一共到俄国四次，后来尽管他对苏联的看法有所改变，但对革命的热情始终没有减退。1957年他身患白血病，还应邀访问了中国。

他的这种在精神与肉体之间的徘徊，暂时在写作长篇史诗《奥德修记现代续篇》（1938）中找到了依托。这是他为同名的荷马史诗写的续篇，描写古代希腊英雄奥德修斯历经长期漂泊重返家园回到绮色佳后，又外出漫游，寻找新的经历，不过是在现代的背景下。他先到斯巴达，把海伦带走，又去克里特岛发动政变，到埃及参加工人革命，最后大彻大悟，去深山修道，在那里建立了一个乌托邦，乌托邦后来终于被毁掉了，而他自己却获得了彻底的解脱，在南极升天。这部长诗同荷马原作一样共分二十四部分，却有三万三千三百三十三行，比荷马的一万二千一百一十行多出了一倍以上，其中包容了卡赞扎基斯的全部见闻，全部思想和他在精神与肉体斗争中的全部经历和感受；其中出现的佛陀、基督、浮士德、堂·吉诃德等人物都有其一定的象征意义，可谓是一部皇皇巨著。可惜它因为内容庞杂，篇幅过大，识者不多，在世界文坛上没有引起太多的注意。

　　但是对他本人来说，这部史诗的写作对他的思想发展却有里程碑的意义。因为他这时发现创作才是他的天赋使命，他的救主。在此以前，他原本是要把四次访苏的所见所闻向外界做报道，但是他的心却始终念念不忘他要写《奥德修记现代续篇》的构想。两相比较之下，他认识到自己的见闻感受必须用艺术的形式表达出来，而不能成为单纯的宣传，否则就无法满足他自己和读者的精神追求。这样，在他五十岁的时候，他开始以全身心投入他自认的唯一职责之中，即像乔伊斯写《尤利西斯》一样，要做一个想象创造的大祭司，铸造人类的良心。他在从事这一艰巨的任务时，既怀着一种强烈的宗教热情，融基督教义、佛教教义、柏格森生命哲学、尼采超人哲学于一炉；又抱着一种冷静的理性态度，一方面不信任纯观念，另一方面崇拜自发行动；还有他在为政府服务和广泛旅行中获得的丰富实际经验；而尤其强烈的是他对古代和现代希腊的土地和人民的热爱。他选择《奥德修记现代续篇》的创作，因为它能打破畛域，可以包罗万象地把复杂的西方思想同纯朴的东方感情糅合在一起。奥德修斯是希腊人，但也是见过世面的人；他有机智，也好行动；他是个漂泊者，到处寻求新奇的经历，但他也是个超人，而卡赞扎基斯在创作这部庞大的史诗时，也成了一个自有特色的超人：为了创作这部作品，他离群索居，自早到晚写作不辍，达到了废寝忘食的程度。如此先后达十三年，七易其稿，始告完成，这在世界文学史上恐怕也是很少见的。

接着他又把但丁的《神曲》译成现代希腊文。他之所以从事这一大工程，是因为他在但丁身上看到了一个同自己一样追求完美的人，被自己的人民所放逐所不齿而无家可归的人，要想用艺术为手段把肉体升华为精神的人。但是真正能够反映他的精神与肉体的斗争的作品还是战后从 1948 年起到他生命的最后九年中所创作的几部作品，其中尤以《希腊的受难》和《基督的最后诱惑》最具有代表性。这时他已誉满全欧，作品已译成三十多种文字，多次获得诺贝尔文学奖的提名。

但是成功却带来了完全的误解和诋毁，幸而他已学到了尼采的教诲：争取自由的斗争不能有任何畏惧，也不能存任何报答的希望，才能将这一切吵嚷置之度外。这种种不快事件的由来，是因为他是本着艺术家良心从事创作的，尤其是在刻画他毕生投入的精神与肉体的斗争时毫无世俗的顾忌，不免触犯了偏执的宗教界人士的忌讳，以致《希腊的受难》几乎使他险被逐出教门。《不自由毋宁死》引起报界攻击他是克里特岛和希腊的叛徒，因为卡赞扎基斯尽管热爱农民，但从来不一味美化他们，在这部作品里，他既颂扬了希腊式英雄主义的正的一面，也不掩饰它的负的一面。至于《基督的最后诱惑》更是引起轩然大波，他所受到的攻击的激烈，几近中世纪宗教迫害。1957 年他访华归途中在广州误种天花疫苗而病死德国，遗体运回希腊安葬，希腊大主教仍拒绝让他的遗体停放在教堂中任人瞻仰；甚至在他死后三十年该书在美国改编拍摄成电影时，还引起一部分宗教信徒的抗议和抵制。其实这一切都是无知和误解所造成的，有心的读者在细心读了这本书之后一定会有同感。

上面已经说过，争取自由的斗争不能有任何畏惧，也不能有报答的希望。卡赞扎基斯笔下的耶稣，就是这样一个尼采式的超人。他像奥德修斯一样，是自由人的原型。他凭借意志的力量，取得了对物质的胜利，或者换句话说，把物质转化为精神。这一全面的胜利实际上是一系列具体胜利的总和——他不断地斩断了各种形式的束缚：家庭的羁绊，肉体的欢悦，国家的权威，死亡的恐惧……因为在卡赞扎基斯看来，自由不是给予斗争的报酬，而是斗争过程本身。因为耶稣必须不断地受到邪恶的诱惑，不断地感到它的诱惑，不断地屈服于它的诱惑之下，因为只有这样，他最后对诱惑的抗拒才有意义。

从正统宗教观点来看，这是异端邪说。但是卡赞扎基斯不仅信奉这异端邪说，而且把它当作这部作品的整个结构的基础，这应该可以为我们对他的最深层目的的了解提供一些线索。他的目的主要不是重新阐释基督，或者改造教会，而是要使基督从根本上超脱于教会，是要塑造一个新的救主，从而填补自己在道义上和精神上的真空。卡赞扎基斯的内心冲突是 20 世纪每一个有识之士在面临我们时代的混乱时所必然产生的内心冲突，要解决这一冲突，他希望把耶稣写成一个能为 20 世纪所了解的新时代人物，但仍保持基督传说中一切能为各时代的各种人所能接受的成分。正因为他自己毕生经历了精神与肉体的斗争，使他能够极其深刻地描绘耶稣在选择爱与斧之间，在选择天伦之乐与殉道者的流放和孤独之间，在选择仅仅解放肉体与同时解放肉体与灵魂之间所经受的痛苦。

如果这还不能使我们深切体会作者的意图，那么我们不妨来看一看作者本人是怎么说的。卡赞扎基斯在本书的序言中说："我写本书的目的是为了给正在痛苦挣扎着的人们提供一个典范，叫人们看到不该惧怕痛苦、诱惑或死亡，因为这三者都是能征服的，而且它们已被征服了。耶稣受过苦，从那时起，痛苦就成为神圣的义务；耶稣直到生命最后一刻一直在同诱惑做斗争，诱惑终于被击败；耶稣死在十字架上，从这一时刻起，死亡就永远被征服了。"他又说，"这本书不是一部传记；它是每一个痛苦挣扎的人的自白。这书出版后，我也就尽了责任，一个不断挣扎、饱尝痛苦、但却抱着无限希望的人的责任。我相信每一个自由的人读了这部充满了爱的书以后，一定会比以前更爱基督，也更懂得爱基督。"没有东西比这一段作者自白更能说明作者写作本书的意图了，如果说还是有人在读了本书和这一段话以后仍把作者这一以回归基督当作他毕生的精神与肉体的斗争的终结视为对基督的亵渎，那么只能说他并不真正了解基督，因此也不了解基督精神，甚至基督教义。①

这个译本是从英译本转译的（部分费解之处参考了德文译本），中间隔了两层，很难说能忠实传达原作的神韵。正如英译者所说，卡赞扎基斯认为伟大的文学必然是民族的文学。他还认为希腊的农民是希腊的灵魂和生命，因此他们的语言才是希腊的活的语言。在卡赞扎基斯的作品中，不论是《奥德修记现代续篇》还是《基督的最后诱惑》，他都使用了与雅典上等人不同的所谓"民众的语言"（demotic language）。这种语言活泼动人，具体实在，很少抽象概念，不论从构词的灵活或语汇的丰富（比如说，在《奥德修记现代续篇》中，卡赞扎基斯用了三千二百多个不同的外号和称呼来叫主人公）来说，英语很难望其项背。如今再从

① 看来作者这段用心良苦的自白并没有得到该得到的理解，本书出版以后仍有少数人提出异议，这本是无可厚非的，但是竟异想天开要求采取行政手段禁止发行，这与中世纪的宗教法庭的迫害又有何异？

英译本转译成中文，效果恐怕就更加面目全非了。译者只求尽力做到译文明白如话，能够达到这个目的已是上上大吉了。

翻译过程中的第二个难题是《圣经》的引文。本来这是一件很容易的事，只需找出《圣经》中文译本中的引文章节段落，照抄就是了。无奈作者使用的是《圣经》希腊文译本，英译者据此译成英文，结果就与如今英语世界通用的詹姆斯国王版《圣经》英文译本有出入，而中文译本又是根据詹姆斯国王版英译本译出的，如此隔了几层，出入就更大了。我们经过再三考虑，决定在正文中出现的《圣经》引文，用本书英译者的英译文自译成现代汉语，然后在脚注中放入《圣经》中文译本的译文，让读者互相参照。事非得已，希望识者明察。

从本书英译者根据作者本人引用的《圣经》希腊文译文译成的英译文来看，似较詹姆斯国王版英译本明白流畅。我们不能妄加断言，詹姆斯国王版英译本就不可靠，但是证诸"骆驼穿针眼"等人所皆知的误译传说，以及几年前现代英语新译本的出现，可见詹姆斯国王版英译本并不是"神圣不可侵犯的"，因为它终究是译文，而不是原文。由此连带想起的是，我国通用的《圣经》中文译本（俗称官话本）恐怕也有必要重译了，一是因为它所根据的是已开始被淘汰的詹姆斯国王版英译本；二是因为与现代汉语相对照，它的译文不免有许多毛病，有时不忍卒读，对于正确理解基督教义实为不利。但这是个专门问题，这里就不去说它了。

最后还有一个译名问题需要说明。本书中出现的人名地名悉照《圣经》中文译本，尽管有的人名或地名与现代译法大相径庭，用字又怪（如女子名抹大拉、马大等），读来很不习惯，不过这当然是对非基督教徒而言。在《圣经》中文新译文出现之前，为求译名统一以及方便教徒读者，我们还是做此决定。

苏格拉底之死和 I.F. 斯东

西方文明史上，除了对耶稣的审判和处死以外，没有任何其他审判和处死，像对苏格拉底的审判和处死一样，给人留下更深刻的印象了。这两次审判有许多共同之处：两者当时都没有法院案宗或任何其他正式记录。起诉方面没有正式的诉状留下。有关审判的全部情况都是他们两人的忠实弟子后来所转述的。除此之外，我们没有他们的同时代人关于他们受审和处死情况的独立和客观的记述，甚至连一鳞半爪的暗示也没有。

所不同的是，在苏格拉底的案件上，我们在他弟子柏拉图所记的他的自辩词中，看到了他转述的起诉书。但是里面寥寥数语，既没有具体的罪名，也不知道是根据哪一项或哪几项法律提出控告的。

但不管怎么样，耶稣和苏格拉底都因杀身成仁而名垂青史了。对基督教神学来说，耶稣在十字架上的受难完成了神的使命，可谓死而无憾。不过在苏格拉底身上，即使饮鸩自尽，但杀身是否成仁，仍然留下疑问。他是为了什么而牺牲的？为了他的学说，还是为了他的信仰？

苏格拉底没有留下他的著作。在他的许多弟子中间，留下著作的也只有柏拉图和色诺芬两人。多亏他们的记述，后来才有苏格拉底的事迹和学说传世。但是即使在这两个亲炙弟子的笔下，苏格拉底也是两个截然不同的人物。

如果当初只有色诺芬一人的回忆苏格拉底言行的记述流传下

来，那么甚至最后一杯毒酒也不足以使他名垂千古的。因为在色诺芬的笔下，苏格拉底俗不可耐，完全是个市井人物，出言陈腐庸俗，有时简直是个十足的市侩。他甚至可以向雅典的一个著名荡妇开玩笑地自荐为她拉皮条！要是当初苏格拉底申辩生效，被判无罪释放，安度晚年，寿终正寝，说不定我们如今只记得他是雅典一个不起眼的怪人而已，至多是喜剧诗人所喜欢取笑的对象，就像阿里斯托芬喜剧中出现的那样。

后人心目中的苏格拉底的哲人形象大部分是柏拉图所创造出来的。直到今天，我们无法知晓，柏拉图笔下的苏格拉底有多少是历史上的苏格拉底，有多少是柏拉图妙笔生花的结果。柏拉图原来是想从事戏剧创作的，但在一见到苏格拉底之后就拜倒在这个老头子的脚下，转而从事哲学的探讨，为了表示决心，还烧掉了所写的悲剧诗作。可是他并没有丢弃他的文学才华。正是靠柏拉图的文学才华，苏格拉底才得以在西方文明史上占据不朽圣人的地位，但是也是靠苏格拉底如簧之舌，柏拉图的著作才得以世代传诵。他是世界上唯一能够把抽象的形而上学写成富有戏剧性对话的哲学家。没有人会把康德或者黑格尔的著作当作文学作品来读的。他记述苏格拉底受审和处死经过的四部对话录都可以作为悲剧作品而流传下来，它们的文学价值不下于哲学价值。凡是读到《斐多篇》中苏格拉底心平气和地向他的弟子们告别时的人，很难不掉眼泪的。我们也无不为苏格拉底在《自辩词》中向法官陈述的最后几句话深受感动，不论我们已经读了多少遍。柏拉图的记载达到了戏剧造诣的顶峰。苏格拉底像俄狄浦斯或哈姆雷特一样成了悲剧英雄。

但是，我们的问题仍旧是，他究竟是为了什么而从容赴死的？

除了柏拉图和色诺芬以外，苏格拉底同时代的人为他画的形象就只有喜剧诗人阿里斯托芬了。他为苏格拉底写了一部喜剧《云》，还在其他的几部喜剧中让他出场。阿里斯托芬是苏格拉底的朋友，但是作为喜剧诗人，他对苏格拉底做了无情的嘲弄，在舞台上出现的苏格拉底成了一个丑角式的人物，实在有损这位哲人的尊严。至于亚里士多德著作中有关苏格拉底的一鳞半爪，已是相隔两代以后写的了。也许时间的间隔，使亚里士多德具有了历史的眼光，不像他的老师柏拉图那样五体投地拜倒于太老师的脚下。但更多的原因恐怕还是他在哲学根本问题上同他的老师有分歧，所谓"吾爱吾师，但吾更爱真理"。说真的，把亚里士多德和柏拉图放在一起参照来读，仿佛是旁听一场针锋相对的哲学和政治辩论。亚里士多德提到苏格拉底的话不多，而且散见各处，但对于我们了解苏格拉底不无帮助，因为亚里士多德同当时的苏格拉底崇拜保持了一定的距离，以一种极为严格的态度来看待苏格拉底对哲学的贡献。

但这仍无补于我们揭开苏格拉底为了什么殉道之谜。

后人要解开这个谜，直接的记录既告阙如，间接的证据又极其有限，所能做到的只有从这些有限的二三手资料，根据我们对历史的一些极不完整和极不确切的了解，来做一番常识性的推测，难免以今拟古，穿凿附会。但话又说回来，历史上有多少事情完全是原来的面目而没有后人的穿凿附会的成分呢？甚至近在我们在世之年发生的事尚且如此，何况二三千年前的古人！尤其是像苏格拉底那样的人物的生平、学说、审判、殉道的有关著作多如牛毛，浩如烟海，当然其中不乏严谨之作，但穿凿附会者亦大有人在，久而久之，就很难辨别真伪了。

近年来在这"苏学"门下又添了一位半途出家的老将：著名左派老报人 I. F. 斯东。他在 1989 年以八十一高龄去世之前，刚刚出版了生前最后绝响《苏格拉底的审判》，不仅以其严谨的治学态度赢得了学术界的尊敬和钦佩，就是从其内容引人入胜、趣味盎然来说，也使这部本来是枯燥乏味的学术著作跃居畅销书目，这在出版界实在是件难得的事。尤有甚者，作者从言论自由的角度，剖析苏格拉底的反民主立场和雅典民主政体之不足，更是令人折服。I. F. 斯东不愧是独立新闻从业者的楷模。可惜的是国人对他可说是一无所知，我们只知美国有个写名人传记的欧文·斯东，却不知还有个无畏的新闻斗士 I. F. 斯东，而在他身后，他还将以"苏学家"之名传世。

在美国新闻史上，不乏声誉昭著的新闻从业者：其中有在新闻事业的开拓和发展上大有建树的发行人如普利策、赫斯特、鲁斯等，也有在新闻的采访和报道上独具特色的记者如斯蒂芬斯、派尔、莫罗等，更有因撰写评论时局的专栏而见重于当道的专栏作家如李普曼、艾尔索普、赖斯顿等。但是够得上新闻从业者典范的，恐怕只有 I. F. 斯东一人而已，不论别人的名声是多么煊赫，事业是多么庞大，影响是多么深远。因为只有斯东所追求的不是个人事业的成就，而是他始终坚信的新闻自由和独立的原则，因为只有他具有一个新闻从业者应该具有的社会责任感和良心。

斯东毕生从事新闻工作凡六十五年，先后曾为美国八家报刊（主要是中间偏左的报刊）工作，担任过记者、编辑，撰写过社论。冷战期间，这些报刊相继停刊，斯东的名字虽然没有上麦卡锡的黑名单，但没有一家主流报刊敢雇用他，使他面临失业的困境。但他并没有因此而屈服，这反而激发了他蓄愿已久的独立办报的念头。他以六千五百元的资金（其中三千五是他领到的遣散费）创办了以自己名字命名的《I. F. 斯东周刊》，一不靠广告收入，二不靠财团资助，一人身兼发行人、主编、记者、校对数职，居然维持了十九年之久，订户从五千增至七万，最后只因创办人健康欠佳才忍痛停刊。这在美国甚至世界新闻史上都堪称奇迹。

尤其难能可贵的是，他数十年如一日，孜孜追求新闻自由和言论自由，不畏强权，致力于揭露当政者见不得人的政治隐秘，成为美国新闻界唯一的荒野呼声。他不仅不容于当道，而且在主流同行中也被侧目而视，但他们也不得不钦佩他人格的高尚，认为他不愧是那种为苏格拉底所自况却又没有做到的牛虻（他的长期订户名单读起来仿佛是一本思想学术界名人录，其中有爱因斯坦、罗素、罗斯福夫人、吴丹……甚至玛丽莲·梦露有感于该刊对政府所起的舆论监督作用，私人出资为全体国会议员每人订阅一份，供他们免费阅读）。

但是斯东最令人钦佩的是他在七十高龄以后，为了继续从事新闻自由和言论自由的理论探索，居然重新拣起大学时代的希腊文学习，以求能够不必依靠译文而直接阅读希腊哲学的经典著作。把言论自由起源探索到希腊古典文明时代，是因为斯东认为"古代雅典是思想及其表达的自由空前发达的最早社会，在它以后也很少有可以与之相媲美的"。但是他越是学习希腊文、希腊诗歌和文学，"越是爱上了希腊人，苏格拉底在法官面前受审的景象越是叫我痛心。作为一个民权自由派，我对此感到震惊……这是雅典和它所象征的自由的污点。在这么一个自由的社会里，怎么可能发生对苏格拉底的审判呢？雅典怎么会这么不忠实于自己（的原则）呢？"

为了解答这个痛苦的谜，斯东穷十年之功（不要忘记这是从他七十岁到八十岁的十年），遍读了希腊文学和经典著作原文，其间还参考对照了各种各样的英、德文译本，终于写出了《苏格拉底的审判》，自称"这本书就是这个痛苦折磨的结果"。他在书中针对苏格拉底被判死刑的原因，向长期以来已为学术界普遍接受的柏拉图的解释提出了质疑并且也提出了他自己的解释：苏格拉底和雅典民主政体发生矛盾的起因是他在哲学的三个根本问题（人类社会群体的性质、什么是美德和知识、个人与政治关系）上与大多数雅典同胞乃至古代希腊人有着深刻的分歧。

这些分歧不是抽象的哲学概念的分歧，而是牵涉雅典人当时所享有的民主和自治的权利的基础本身。苏格拉底所宣教的"知者统治、别人服从"的极端蔑视民主和自治的学说都是与这种权利背道而驰的。在平时的情况下，宽容的民主制度可以允许这位哲学家在市场上大放厥词，甚至可以把他当作笑料，但是一旦当雅典民主政体本身的存在受到威胁的时候，像公元前411年、404年、401年两次被独裁专政所推翻和一次有被推翻之虞的时候，雅典的民主派不免慌了手脚。尤其是在独裁专政政权的领导人中不乏苏格拉底的得意门生如克里底亚斯之流。因此即使在独裁专政被推翻，民主政体得以恢复之后，看到苏格拉底依然纠集一批年轻狂妄的富家子弟于他门下宣扬反民主的学说，老笑话就不再可笑，恼羞成怒的雅典民主派就再也坐不住了，由三个公民出面，对他提出了控告。

根据柏拉图的《自辩词》中所引的苏格拉底自辩词，苏格拉底自称控告他的起诉书"大致如下：它说苏格拉底是个做坏事的人，因为他腐蚀了青年，不相信国家（城市）所信奉的神祇，而相信其他新的精神存在"。色诺芬的《言行回忆录》里说得更简略，只说苏格拉底被控"教导他的年轻朋友蔑视现行制度，使得他们狂暴起来"。这大概可以作为柏拉图版本所说"腐蚀了青年"的内容：不相信国家（城市）所信奉的神祇和蔑视现行制度。

我们且来看看雅典所信奉的是什么神祇。古代希腊的人民除了信奉奥林匹克山上的神祇以外，各个城邦还信奉自己专有的神祇。在雅典是"说理"女神倍多和议会之神宙斯阿戈拉奥斯。这是雅典民主的象征。苏格拉底不信奉这两个神祇是出于他对雅典民众和议会制度的蔑视。公元前404年独裁专政领导人克里底亚斯的主要副手查尔米德斯是柏拉图的叔（舅），也是苏格拉底的学生，他曾表示在议会上讲话有些胆怯，苏格拉底教训他道："最有智慧的人也不会使你害羞，然而你却不好意思在一批笨蛋和傻瓜面前讲话!"然后他一一列举这些笨蛋和傻瓜是"漂洗羊毛的、做鞋的、盖房的、打铁的、种田的、做买卖的，或者在市场上倒卖的，他们除了低价买进高价卖出以外什么也不是……而你却对这些……人讲话感到胆怯?"。而最足以表达他的"知者统治、别人服从"的政治哲学的一段话莫过于说雅典议会要处理建筑工程时会请建筑者提意见，要扩充海军会请造船者，议会在这些专门问题上依靠有训练的专家，如有非专家想发表意见，开会的市民便会"一笑置之，不去理他"。唯独在讨论政府基本问题时，"站起来向他们提供意见的，却可能是个铁匠、鞋匠、商人、船长、富人、穷人、出身好的、不好的，没有人想到责备他"对正在讨论中的问题没有受过训练。考虑到苏格拉底对雅典议会中这些手工匠和生意人的蔑视，控诉他的三个人中主要的一个是皮匠师傅也就不足为奇了。苏格拉底对雅典民主制度的蔑视还表现在他在两次独裁专政期间都没有随民主派外出流亡，也没有出力协助恢复民主政体，而且在当时这些关系重大的冲突中，他没有站在民众的一边。雅典最喜欢说话的人在雅典最需要他说话的时候，却保持了缄默。这表明他对民众的权利和社会的公正都漠不关心。难怪尼采要说"耶稣曾为耶路撒冷哭泣，而苏格拉底从未为雅典掉过一滴眼泪"。

苏格拉底不仅蔑视雅典的民主制度，而且也蔑视雅典的司法制度。雅典审判苏格拉底的法庭是由五百名来自社会各阶层民众的陪审员组成的。这类刑事审判一般投两次票，第一次是要表决是否有罪，如果判定有罪，陪审团还要在量刑上再投一次票。如果正反票数相等，表决按有利于被告的方式解决，应该说这种判决办法是相当宽容的。苏格拉底的最亲近的弟子赫尔摩奇尼斯求他准备一份雄辩有力的辩护词，因为陪审员很容易为口才所折服。但是苏格拉底却拒绝这么做，反而口出狂言，自称不同常人，有自己个人的神灵指导，还说神谕说他是世界上最贤明的人，而所有别人，不论多么出名，不论是政治家还是诗人，都是一些笨蛋。他的狂妄自大态度两次引起全场人群哗然，这可不是争取无罪开释的办法，以致第一次投票以二百八十票对二百二十票表决他有罪。

据苏格拉底告赫尔摩奇尼斯，他所以不愿为自己辩护，是因为指导他的神灵叫他不要这么做，认为还是现在死去为好，免得老年为疾病所困："如果我将来眼看着自己衰老下去，而且总是感到病痛，我活着还有什么乐趣？"因此，死是他的选择，他只有从生气的陪审团那里弄到手，这就是他为什么在为自己辩护时发言狂妄自大，有意激怒陪审团的缘故。但是陪审团还是相当宽容的，第一次表决票数相差不大，而且按雅典惯例，第二次量刑表决是在起诉方面和被告方面提出的两个建议中作一选择（不是折中）。鉴于第一次表决票数相差不大，起诉方面又提出要求判他饮鸩自尽，这很可能会引起陪审团对被告的同情，因此只要苏格拉底提出自愿流放（这是当时常见的一种仅次于死刑的最重刑罚）或者付一笔为数足以满足犹豫不决、内心不安的陪审团的罚金，死刑是完全可以免的。

然而在这个节骨眼上，苏格拉底又以他的实际行动表示了对法庭的蔑视而更进一步地激怒了陪审团。他先是拒绝提出反建议，认为"提出任何刑罚一举本身就是承认有罪"，继而他又狂妄地建议的刑罚是宣布他是公民英雄，在今后余生中由市政厅免费供他一日三餐！而按惯例，只有值班的市政会议成员、外国使节、公民领袖、奥林匹克优胜者和保卫城市和民主的功臣才享有可以在市政厅免费用餐的殊荣。这是个荒唐的玩笑，苏格拉底也觉不妙，便马上收回，但已晚了，反感已经造成。但他仍不思补救，进而又提出为数只有一迈那①的象征性罚款！他的弟子们都大吃一惊，后虽在他们央求之下他才改为三十迈那（并由众弟子们作保，可见为数也不算少），但他原先一再反复提出的荒谬建议一定使得陪审团觉得他是有意在开他们玩笑，以表示对这次审判的蔑视，以致以三百六十票比一百四十票判他死刑。换句话说，原来判他无罪的人中竟有八十个转而投了他的死刑票。看来好像是苏格拉底有意自己把鸩酒送到唇边。

　　当然，苏格拉底有权瞧不起起诉方面和法庭，有权宁死也不援引雅典所信奉的言论自由原则，驳回起诉方面的控告，因为引用这个原则就是背叛他自己反民主反议会的立场。他如果辩护获胜，这也不是他的胜利，而是他所蔑视的民主原则的胜利。无罪开释只会证明雅典才是正确的。从这个意义上来说，苏格拉底可说是杀身成仁，他不仅让自己扮演成西方文明史上言论自由和思想自由的第一个殉道者，而且使信奉倍多女神和阿戈拉奥斯神的

---

　　① 迈那，古希腊币制单位。1塔兰特＝60迈那，1迈那＝100德拉克玛。而1塔兰特（银币）相当于现在的37.8公斤白银。据《剑桥古代史》记载，当时一个城镇居民一年的吃穿用费大约是120德拉克玛。

雅典违反了自己的传统精神和原则：以言论自由著称的一个城市竟对一个除了运用言论自由以外没有犯任何罪行的哲学家起诉、判罪、处死，给雅典的民主站上了永远洗不清的污点。如果这是他的目的，苏格拉底显然达到了他的目的。

这就是"苏学新秀"老报人 I. F. 斯东对苏格拉底的审判和处死的原因所做的解释。

1992 年 5 月 3 日

"人文主义"溯源

　　正如《西方人文主义传统》作者阿伦·布洛克所说，对于"人文主义"一词，没有人能够做出使别人也满意的定义。即使在人文主义的发源地西方，这个名词也含义多变，在不同的时代和不同的地方，不同的人会对它做出不同的理解。甚至在素有权威之称的各种版本的大百科全书里，它的定义也不完全一致。

　　至于在中国，由于文化传统的差别和语言的隔阂，以及由此而致的翻译上的困难和局限，不仅对人文主义一词的内涵没有一致的认识，在译名上也出现了混乱：有译为人文主义的，也有译为人本主义的；有译为人道主义的，也有译为人性主义的；更有主张仿唯物论、唯心论而译为唯人论的。如果上述各种译法，都是人文主义在各个不同的历史阶段在不同的具体状况下的表现，那么出现不同的译法，自然是无可厚非的，何况一词多义，一词多译本来是翻译理论中的一个基本原则。然而正如其他一些抽象名词一样，在译成了汉语以后，人们对它们的理解往往绝对化了，或者根据中国的特殊文化背景，衍生了与原意有所出入甚至背离的含义。人道主义原来本是人文主义在一定历史条件下产生的新内涵，也就是为了强调人文主义这个新含义时所采用的译法，凡是了解人文主义的发展的人是不难理解的。但是人道主义一词一经在汉语中确立，它就具有了独立存在的含义。有人不仅把它同人文主义视为两种不同的概念，甚至把它们对立起来，认为人文主义不过是狭义的人道主义，完全颠倒了两者的关系。就是由于对人文主义一词的含义没有一致的理解，说得不客气一些，甚至连概念也没有弄清楚，以致在有关的讨论中，匆忙披挂上阵，进行论战起来。结果是公说公的理，婆说婆的理，混战一场，不了了之，问题仍没有解决，倒把观战的读者弄得益发糊涂了。

所以产生这种现象，无非是因为对西方文化思想缺乏比较深入和透彻了解之故。过去中国虽有两次西学东渐，但主要由于客观上的原因，两次都不深不透，近乎一知半解。最近这次虽然因为新思潮新学说纷呈，着实热闹过一阵子，但还未深透就戛然而止，以致烧成了不少夹生饭。不是有著名政治学家没有听说过——更不用说读过——柏拉图的《理想国》吗？在反对"言必称希腊"的时代，这并不奇怪，但发生在第二次西学东渐的今天，这不能不说是一个笑话。至于把民主理解为"当官要为民做主"而犹理直气壮，那就更加令人啼笑皆非了。

由此可见，要避免发生概念上的混乱和由此而致的无谓争论，对人文主义一词的来源和它的含义以及它在不同时代和不同地方（当然主要是西方各国）的作用，做一番追本溯源的探索——也可以说是大学一年级的补习——是十分必要的。

要进行这样的补课，作为第一堂绪论，英国史学家、牛津大学副校长兼圣凯塞琳学院院长阿伦·布洛克（年轻时曾以《希特勒·暴政研究》一书饮誉史学界）的这本《西方人文主义传统》可说是一个比较简明而又详尽的入门课本，因为本书原来就是布洛克应美国阿斯本学会之邀在纽约作的几次讲座的讲稿。它从文艺复兴（这就离不开希腊和罗马）开始，从历史的宏观角度，广泛地论及了人文主义在西方哲学、政治学、经济学、社会学、心理学、建筑学、文学、艺术、音乐等各个领域中的影响和贡献。实际上，这就是一本简明西方主流思想史。

由于人文主义一词在中国学术界引起的思想混乱，译者本来想以"西方主流思想史"作中译本书名。但是既然本书有追本溯源、弄清概念的作用，改换书名也就没有必要了。因此，译本仍用原来的书名。

　　不过，这并不妨碍译者在人文主义一词上从翻译的角度再来饶舌一番，也许这对弄清概念有所帮助。是否有当，就要请读者包涵了。

　　人文主义一词的英语原文 humanism 是从德语 humanismus 译过来的，而德语该词又是德国一位不甚著名的教育家 1808 年在一次关于希腊罗马经典著作在中等教育中的位置的辩论中根据拉丁文词根 humanus 杜撰的。其实德语该词也不是这位老夫子所独创，早在 15 世纪末，意大利的学生就把教古典语言和文学的先生叫 umanista，把教法律的先生叫 legista，他们所教的课程统称为 studia humanitatis，英语译为 the humanities。而 humanitatis 又源出于 humanitas，意指人性修养，把它译为人文学科不知是否借用《易经》中的一句话"文明以止，人文也。观乎天文，以察时变，观乎人文，以化成天下"。这里所谓"人文"，用现代汉语来解释，却是指礼教文化，在字面上与 humanitas 甚为吻合，但从内涵来讲，就很难说了。而在现代汉语中，"人"与"文"合起来似乎不能构成一词，若不知其出处，难免不发生概念上的混乱。

　　如果人文主义可仿唯物论、唯心论、唯理论而译为"唯人论"，那么它也可以仿科学、哲学、化学、文学而译为"人学"。前几年不是有一些作家发过"文学即人学"的感叹吗？那么所谓人文科学中的其他学科又何尝不然。或谓这易与人类学混淆，但人类学顾名思义是一个专门学科，只能包括在"人学"之内，不可能与之相提并论，就像物理学是科学的一个专门学科，不能与科学相提并论一样。

　　但译者才疏学浅，不敢贸然从事，把习用已久的定译妄加改译，在本书书名和正文中仍旧从俗，一律译为"人文主义"。以上所云种种只是求教于识者而已。

　　　　　　　　　　　　　　　　　　1991 年 9 月 27 日

整整一代人的自传

　　冯纳格特的作品介绍到国内来，《囚鸟》已不是第一部了。但是对冯纳格特作品的分析，似乎还莫衷一是。

　　有人说他是科幻作家，有人说他是黑色幽默作家。读了《囚鸟》以后，我想中国读者是不难自己得出结论来的。他既不是科幻作家，也不是黑色幽默作家。

　　不错，冯纳格特利用过科幻小说这一文学体裁。但是不论从他的初作《自动钢琴》，还是已译成中文的《猫的摇篮》都可以看出，他写科幻小说，不是为科学而幻想，而是有他更深刻的用意：借科幻以讽今。正如他自己所说："我写文章总是得有个借题发挥的因头。"同样，他的有些作品看似游戏笔墨，可以归为黑色幽默，但是亦岂仅幽默而已！

　　其实，一个作家用什么形式来表达他的思想是次要的，重要的是他要表达的是什么思想。这当然并不是说形式在文艺创作中是不重要的，它还是很重要的，但是形式是为内容服务的，也是为内容所决定的。对形式的选择和追求，都是为了最好地表达内容。

　　从这一点出发，我们就不必因为冯纳格特究竟是科幻作家还是黑色幽默作家而争论不休了。也没有必要在文学评论中把作家贴标签分类了。文学评论家毕竟不是图书馆学家。如果要分类的话，唯一的类别恐怕是，某一个作家是个严肃作家，还是流行作家。但是有的时候，甚至严肃作家也写流行作品，流行作家也有严肃的主题。

但是文艺评论似乎脱不了贴标签的痼习，什么浪漫主义，什么现实主义，名目不可谓不多，但究竟说明什么问题，就不得而知了。莎士比亚、巴尔扎克、托尔斯泰对人类的贡献和由此而发出的光芒，并不因后人给他们贴什么现实主义或浪漫主义的标签而有所增减。相反，在百年千年之后，他们的作品仍像丰碑一样屹立，而标签却没有不因风雨的侵蚀而剥落的。因此，文艺评论家最好还是多谈谈作品的本身，它的形式与内容，比较近似地探索一下作者的用意，而不是简单地贴些标签。

　　我用"比较近似"一词，是因为我不相信文艺评论家有这般大的能耐，可以自称能够完全正确地理解作家写某一部作品的用意。他们多半是根据个人的理解对作品做主观的解释。至于这种解释在多大的程度上符合作家的原意，只有作家心里最有数。但作家多半对此保持缄默。他似乎没有这种闲工夫。不然他就不是个作家而是文艺评论家了。何况有些作家都已作古，即使他们愿意，要请他们出来写一篇"我为什么写××"也办不到了。

　　话扯得远了，还是回过头来谈谈《囚鸟》。

　　《囚鸟》是一部与冯纳格特其他作品迥然不同的作品，它既不是科幻小说，也不是黑色幽默。从某种程度上来说，它是一部自传体的小说，但它又不是作家本人的自传，而是整整一代人的自传。

　　《囚鸟》写的时间跨度是从 20 世纪初到尼克松下台，它所穿插的历史插曲，从萨柯与梵才蒂事件起，经过大萧条，第二次世界大战，希斯和钱伯斯事件，朝鲜战争，一直到水门事件。它的主人公与其说是主人公本人，不如说是整整的一代美国自由主义知识分子。它的主题就是美国自由主义知识分子由激进而保守的堕落过程，最后成了水门事件中一个不光彩的丑角。

冯纳格特就像中国的捏面人一样，把这整整一代人的历史当作素材，左捏右捏，捏出了一个个看似面目全非，却又特别逼真的人物来。《囚鸟》仿佛是《爱丽斯漫游奇境记》里的那面镜子，历史在这里究竟是遭到了歪曲，还是归真返璞，只有过来人心里才明白。但是这是一部多么辛酸的历史！只有冯纳格特那样的大师才能把它颠过来倒过去，而犹不失它本来的面目。

　　对于20世纪80年代的新一辈来说，读《囚鸟》也许觉得有些费劲，对于其中的一些历史事实也许觉得有些生疏。但是对于老一辈的人来说，读《囚鸟》仿佛是重温旧梦，我相信不少过来人会一边读一边点头，会有似曾相识或者逝者如斯夫的感叹。

　　就怕我也是个摸象的瞎子。

1984 年 12 月 14 日于病榻

《锅匠、裁缝、士兵、间谍》

约翰·勒卡雷（John Le Carré，1931－）是英国前外交官大卫·康威尔（David Cornwell）当初业余从事写作时所用的笔名，英国当代著名间谍小说家。他少年时曾就学于公立学校（这种学校简称公学，又称大学预备学校，其实是私立的富家子弟寄宿中学，只是由于建校经费出于个人捐赠，才有公立学校之称。而真正的公立中学却称为语法学校）。在阶级壁垒鲜明的英国，公立学校出身成了在官场或工商界飞黄腾达的晋身阶。这种学校生活也成了他后来好几部作品的背景、题材。他在公立学校毕业后，先入瑞士伯尔尼大学，后又回英国牛津大学，专攻现代各国语言。牛津毕业后，他在英国最著名的伊顿公学教了十二年书，后又转入英国外交界服务。在外交界的耳闻目睹，就成了他日后写间谍小说的题材。他以约翰·勒卡雷的笔名（外交官的身份不允许他用真名）从事业余写作的初期，没有引起社会上的多大注意。1963年他的第三部作品《冷落后复出的间谍》出版，以其独特的风格，轰动一时，长期名列英美畅销书榜。

勒卡雷成名以后，就退出外交界，在乡间过起英国典型的乡下寓公的生活，专门从事创作，陆续写有《哈哈镜中的战争》《德国一小镇》《纯洁多情的爱人》等，都是以冷战为背景，刻画了国际谍报界的尔虞我诈、不择手段和背信弃义。

《锅匠、裁缝、士兵、间谍》（1974）是勒卡雷间谍小说的代表作。书名用的是英国的一首儿童歌谣，在书中作为指明克格勃在英国谍报机构中暗藏坐探的暗号。从50年代起，英国外交界和谍报界连续出了几起重大的克格勃坐探事件。这些坐探都是英国上层阶级子弟出身，30年代在牛津或剑桥上学时，由于当时的资本主义危机，对英国社会结构失去信心，醉心于社会主义，"左倾"成了一时风尚。但他们的阶级出身决定了他们不是革命家，而是幻想家，最后终于沦为克格勃手中的工具，混迹于外交界或谍报界，充当长期潜伏的坐探。小说写的就是这样一个具有一定社会意义的故事。

勒卡雷的作品与一般间谍小说不同，他能够独创一格，不落窠臼。一般现代间谍小说都以想入非非的情节取胜，充满了偶然的巧合，离实际生活的距离较远。勒卡雷的作品所展现的都是平常的生活，即使是谍报机关中的生活也是不脱常规的官僚机构的生活，那些意想不到的情节就出现在这种习见的平凡之中。因此，他的作品具有同类作品中所少见的真实感。勒卡雷笔下的间谍，也不是那种神出鬼没、神通广大的超人，而都是一些"反英雄"的形象。他们跟常人一样平庸无奇，既有生活上的苦恼，也有性格上的弱点。一句话，这些人物都比较接近现实主义，很少浪漫色彩，但又能扣人心弦。如果说，《冷落后复出的间谍》还是以情节取胜，较多借助于电影手法，后来的《荣誉学生》又有些卖弄东方异国情调，其中的间谍活动多少给人以不真实之感，那么《锅匠、裁缝、士兵、间谍》由于写的正是作者本人最熟悉的英国官僚机构内部的活动和生活，因此更能体现他的创作的特点。

1991年2月

风尘女子画像

　　约翰·奥哈拉（John O'Hara，1905－1970）是美国文学史上地位最有争议的一位小说家。有人说他是流行作家，也有人说他是严肃作家，或者说是他同辈人中间最流行的严肃作家。不管怎么样，从这个评价中可以看出，他在批评家的心目中地位并不高，但是在读者中间却极受欢迎，以致为了利用这种商业上的成功，他拼命写作，一生多产，共出版了十七部长篇小说，十一集短篇小说（总共六百五十多篇），这还不算他为好莱坞写的电影剧本和为百老汇写的话剧剧本。也许就是由于这个原因，他的作品具有一种从生产线传送带上出来的千篇一律的品质，以致遭到了批评家的挑剔。

　　尽管如此，批评家们几乎无一例外地不得不承认，奥哈拉是亨利·詹姆斯以来美国风俗的最忠实的记录者。"他比别的人更好地反映了他的时代——20世纪前半叶——的真实。"（詹姆斯·阿特拉斯）他自己也说："我想记录人们是怎样讲话、思想、感受的，而且是用毫不虚假和极其多样的方式来这么记录。"就这个目的而言，他是完全做到了。他的卷帙浩瀚的著作就是20世纪上半叶美国人生活中讲话、思想、感情的忠实记录，其中没有一点虚假，又极其丰富多样，没有一点主观解释，又极其生动逼真，以致批评家一致公认他是一位"照相写实主义者"或者"自然写实主义者"。

　　奥哈拉自从第一部成名作《撒马拉的约会》（1935）起，就致力于客观地、忠实地记录宾夕法尼亚州（他的出生地）上层社会的风尚：他们的幻灭的希望、酗酒、自杀、婚变等等，仿佛一幅社会风尚的全景电影，特别是20、30、40年代美国社会的。某些领域，如极盛时期的好莱坞、纽约的夜总会、费城的董事会、小镇的社交生活，在他的笔下都成了美国社会的缩影。说他是"自然写实主义者"就是因为他能把这一切通过人物的对话惟妙惟肖地表现出来，不花一滴多余描绘的笔墨。从文体简洁这一点来说，奥哈拉可以说是师承海明威的。

但不同于海明威的是，奥哈拉的文体中几乎是由百分之百的对话构成的。他的驾驭对话的能力在美国作家中可以说是首屈一指的。这首先是由于他有一对特别灵敏的耳朵，能够分毫不爽地记录人们在实际生活中的话语和语气及由此而表露出来的思想和感情。其次是他有一双特别锐利的眼睛，能够细致地观察社会风尚的细枝末节，并通过对话表达出来。奥哈拉几乎不用比喻的平易、简洁、明白的文风，不仅使他成了一位文体家，而且这一文风所表达的内容使他成了一位独具慧眼洞察一切的社会史家，尤其是在两性关系和文化习俗方面的社会史家，因此说他仅仅是个对话速记员，未免太冤枉了。当然，这并不否认他对生活的挖掘不深，或者思想肤浅。著名出版家兼批评家贝纳特·赛夫对他的评价也许是最高的了："我个人认为约翰·奥哈拉在他生前是美国文学史上最没有得到应有赏识的作家。我认为他属于最高的一层，与同辈福克纳、海明威、费兹吉拉德齐名。"

这个估价是否恰当，读者可以在下面这个短篇中自己去下结论。《九十分钟以外的地方》（*Ninety Minutes Away*，1963）是一篇反映20世纪30年代宾夕法尼亚州一个小镇生活的小说。当时的社会风气、地方政治等等都通过一个地方新闻记者与一个妓女的邂逅而生动地表现出来。除了小说开头有几句景物的交代以外，全部故事和人物甚至政治上的钩心斗角，都是用对话来表现的，着笔不多，但生动传神，令人叹绝。

约翰·奥哈拉的主要作品有《撒马拉的约会》、《勃特菲尔德八号》、《帕尔·乔埃》（后改为音乐喜剧）、《求生的渴望》、《从平台上》等。

1986 年 12 月

人在旅途中

　　杜鲁门·卡波蒂①在美国文坛以"非虚构小说"的创始者著称，论及他的作品，一般都举《杀人不眨眼》（*In Cold Blood* 或译《蓄意谋杀》）为其代表作。但是卡波蒂当初文坛成名，并不是以《杀人不眨眼》始，而且他的文学成就，也不限于"非虚构小说"。何况"非虚构小说"在文学史上的地位尚无定评，它的前途究竟如何，作为一种文学样式，它有无长久存在价值，这还是个问号。因此仅仅以"非虚构小说"来衡量卡波蒂的文学成就，并不是很公平的。

　　卡波蒂的文学成就，主要还是表现在他的短篇小说上。自从他十七岁受雇于《纽约人》起，他就陆续写了不少中、短篇小说，后来收在《其他的语声，其他的房间》《一棵夜树和其他故事》《在铁芬尼吃早餐》（即中译本《郝莉小姐在旅行中》）等集子里。而其中尤以《在铁芬尼吃早餐》最为脍炙人口，可以说是他的代表之作。

　　这篇小说从篇幅上来说虽称得上是个中篇，但它继承了欧·亨利的传统，把短篇小说的技巧发挥到了登峰造极的地步。其中情节起伏跌宕，高潮迭起，悬念与意外层出不穷；而尤其可贵的是卡波蒂以冷静的寥寥数笔，栩栩如生地勾画出了一个在男人的

_____

　　① 国内多译"卡波特"，其实这是作者继父的姓，继父是古巴人，按西班牙语发音应为"卡波蒂"。

豺狼世界里谋求生存的心地善良女子——她究竟是淘金女郎，还是交际花，还是别的什么，读过这篇小说的读者想必自己会得出结论来的。不过我在这里仍忍不住要引用她的两段自白，说到她为什么有做电影明星的机会却自动放弃了，她说："我很明白自己永远成不了电影明星。要做明星太难了；要是你有头脑，你就觉得做明星也太难为情了。我的心理并不太自卑：既要做明星，又要有强烈的自尊心，这本来是可以同时做到的；但是实际上你却必须放弃自尊心，放弃得一点儿也不剩。我并不是说，我不要钱，也不要名。这是我追求的主要目标，我总有一天会达到目的；但是在达到的时候，我愿意自己还保持着自尊心。我希望有一天早上醒来在铁芬尼吃早餐时，我仍旧是我。"另外又一次，她说："……我已经把算命的星象图扔了。……真无聊，它告诉你的总是，只有你自己做好事，好事才会降临到你身上。好事？我觉得应该是老实。不是遵守法律的那种老实——我会去盗墓，我会去挖死人的眼睛，要是这会使我那一天过得更好玩——而是己所不欲勿施于人的那种老实。不做胆小鬼，不做冒牌货，不伤人家感情，不做烂污货；宁可得癌，也不要一颗不老实的心。这并不是宗教上的虔诚，只是讲究实际。癌症也许会死人，但心不老实却肯定会使你成为一个死人……"可是在这个不老实的世界里，一颗老实的心是处处要吃亏的，最后她不得不一走了之，这是一种不是出路的出路。但从创作技巧上来说，这不能不说是这篇本来可以写得十分完美的小说的败笔。但是话又得说回来，从某种意义上来说，这样的人物，这样的故事，在这个世界上本来是找不到一条出路或者一个结局来的。因此说败笔也好，说作者世界观的局限性也好，并无损于这篇小说的成就。

　　自从欧·亨利以后，美国曾经出现了许多短篇小说家，继承他所开创的传统，如林·拉德纳、台蒙·伦扬等等，他们写的都是下层社会的普通人物，在尔虞我诈的社会中讨生活，即使是骗子、匪徒、乌龟、妓女，却也有天良未泯的，有的甚至有颗金子般的心。但这都是 20 世纪上半叶的事了。随着美国社会的经济情况在 50 年代以后有了暂时的好转，大萧条时期出现的反映社会黑暗面的文学作品逐步为描写和反映中产阶级的富裕的郊区生活和精神空虚的文学作品所取代，像《在铁芬尼吃早餐》那样的作品和其中的人物，如今已不大看到了。但是作为一个时代的反映，它们在美国文学史上还是有其一定的地位的。

"铁芬尼"原来是纽约两家最高级的珠宝首饰店之一（另一家叫"卡蒂埃"），本来不是饭馆或酒楼。作者在小说里把它作为酒楼的名字，目的是显出其豪华的气派。作为书名译成中文，也许有些使读者费解。因此译本用书中主人公的名片上所印的两行字做书名，叫《郝莉小姐在旅行中》。冒昧之处，希读者原谅。

1986 年 11 月 26 日

原型·影射·诽谤

　　很多作家笔下的人物,在实际生活中都或多或少有个原型,作家或者受他启发,或者干脆就是写他;但是很少作家是愿意痛痛快快承认的。我们常常在一本书的前面或者在一部电影的片头看到什么"本书故事纯属虚构"或者"本片人物全系虚构,若有雷同纯属巧合"诸如此类的声明。但是你千万不要去相信他们,哪怕这些作家是你仰慕已久的像托尔斯泰、狄更斯、毛姆、威尔斯那样的文坛泰斗。

　　托尔斯泰在他的名著《战争与和平》和《安娜·卡列尼娜》中用了他的不少亲戚做他的模特儿,这是接近他家里的人看了都一目了然的事,但是他仍要装腔作势地说,如果有人认为他写的是真人,他也没办法,只能感到遗憾。狄更斯在公开场合否认笔下人物与实际生活中的真人有任何相似之处,在私底下却为自己描写的逼真而沾沾自喜。只有在被害者请了律师要求作者做出补救以后,狄更斯才在《大卫·科波菲尔》以后的章节(幸好当时的小说是连载在刊物上的)中笔下仁慈一些。说这个原型是被害者,因为狄更斯把她体格上的畸形做了淋漓尽致的描绘,使她不禁叹道:"我由于个人体格畸形长期以来吃了不少的苦。想不到还要在一个像狄更斯那样富有天才和同情心的基督徒手中吃苦。"毛姆虽然坦率得多,但也曾经否认笔下某个人物在现实生活中有他的原型,一直到了该人死后才予承认。阿加莎·克里斯蒂自称她笔下所有人物都出诸虚构,但是在《美索不达米亚凶杀案》中却让她自己的第二任丈夫和另一个考古学家的妻子化名登场。格林也说过他觉得很难写真人，但是他的作品中不乏许多经过伪装的真人。威尔斯在他的一部书的扉页上特地印了一句"如果一部书中的某个人物有幸与一位真人相像，这并不能成为设想这就是'原型'的理由"。但是这话骗不过谁，那些模特儿太明显了，使人一望而知写的是谁，以致出版商们一个接着一个地婉拒了这部书稿，生怕受到诽谤的控告，或者像另一个英国作家梅雷迪斯那样在小说再版时刊出道歉启事。

只有极少数的作家敢于直言不讳地承认笔下人物有原型。1983年伦敦上演一部关于希腊女高音歌唱家卡拉斯生平的剧本时，节目单上赫然印着："本剧人物均系真人，不用真名只是为了保护剧作者。"

有些作家在人家指出他们笔下人物有实际生活中的原型时还反咬一口。还是这个梅雷迪斯，他的一位年轻朋友指摘他："你太坏了，你写的威洛里就是我！"他竟油滑地回答："不对，我的好朋友，他是咱们大家。"当然这话也有一部分道理，不少作家的确是集中了许多人的共同特点来写一个典型人物的。美国作家菲兹杰罗德在他的小说里很少用仅仅一个原型，而是把好几个人的性格特点糅合在一个人身上，其中也包括他自己。美国幽默作家瑟伯笔下的人物瓦尔特·米蒂爱做白日梦，这一特点恐怕是人人都有的，瑟伯只是把它集中表现在一个典型人物的身上而已。因此有人问他写米蒂有无原型时，他回答："瓦尔特·米蒂的原型是我认识的每一个人。"这个回答比梅雷迪斯要诚恳多了。美国作家托马斯·伍尔夫在接到一位原型的抱怨信时也说这个人物是好几个熟人的综合，作家并不仅仅是把布朗、史密斯改称布莱克、怀特而已。要是有这么容易，大家都可以带一包笔记本和铅笔，直奔最近的一个镇上，找个方便的角落，把镇上居民的言谈和行动记录下来就成为小说了。英国作家伊夫林·沃甚至不屑一顾地把指认原型是谁的人斥为"不知艺术想象为何物的蠢材"。

因此，作家不肯承认取材于实际生活中的原型，也许是出于自尊心在作祟。他们总想让读者认为他们笔下所有的人物都是出于他们想象力的创造，都是他们精心雕琢出来的。只有毛姆认为这是自欺欺人。不过话也得说回来，虽然大多数作家都用实际生活中的原型做模特儿，其中却很少有人是不加修饰地原封不动搬过来的。这些模特儿经过艺术上的改头换面以后，甚至让你认不出来。英国作家康拉德没有遇上实际生活中的"杰德号"船长威廉斯，就不可能写出吉姆爷（《吉姆爷》）来，但是他的想象力的加工又把吉姆爷写成完全不同的另外一个人了。其他英国作家如福斯特、赫胥黎、依修午德或法国作家莫里亚克、意大利作家莫拉维亚都表白过，他们是怎样利用真人做模特儿来创造受真人启发而又不同的人物的。

因此，英国作家康普顿－伯纳特觉得他所相熟的人要用作小说中的人物是太平淡无奇了，如果要用，也必须加以夸张才行。毛姆认为，从现实生活中借用来的人物如果不经加工是绝不可能完全栩栩如生的。而爱尔兰作家乔伊斯·卡里则认为现实生活中的模特儿太复杂，不合他的需要。这和赫胥黎的看法一样，后者认为他要用的原型必须加以简化才行。不论是简化，还是加工，这都说明作家作为艺术家的创造作用。有些作家把模特儿几乎原封不动地搬到纸上，结果就像劳伦斯所说的那样，写的不是小说（fiction），而是实录（faction）了。

既然注入了自己的艺术创造和加工，作家对于人家问他们原型是谁的问题一般都很讨厌。法国作家普鲁斯特也是如此。他习惯于把好几个人的性格特点结合在一个人物身上，结果连他自己也无法说清楚究竟用的是哪个模特儿：每个人都用了一部分，但没有一个人是用了完整的。巴尔扎克在给一位朋友的信中曾经抱怨，竟有七十二个妇女争相声称自己是他的《驴皮记》中的菲多拉。歌德外出旅行时得隐姓埋名，以免热心的读者要拉住他问究竟谁是《少年维特的烦恼》中的夏绿特。英国诗人奥登认为，要考证出莎士比亚十四行诗中的黑女士纯粹是无聊的好奇心在作祟，即使成功，也无补于对十四行诗的欣赏。毕竟你读的是作品，不是原型。难怪伊夫林·沃曾经写信给他的一个朋友，否认把他写进自己的小说《无条件投降》，他说："伦敦当然不乏不懂艺术想象为何物的蠢驴，他们把小说当作报上的名人隐私专栏来读。"

但是令人奇怪的是，反应最强烈的却是那些给猜中了使用原型是谁的作家。他们矢口否认笔下人物有原型，也许是因为担心被当事人控告破坏名誉。根据英美法律，破坏名誉不管是书面的，还是口头的，都属诽谤罪，前者叫"libel"，后者叫"slander"。两者的界线虽然很难划分得一清二楚，但是书面诽谤一经确立，原告就可以起诉，要求赔偿，而数额之巨，往往令人咋舌。因此作家最不愿意别人议论他们作品中人物的原型。1910年英国甚至有这样一个案例，凡是能证明确实有人相当有根据地认为原告是书中某个人物的原型，就可以确定作者犯了诽谤罪，不管他当初是否有意把原告当作模特儿。这么一来，作家和出版商在出版一本书之前都战战兢兢，如履薄冰，生怕一脚不慎，触发地雷，后果不堪设想。据格林的回忆，30年代英国有一家律师事务所专长于代替出版商根据伦敦电话簿核对人物姓名，以免出现无意中的雷同。有的作家挖空心思找一些罕见的姓名，以为这总该不会出问题了，殊不知姓名越是古怪，危险也就越大，因为叫这个姓名的人只有他一个，你是无论如何赖不掉的。因此精于此道的格林在小说《喜剧演员》中用的尽是琼斯、布朗、史密斯这种英美最为常见的姓氏。

幸而1952年又通过"破坏名誉法"，无辜的作者不再这么轻易可以被判定诽谤一个他根本不认识的人了。但是出版商仍需小心行事，务必做到确有把握：书中没有对任何人有损名誉的词句，作者当初并没有以某个具体的人为模特儿，凡是有冒犯人的材料一定要抽掉……凡此种种禁忌，再加上万一要打官司的开销，都使出版商谨小慎微，尽量避免由于无心的疏忽而造成破坏名誉的后果。比如1980年就有英国一家出版公司因为在它出版的一本教科书中虚构了一个名叫尼吉尔·费歇爵士的议员，没想到叫这个名字的议员真有其人，就受到了破坏名誉的起诉，虽蒙高等法院轻判，作者只需道个歉，除了负担诉讼费用以外再向那位议员指定的慈善团体捐笔款就可了事。虽然这笔捐款为数不大，却已令作者叫苦不迭了。

但也有作家在诽谤官司的威胁下不屈服的。007号间谍詹姆斯·邦德的创造者伊恩·弗莱明的《你只活两次》中的一个人物是《泰晤士报》常驻远东的老记者理查·休斯，弗莱明在休斯提出要打官司时扬言："你尽管打吧，但是我警告你，那样的话我就要把你的真相统统抖搂出来。"

同名同姓引起的纠纷由来已久，一直困扰着作家。霍桑为自己作品中的法官起了一个品钦的姓氏，以为总该太平无事了。但书一出，抗议的信件就纷至沓来。有一个抗议者来信抱怨说，不让一个德高望重的法官在地下安息真是伤天害理，因为他的祖父在独立战争时期曾经住在霍桑作为小说背景的萨拉姆，名誉因此受到了破坏。但是据霍桑告诉他的出版商，他从来没有听到过自己的故乡萨拉姆曾经有姓品钦者居住过。等到后来又有一个品钦来信抗议时，霍桑在给他出版商的信中忍不住叹道："我真不知道到什么时候我才能对这个荒谬的世界上有多少蠢驴有个确切的估计数字。"据他的出版商最后估计大约有二十个。萨克雷写18世纪一个著名的女杀人犯，不幸与爱尔兰著名女歌剧演员凯塞琳·海斯同名同姓。甚至有一个读者改名为刘易斯·西摩，然后控告乔治·摩尔的《刘易斯·西摩和几个女人》破坏他的名誉。还有一个教士写了一本小说，其中坏蛋是一个叫马里亚特的船长，写的时候根本不知道后来出了一个名字居然叫马里亚特船长的作家，那本书在出版商那里耽搁了四年，待到出书以后才发现那位同名船长已在这位教士之前先出了书，成了名。那时（1934）还讲究骑士风度，没有后来那样一切向钱看，要对簿公堂，索取赔偿。船长提出要决斗，而教士却因为身在教门，不敢应承。

有时不需要姓名雷同也会有人告你诽谤罪。1891年有个在西非做生意的名叫詹姆斯·皮诺克的人，控告一家出版公司，因为他们出的一本小说里有个名叫詹姆斯·皮考克的，也是在西非做生意，靠坑蒙拐骗发了财，有影射他的嫌疑。他居然胜了诉，赢得了两百镑的赔偿，要注意这是一百年前的两百镑，以今天的币值来算可以说是一笔巨款了。三十年后，劳伦斯的律师为了他的《陷入情网的女人》花了五十镑向书中的模特儿买个清静，算是便宜他了，难怪格林在出版《伊斯坦布尔火车》时，担心书中人物Q. C.萨伏里与小说家J. B.普里斯特莱的姓名音节相似（也还有其他因素容易使人联想到普里斯特莱），临时把书撤回重印，这可以算是作家谈虎色变的一个最突出例子了。

因此依修午德凡是用到原型无不事先征得本人书面同意，保证不予起诉。现在有些出版公司遇到非用原型不可的情况，也坚持作家要循此惯例，以免可能发生麻烦。什么"本书人物纯系虚构"这种已成为陈词滥调的声明是毫无价值的，不论对读者或者对律师都不起作用。它甚至可能起"此地无银三百两"的反作用。因此出版商宁可把书压着暂时不出版，也要先弄到原型不起诉的保证。1983年有个女作家写了一本关于演艺界人士婚姻的小说，由于作者本人的已离婚丈夫是个著名的歌唱演员，出版公司深恐他会控告影射，便压下此书不发，尽管作者再三声明，书中那个演艺界人物与她的前夫毫不相干，出版公司仍不为所动。最妙的是伊夫林·沃的看法：原型不论怎么逼肖，影射不论怎么露骨，只要把他写成是个颇能讨得女人欢心的风流人物，他就不会感到自己是受到了冒犯而不高兴的。但是以经济效益为第一考虑的出版商却没有这样潇洒，敢冒这个险。尽管这样一场官司，尤其牵涉到名人，由于在社会上造成轰动效应，可能为一本书增加一些销路，但无论如何抵不上可能要付的赔偿。因为时到20世纪后半叶，这样的诽谤官司如果败诉，所付赔偿往往以百万计，要不然怎么会有恶讼师会为原告卖命力争？1981年有一位常常走在铜管乐队前面，露着大腿挥舞指挥棒的美国小姐竞选者，控告一家美国杂志发表一篇文章影射她，因为她的一些朋友认为文中所说那个性放荡的美国小姐竞选者也是挥舞过指挥棒的，结果她胜了诉，获得了二千六百五十万元的赔偿。尽管出版商进行了上诉，但被驳回是意料中事，法官才不理会你什么"若要保证虚构人物绝对不像一个真人美国就不要出版小说了"的申诉呢。

不过话也得说回来，平白无故地被人写进小说里去，滋味的确不是好受的。毛姆《寻欢作乐》以20世纪初英国文坛为素材，影射了哈代和休·沃波尔两位作家，手法极其惟妙惟肖。据说沃波尔是在一个朋友的乡间别墅里正在更衣准备下楼吃午饭时，把这本小说支在壁炉架上开始边换衣服边阅读的。刚读了几页，他就认出其中一个人物写的就是他自己，惊诧之余，一口气读了下去，把换衣服下楼吃饭的事都给忘了。他的主人在餐厅里久候他不来，以为出了什么事，就上楼来找他，发现他身上仍只穿一件衬衫，裤子还没有提上来，掉在脚踝上，而他还在聚精会神地读那本小说。书中描绘他出的洋相据说十分逼真，使他无地自容，以致在此后的十年余生中抑郁寡欢。当他向毛姆抗议时，毛姆矢口抵赖，到他死后方才承认。沃波尔气愤地说："我是不会轻易原谅他的。那个叫花子还喝了我不少的酒呢！"他也写了一本小说来影射毛姆，意在报复，但是他自己承认，书中那个"用简单明了的英语文体讲述自己所看到的片断生活"（其实这是对毛姆文学成就的最好总结）的悲观主义者，虽然深谙世故，骄傲自大，"留下令人不快的记忆"，却"比同时代的任何作家都令人喜欢阅读"。由此可见沃波尔为人的厚道了。难怪他读到另外一个化名为里波斯特的作家写的《花天酒地》（连书名也是影射毛姆的《寻欢作乐》的）里把毛姆影射为一个在远东白吃白喝后却把款待他的主人和他们的隐私写进小说的无情无义的作家，竟慨叹道，这样的攻击究竟何时方了？毛姆的出版商在该书先在美国出版时还怀疑作者就是沃波尔，而沃波尔却表示自己乐意帮助他们劝说毛姆打官司，阻止该书在英国出版。结果毛姆胜了诉，该书在英国刚上市就撤下了书架。

用小说进行报复的事例屡见不鲜。萨特的"伴侣"西蒙娜·德波瓦因为萨特的一个女学生插了进来，成为她与萨特关系中的第三者，对她恨之彻骨，甚至在该年轻女子另有所恋后仍耿耿于怀，于是把她的情敌写进小说里把她杀死，而且在回忆录中说"我把奥尔加杀死在纸上之后才解了我心头之恨"。德波瓦这么不容一个第三者，但是她自己却并不是始终忠于萨特的，她在40年代访美时曾与芝加哥作家纳尔逊·阿格伦有过恋情，并且在回忆录中公开宣扬，以致后者很不高兴："我嫖过世界各地的妓院，那里的娘们都是关上门的，包括朝鲜和印度。只有这个女人把门洞开，还叫来公众和记者。"不过这是题外话。

也有一些原型对于自己被当作模特儿写进小说，不但不以为忤，反而觉得三生有幸。《泰晤士报》的剧评家瓦克莱很乐意在萧伯纳的剧本中被搬上舞台，还让饰演那个影射他的角色的演员在化妆之前好好观察他。先后担任《纽约时报》和《太阳报》剧评家的伍尔考特在著名喜剧《来吃晚饭的人》中被描绘为一个绝顶讨厌的人，他明知"这是对我最可怕的侮辱，但是我决定忍气吞声下去"。不仅如此，他还随团上台巡回演出。有些模特儿还更上一层楼，为作者捉刀。比较著名的例子是侦探小说家萨帕笔下的"硬汉德鲁蒙"的原型和女作家阿林汉笔下的神探的原型，都在作家死了以后继续为他们的各自创造者写续集，也算是文坛佳话。

这种作者与其创造的人物合而为一的现象其实并不奇怪。许多文学名著多少都带有自传性质，或者一些主要人物在一定程度上都是他们的创造者自己的一部分性格的反映和延伸。1971年德国一家刊物指出当时流行的一本小说《赞美年纪大的女人》中的主人公就是作者自己，尽管那位作家因此起诉该杂志诽谤，法院判定他胜诉，但是赔偿费只有象征性的半个铜板，诉讼费却几乎使他破了产，实在得不偿失。

不过作家否认他们的作品是自我写照也有他的道理。虚构故事本来是合法说谎。伊萨克·巴希维斯·辛格曾经说过："我小时候，他们都说我是说谎的，如今我长大了，他们却叫我是作家。"美国另一位犹太裔作家菲列普·罗思就曾经写过两部小说《鬼作家》和《解放了的朱克门》，假托作家朱克门这个人物，写的就是他自己因为写了反映犹太家庭新老两代之间的矛盾，而被亲友（包括父母）认为把犹太人家丑外扬而遭抵制的痛苦。因此抵赖总比承认好过一些，有时承认是很残酷的，不论对自己，还是对原型。乔治·艾略特写了一部《教士生活场景》，有个教士认出了其中有自己的影子，向艾略特抗议。谁知艾略特回答说："我还以为你已经死了呢！"

时至今日，一望而知谁是作家的模特儿这种情况越来越少了，主要原因是哪个作家都吃不消庞大的打官司费用，更不用说败诉后的赔偿了。即使作家使用了模特儿，他们也不愿轻易承认，更不愿指名道姓了——除非原型已经去世。有些作家甚至认为辨认原型是谁与文学无关，纯属无聊的好奇。但是你也无法否认，人，毕竟是文学作品的原材料，没有他们的性格和特点，他们的成就和失败，他们的命运的兴衰，文学作品就会毫无生气，不堪卒读。没有他们，作家是无法创造和构思出人物和情节来的。

《第三帝国的兴亡》公开发行记

1979年冬接出版社通知，十五年前的旧译《第三帝国的兴亡》就要重印公开发行了，不禁想写篇短文，以资纪念。

这本书的原版最初是1960年出版的，出版后就轰动一时，成了一本畅销书，历久不衰。我还记得时隔十二年后，从干校回来翻阅久违的英文报刊时，居然还看到它的广告，一本历史书有如此耐久的吸引力，可谓绝无仅有。

它之所以能够如此，有种种原因：题材吸引注意是其一，当时欧战虽已结束十五年，但希魔造成之创痛犹在，世人痛定思痛，不论是过来人或后辈，一般的心理莫不都有一点好奇，或者说有一点想吸取教训，要知道欧洲为什么竟然遭到如此浩劫。第二个原因是作者根据盟军缴获的纳粹外交部官方文件，材料翔实，态度客观，即使夹叙夹议，所根据的也是铁的事实，不掺假，不作伪，使人信服。第三是应该归功于作者的文笔流利，铿锵可读，不似一般史书，学究气太重，读来枯燥无味，使外行人望而生畏。

我也是在农场劳动下放两年以后，在1963年初次读到这本书的，一读之下，就爱不释卷，在两星期内把一百万字的巨著一口气读完，觉得有译出的价值，就写信给国际问题老前辈冯宾符先生。冯老回信要借去一阅，一个月以后就推荐给世界知识出版社约人赶译出版。从翻译、校订到出版，一共花了两年多的时间，初版在1963年12月出版，由于书中涉及苏德条约，对斯大林语多不敬，暂时内部发行。到1973年由于有关研究部门的要求，由三联书店（这时世界知识出版社已遭解散）重印，我借此机会又重新逐字逐句校订了一遍，为此毁型重排，由原来的两卷本改为四卷本。当时正值"四人帮"不要文化之时，出书极少，偶尔有这么一部书重印出版，即使是内部发行，也马上脱销，所以又在1975年增印了一次。如今四年又过去了，"四人帮"打倒以后，出版界恢复了生气，世界知识出版社又重新成立，它的第一部书就是公开发行《第三帝国的兴亡》，这不由得使我感到高兴。不是因为选了这本书，而是因为开了书禁。过去，像这样一本书，甚至像斯诺的《西行漫记》，都要列为内部发行，真是令人百思不得其解。若不改弦更张，到头来还是自己吃亏，把年轻人个个搞成无文化、无知识的文盲为止，十多年来，为害之大，难道还不够痛切吗？

但愿以这本书开始，书禁和海禁一样，逐步打开，文化出版界欣欣向荣的日子指日可待！出版社要我为这本书的公开发行写篇前记或后记之类，但是正经文章我是写不来的。因此借这园地，略缀数语。

《西行漫记》新译本译后缀语

　　我译书没有写前言或后记的习惯。但是出版界似乎有这样的传统。有一阵子尤其流行"出版者说明"，仿佛每一本书（特别是翻译的书）都非有这么一篇"说明"不可，其中毫无例外地以这么一句收尾："本书的作者是个资产阶级作家，书中有不少资产阶级的观点，请读者在阅读时注意分析批判。"如今大家的思想解放了，这种生怕有人抓辫子说你"贩卖资产阶级私货"的顾虑似乎可以消除了，但是"出版者说明"却被"作者评介"所代替。当然在介绍一部作品的时候，从译者的感觉出发，写好一篇"作者评介"，对于读者来说未始不是一件有益的事。但是在很多的情况下，这种"作者评介"不过是变相的"出版者说明"，只是字数长一些而已，其逃避"罪责"的用意则一，因为到末了还是以上面这一句套话收尾。

　　按我个人的脾气，我是宁可不出书也不愿写那样的"说明"的。这倒并不是因为我的胆子有多大，骨头有多硬，不怕承担"罪责"，而是觉得这是对读者的侮辱。因为书的内容就是最好不过的说明，读者自有能力分析鉴别，无须别人代劳。可是我们之中总是有人喜欢把读者当阿斗，仿佛没有他的"指导"，读者就会变成迷途的羔羊似的。其实历史上的迷途，多半是在错误的指导下发生的。至于要想凭这短短的一篇"说明"逃脱"罪责"，则完全是自欺欺人的梦想。凡是经历过历次运动的人心里都很明白，运动一来，在劫难逃，任何"金蝉脱壳"之计都是不能奏效的。

既然如此，那么我为什么还要写《西行漫记》新译本的这篇"译后缀语"呢？而且是在此书出版的五年之后？

这是因为在出版后的这段时间里发生了一些有意思的事情，不妨记下来做个历史的脚注。

其实，这篇"译后缀语"我早在出版后的次年即1980年就写成了。当时寄给了香港《大公报》的潘际坰兄，供他在该报副刊《大公园》中采用。接着我就去了美国，几个月后回来时，翻阅家中积压的信件，并没有发现寄来的剪报，以为是丢失了，一时没有在意，也没有写信去问。直到这次编集出书，才想起这篇文章来，托了几位朋友遍查有关单位的书库里的旧报，却无论如何找不到这篇文章了，看来是我寄稿途中丢失的。

事隔五年，我已无法详尽确切地回忆那篇文章的内容，再把它重写出来。不过我记得当时写那篇文章的目的，并不是想逃避"罪责"，或者是倚老卖老以"指导者"自居，而是因为此书出版以后收到了一些读者来信，需要做一些名副其实的说明。

首先是此书所记述的事件或人物的历史评价问题。这个问题在开始翻译时就遇到了。当时有两种处理意见，一是在译文中根据现在的"定评"，对原文作个别的修改；二是一切悉照原文，不加改动，只有在必要的地方添个译注附在页尾。我是坚持第二种办法的，理由是什么，我想现在已不言自明，不用多说了。可是在当时（要知道那还是在1976年）要坚持这一办法，还是费了一番唇舌的。幸而三联书店的几位领导都是开明之士（否则，他们是不会在阴霾未散的日子就来约我这个名列"另册"的人译这本书的），他们欣然同意了我的意见。

但是有些顾虑不是没有根据的。书出之后，果然接到读者来信，有的还是过来人，或者与当事人后来有了接触，指出书中有些叙述不符事实，甚至指摘译者译错了，要求更正。这才使我终于理解到，出版者坚持要写一篇"出版者说明"的苦心和必要，只是为时晚矣。

我在寄给《大公报》的文章中大概是这么说的：任何高手译书，都难免有错，我不是高手，更不例外，因此欢迎读者指正和批评（事实上有些译错和不妥的地方，后来我已在新华出版社的《斯诺文集》版中逐一做了更正）。但是若是作者误记或写错，则除非征得作者同意，译者无权改动。读者若有不同意见，尽可以发表文章，详加考证，立此存照。因为斯诺毕竟是个记者，他在当时那么艰难的条件下进行采访，全凭口授笔录，没有档案可查，离开苏区后成书时也无法找人核实，因此记述不免有所失误，我们不能过于苛求。何况他写的终究是新闻报道，我们大可不必把它当作正式党史来读。如果要出党史，我想也不会请一位外国记者来写的，不管这位记者对中国人民的革命事业抱着如何同情的态度。

《西行漫记》新译本竟会引起这样的指责和反响，确是我始料所不及的。尤其是后来又有几件事情，更加说明了我们长期不出斯诺的著作（以及推而广之，其他一切应出的书）所造成的愚昧的后果。要是他的书早就都译成中文公开出版，有些同志的无妄之灾，本来是可以避免的。这里我想只举书中"王牧师"一人后来的遭遇就行了。

另外一个后果是，许多历史事实，由于长期湮没，甚至在当事人还在世的时候，就发生了穿凿附会。比如有些小报竟把我同初版中译文译者胡愈之同志并列为主持初版翻译的人，实在叫我愧不敢当。胡老是我国翻译、出版界的前辈，而我当初读到刚出的《西行漫记》时还是个中学生。如果说我还可以同这本书的译者套近乎的话，我很高兴地指出，其中有一位译者是我当时中学教师。我还记得他在堂上撇开正课不讲，忍不住要评论抗战时局，这对我的政治启蒙是起了很大作用的。

斯诺的客厅和一二·九学生运动

重译斯诺的《西行漫记》，翻阅了一些有关材料，发现斯诺与一二·九学生运动的一段因缘，是中国近代史上一件饶有趣味的事。

根据斯诺自己的说法（见其自传体著作《复始之旅》）——关于这本书的书名，不免又要插上一两句话。原书名直译是《走向起点的旅行》，取意于庄子："道无终始。消息盈虚。终则有始。"有人把这本书译为《方生之旅》，显然没有找到这个出处，但这是闲话，不提也罢——一二·九学生运动就是在他北京寓所的客厅里酝酿的。甚至游行之议，也是他的夫人海伦·福斯特（笔名尼姆·威尔斯，《续西行漫记》作者）首先提出来的。

斯诺夫妇当时寄寓北京内城东南隅苏州胡同里，靠近城墙根一个叫盔甲厂的小胡同。他们是1933年离开上海到北京的。斯诺在燕京大学新闻系教"特写"课，到1935年夏因为专任纽约《太阳报》和伦敦《每日论坛报》自由投稿记者，辞去了燕大的教席，从海甸搬到了城里。但是由于他和燕大的某些其他美国教授不一样，没有洋大人的架子，又关心中国人民的疾苦，因此深得同学的爱戴，即使离开了大学，许多进步学生，不论听过没有听过他的课，常常出入他的客厅，同他谈论天下大势，中国时局。他们发现他同他们一样"忧国忧民"。他是外国记者，对于形势比较了解，又同情中国人民，因此很自然地在他的周围形成了一个中国进步学生的圈子，一方面从他那里了解时局的发展，比如当时闹华北"特殊化"，宋哲元态度暧昧，日本特务头子土肥原活动频繁，甚至红军到达陕北的消息，在他的客厅里也能听到。在当时灰色的北京城，他的小客厅成了一个小小的"世外桃源"，不，应该说是个自由天地。

在同他接近的进步学生，也不仅限于燕京的，也有北大、清华的。比如北大有哲学系的学生大卫·俞（即后来的天津市长黄敬），清华有经济系的学生姚克广（即现在的副总理姚依林），燕京的则有王汝梅（即现在的外交部部长黄华）、陈翰伯、龚普生和龚澎姊妹。其中当时有些已是共产党员了。因此究竟是斯诺影响这些进步学生，还是这些进步学生在影响斯诺夫妇，把他们争取到同情和支援中国人民这方面来，这就很难说了。

不过有一点是肯定的，那就是斯诺为他们做了不少事情。把自己的客厅自觉地或不自觉地让出来做他们碰头聚会的地方是一桩；在他们为今后"怎么办"感到苦闷的时候，介绍他们写信给宋庆龄女士向她请教又是一桩。宋庆龄女士通过斯诺，亲笔写信对他们发出"你们要有所表示"的期望。也就是在这个时候，斯诺夫人激动地对他们说："你们要游行，用稻草扎一个假人，写上华北两字，抬棺游行，表示华北即将灭亡。"

这个办法在西方是屡见不鲜的，但在中国，而且在国家存亡这样一个危急关头，毕竟有点不够严肃。他们当然没有采纳这个建议，但是却连续用"平津十校"和"北平各校"名义联合发了两个通电，要求抗日。当时北京的报纸当然没有登，但是斯诺夫妇立即译成英语，发到国外。接下来的就是一二·九和一二·一六两次游行，斯诺夫妇不但参加了采访（他登上前门箭楼，拍了游行的照片），帮助学生在燕京临湖轩开外国记者招待会，并且向纽约《太阳报》发了电报。当时在北京的外国记者，只有他一人发了独家新闻。

　　不管一二·九学生运动的背景如何，斯诺夫妇起了什么作用，但是有一点是肯定的，他们的功劳不能抹杀吧。

1979 年 11 月

翻译与知识

记得吕叔湘同志在 50 年代初曾在《翻译通报》上写过一篇文章，题目叫"翻译与杂家"，强调翻译工作者需要渊博的知识，才能胜任工作。这篇文章曾经引起过不少长期从事翻译工作的同志的共鸣。可惜的是事隔二十多年，情况基本依旧（如果不是更糟的话），这个问题始终没有引起应有的重视。从年轻的一代来说，由于长期以来外语教育的领导思想始终是采取把外语教学当作狭隘的单纯语言技能的训练的方针，忽略了全面培养人才，让学生掌握科学知识的必要性，结果造成了外语院校的毕业生所学有限，知识缺乏，闹了不少笑话。比如前些时候，荷兰破获了捷克驻荷使馆人员从事间谍活动一事，报上曾译载了两则电讯，并排刊在一起，讲的都是一回事：捷克驻荷兰使馆中的一个二秘是捷克谍报系统派的常驻人员，一个武官是军事谍报系统派的常驻人员。这两个常驻人员，原文用的都是 resident，但是在这两则电讯中都把它译错了，一则译为在大使馆当"住户"的二秘，一则译为在大使馆当"房客"的武官，这就造成了大使馆成了寄宿的公寓的笑话。卡特刚上台，任命了他在海军学院的同班同学特纳（Turner）海军上将任中央情报局局长。此人曾得英美学界声誉甚高的罗得斯奖学金。此奖学金有个专门称呼叫 Rhodes scholar，设在牛津大学，系罗得西亚（即今已独立的津巴布韦）殖民地建立人罗得斯死后的遗赠。可是报上介绍特纳简历的两条电讯，一条说他得的是罗兹大学奖学金，一条说他得的是罗得岛奖学金。事实上并没有罗兹大学这样的一个大学，而罗得岛是一个地名，与这奖学金风马牛不相及。上面这两个错误，稍微细心一些的编辑，即使不懂英语，也是可以看出破绽来的。这不由得使人感叹知识的贫乏已不限于翻译工作者了。

至于长期从事翻译工作的同志，由于孤陋寡闻，也就是由于对国外社会生活的缺乏感性知识或直接了解，而不是语言或专业知识的缺乏所造成的困难，就比较难于解决了，因为译者遇到的问题往往无处可查。美国作家威廉·曼彻斯特所著《光荣与梦想》是一本史料翔实、文笔生动的好书。它提供了1932年到1972年美国历史的全貌，凡是年在五十以上稍微接触美国情况和世界局势的同志，读来无不感到特别亲切，因为书中讲到的这四十年，几乎也就是自己懂事以来的四十年。其中出现的大量社会知识问题，在翻译上颇伤脑筋。我在校订过程中，对于前二十年所出现的情况，还凭一些"老底"可以勉强对付，可是对于后二十年所出现的问题，由于正好是中美关系断绝、没有任何接触的二十年，就深感心余力绌了。比如在谈到尖端武器时有这么一句话："陆军和海军需要把全部精力用在生产常规武器上，它们没有时间玩布克·罗杰斯的游戏。"当时就不知道布克·罗杰斯（Buck Rogers）是何许人，后来只是由于听到一位美籍小姑娘闲谈，才无意中发现这是美国一个科学幻想故事中的人物，所谓"玩布克·罗杰斯的游戏"者即"搞尖端武器"也。遇到语言和学术问题可以查参考书或请教长者，可是遇到这种社会生活知识问题，那就只好傻眼了。

而这样的例子，在翻译工作中是层出不穷的，稍一疏忽，就会造成错误。比如最近见到的《不列颠百科全书》的广告，在1980年版增订材料举例的最后一项名人传记资料栏内，"美术家"

项下举了五位名人属于增订之列：玛·卡勒斯、盖·隆巴多、埃·普雷斯利、托科夫斯基、威·斯蒂尔。照理这是《不列颠百科全书》自己的广告，这五个名人究竟是什么身份，事先应该查对过（别的参考书可能还来不及收入，它自己是肯定已经收入的，不然就不会拿他们做广告了），是不会出错的，可是偏偏又错了。原来这五个人至少前四人不是"美术家"，而是歌唱家或音乐家：玛丽亚·卡勒斯是希腊血统的女高音歌唱家、世界驰名的歌剧演员；盖·隆巴多是颇受尼克松赏识的美国爵士乐队指挥；埃尔夫斯·普雷斯利是美国风靡一时的摇滚歌星。依此类推，托科夫斯基想系斯托科夫斯基的误植，他是美国著名的费城交响乐队的前任指挥。只有最后一位威·斯蒂尔身份不明（但是只要查一下《不列颠百科全书》是一定可以查到的）。撇开他不算，五位名人有四位是音乐家，因此"美术家"这一头衔显然是译错了，原文想系 artists，做"美术家"讲本无不可，但范围窄了一些，只指画家或雕塑家，没有包括音乐家和歌唱家，因此在对象身份不明的情况下，如果译为"艺术家"就比较保险一些。

另外也有一些情况，即使在词典或参考书中可以找到一些依据，但是由于国情的不同，在汉语中没有对等的词汇，因而使译者煞费周折。英国贵族爵位的称号就是一例。如今通行把贵族的称号 Lord 译为"勋爵"，武士的称号 Sir 译为"爵士"，虽然不尽理想（"勋爵"者因有功勋而封爵之谓也，似应用来译 Sir 才较贴切），但为约定俗成起见，不去改动也就算了，免得引起混乱。但是与此相应的女贵族的称号 Lady 和 Dame，就连那样勉强通用的约定俗成译法也没有。有的词典译为"夫人"或"小姐"，这就与一般的夫人、小姐相混同。有的词典索性不译，只注为"贵妇人"，但这是解释，不是翻译。《读书》杂志第六期介绍英国名作家 C. P. 斯诺的近作一讯中，除了在一处把 Lord 译为"勋爵"，一处译为"爵士"（想系疏忽）外，就把 Lady A 译为"阿许勃洛克贵妇人"，可见译者确实是感到伤脑筋的。但是也有人干脆把 Dame 音译为"丹姆"；《百科知识》1980 年 5 月号介绍《新卡克斯顿百科全书》一文，就提到"英国侦探小说家丹姆·阿夏沙的逝世"。这里把阿夏沙·克里斯蒂（Agatha Christie）的封号 Dame 音译，不知道是出于有意还是无意。其实，到现在为止，中国的读者应该已经相当熟悉这位英国女侦探小说家了。由她的小说改编的电影《尼罗河上的惨案》早已公映，她的其他小说也已翻译出版不少，总不至于把这位老太太的封号 Dame 误作为她的名字吧！当然在没有找到汉语中的对等词汇以前，把一些称呼用音译的办法介绍过来，过去不是没有先例的，"密斯脱"和"道克透"就在五四时代出现过。但汉语终究不是那样落后的语言，以致只能用音译的办法来解决这样的问题。

把文学作品中的人物形象作为语言中的比喻手段，这种修辞方法在任何民族的语言中都是屡见不鲜的，英语也不例外。为此，牛津大学出版社还出有《文学人物词典》可供查阅参考。无奈随着时代的进展，文学也有发展，当代英语中经常出现的文学人物形象已不复尽是莎士比亚或狄更斯甚至马克·吐温（当然还仍旧有他们）笔下的人物了，更多的是一些当代文学作品中所出现的人物。比如美国故世不久的幽默作家詹姆斯·索伯（James Thurber）笔下的"瓦尔特·米蒂"（Walter Mitty）就已成了"白日梦"的同义词，一些美国词典不仅收入这个人物的名字，而且还出现了新词 Walter Mittyish 和 Walter Mittyism。当代文学作品中出现的一些新创词汇如 Catch-22 也是如此。但是也有一些其文学价值不是太高，但社会影响却更大的流行作品中的形象在参考书上并没有得到承认，这就带来了伤脑筋的问题，就像上面所提到的电视人物布克·罗杰斯那样。比如英国已故间谍小说家伊恩·弗莱明（Ian Fleming）笔下的大特务詹姆斯·邦德（James Bond）和他的代号007，在当代英语中几乎已经成了"神通广大"的同义词，甚至菲律宾一个穆斯林武装领袖也以詹姆斯·邦德为外号，可见其影响之大。文学工作者可以嗤之以鼻，不予重视，但是翻译工作者却不得不同他们打交道。比如有这么一句形容水门丑闻审讯的话："这更像是一场潘莱·梅逊（Perry Mason），而不像一场真正的审讯，但是这促使美国公众在水门事件上好好反省一下。"这里的"潘莱·梅逊"就是美国侦探小说家迦德纳（Stanlev Erle Gardner）笔下的人物，他是一个以律师为业的业余侦探，往往在公堂审讯时拿出意想不到的证据来出奇制胜，这里就是"公堂戏剧"的意思。因此为了学习英语或了解英美社会情况，即使是文学价值不高的作品，作为翻译工作者增加业务知识来说，也是需要接触一些的。

　　书本上的知识终究好办，难办的是社会生活上的东西。一篇报道中国对外贸易的文章谈到"中国需要进口的物资读起来像西尔斯·罗伯克的货目单（Sears Roebuck Catalogue）"。这句话的意思是"无所不包"，因为西尔斯·罗伯克是美国一家最著名的邮购公司，厚厚的一册货目单凡是大小商品应有尽有。这种社会知识问题，甚至在严肃的作品中也经常出现，比如埃德加·斯诺在《复始之旅》（*Journey to the Beginning*）中谈到一个美国探险旅行家罗克到中国云南去旅行时说："罗克不愿寄宿中国旅店，总是在树林中或寺庙中露营。他随身带着阿伯康比和菲奇（Abercombe & Fitch）所能供应的一切必需品，包括折叠浴缸和整套炊事用具。"这里的阿伯康比和菲奇是前几年才停业的纽约一家著名狩猎、旅行用具公司。

提到商店就不免想到商品。美国有许多商品的商标名称，由于普遍的使用，家喻户晓，已经成了新创的名词。比如 Xerox，大家知道已等于是静电复印机的同义词，这是因为一方面有这一商品的进口，另一方面已为一些美国词典所收入。但是 Kleenex 是手纸（或纸手绢），Levi's 是紧身裤（又译牛仔裤），知道的人恐怕就不多了。

我在这里乱七八糟地举出了一些例子，孤立来看，似乎都不是什么了不起的问题，其中既无语言理论，也无任何学术价值，识者恐怕不屑一顾，但是把它们集中起来作为一个社会知识问题，却是每一个翻译工作者需要解决的，也是外语教学的有关人员值得重视的。这就是不能再把外语教学单纯作为一种语言的技能训练，而是需要同时培养学生掌握多方面人文科学知识，而且这些人文科学课程要用外语来教，除此之外，也有必要让学生学一些用外语教授的数理化课程。不要以为自然科学与社会科学中的词语截然无关，common denominator 在数学上是公分母，用在政治上则可引申为"共同点"；function 除了"功能""作用"之外，数学上还作"函数"讲。把美国助理国务卿霍尔布鲁克曾讲过的一句话"对华关系不是我们对苏关系方面的一个简单函数"误译为"简单作用"，就是因为译者没有学过用英语讲授的数学，或者甚至没有学过数学，因此不懂"简单的函数"是什么含义。这样的错误就已不是技术性的错误，而属于政治性的错误了。

翻译与政治

常常读到一些谈翻译经验的文章，说到要提高翻译质量，翻译者的政治水平非常重要。这话似乎很有道理，但细看所举例子，多半都是由于对原文理解不透彻或缺乏知识甚至常识所造成的，并不牵涉到政治水平（抑或政治水平即常识欤？）。

当然，我们生活在政治的环境中，处事接物，无不与政治有关，从这个意义上来说，无论做什么工作，翻译工作也不例外，都需要一定的政治水平，但是并不是唯独翻译工作才有此特殊要求。否则，你就无法解释世上一些著名的翻译家的成就。他们不见得个个都有我们那样的政治教育所得出来的政治水平。

而且，政治水平是一种很抽象的概念，你无法用精确的标准来衡量。因此对它做过分地强调，只会增加它的神秘感，仿佛成了什么高不可攀的东西，反而会使人放松对原文理解的提高和钻研，而不利于翻译水平的提高。

但是，这并不是说，翻译与政治没有关系。上面说过，我们生活在政治环境中，译的东西又往往有政治性的内容，因此常常必须同政治打交道。有时候，由于当前政治的考虑，影响到译文的处理。但这并不牵涉到政治水平问题。

以"和平共处"这一政治词汇为例。如今使用久了，大概很少有人还会记起它原来是译为"和平共存"的。这个词汇的英文是 peaceful coexistence。英文 existence 译成中文是"生存""存在"，因此把 coexistence 译为"共存"，应该说是天经地义的事。

而社会主义国家与资本主义国家和平共存，是列宁首先提出来的，但以前谁也没有对这一提法进行过理论上的探讨，比如说，列宁这一提法究竟是长期性的政策，还是短期性的策略？更不用说对这一译法提出质疑了。

直到1956年赫鲁晓夫重新提出"和平共存"时，才发现这个译法有点不妥：我们革命者，最终目的是要进行世界革命，在地球上建设共产主义。因此，社会主义怎么能与资本主义长期"共存"呢？这样就把"和平共存"改译为"和平共处"，所谓"共处"，即是"共同相处"，可以做长期的理解，也可以做短期的理解，这样在政治上就万无一失，不致被批评为丧失立场了。也许有人会说，这样考虑不是政治水平高是什么？我说，这不是政治水平高，因为如果真正高的话，就应该表现在对列宁这一提法的理论研讨上。而目前这种改动，只是政治上的权宜之计而已，说得难听一些，是圆滑取巧。

出于政治考虑而改动译文的较近一个例子是"务实派"。"务实派"原文是 pragmatists。它的抽象名词 pragmatism，本来译作"实用主义"，是资产阶级的一个哲学流派。它的创始人是胡适的老师、美国哲学家约翰·杜威。这一哲学流派在哲学史上的评价和地位如何，哲学界的朋友自有他们的看法。"实用主义"这个名词在英文本身并不具有褒贬的意味。但是一是由于胡适的哲学思想在中国遭到了体无完肤的批判，城门失火，殃及池鱼，祸延到他老师杜威老先生的身上，"实用主义"在中国一般人的心目中的名声之臭，已达到了"老鼠过街，人人喊打"的地步；二是在十年动乱之中，一般人把造反派任意断章取义引用毛主席语录的"功利主义"做法与"实用主义"混为一谈，更加引起了对"实用主义"一词的反感。因此，当英美记者把我国当前实行改革、要求不尚空话、主张切切实实干些实事的领导人称为"实用主义者"时，翻译工作者从感情上就不能接受，于是就创译了"务实派"这个新词汇。其实从资产阶级哲学观点来看，"实用主义"讲究实效，有何不好。你在中文中把它译为"务实派"，看起来仿佛舒服一些，而还原到英文时仍是 pragmatism，这不是自欺欺人吗？

翻译的地位

翻译在中国之没有地位，是自古已然的事，唐玄奘沾了佛经的光，否则也只是个"舌人"而已，同皂隶之类的差役没有什么差别。究其原因，无非是普天之下，莫非王土，用现代词汇来说，就是大国沙文主义；福建、广东的方言尚且是"南蛮佶屈"之言，外国话更是不用说了。凡是涉及"蛮夷"的事，总有点瞧不起。

到了清朝末年，吃了闭关自守、夜郎自大的亏，总算学起乖来了，有了洋翰林，还办起了译学馆。但是在正统文人——士大夫看来，总还是不放在眼里，不然的话，严复提出翻译标准，信达之处，也不需要再加一个"雅"来争取桐城派的赏识了。至于一般社会风气，则又走了另外一个极端：唯洋是崇。办洋务的（包括翻译在内）沾了洋大人的光，以高等华人自居；尤其是到了日本侵华时期，给日本人当翻译，助纣为虐，做了民族败类，难怪国人皆曰可杀。

近三十年来，情况应该正常一些。但是大概是因为积习难改罢，这两种极端时有所表现。比如中国作家协会在文代会前夕，吸收了四百多名新会员。从报上的消息看来似乎也有翻译一类，但也许是我枯居斗室孤陋寡闻，还没有听说这次有哪个翻译家被吸收为会员的。当然作家协会的老会员中确有不少翻译家，但是看来他们是以外国文学研究工作者，而不是以翻译工作者身份入会的。这本身就是翻译没有地位的明证。

是不是翻译对社会的贡献就一定不如研究工作者呢？我看也

不尽然。傅雷埋头翻译巴尔扎克，汝龙专事介绍契诃夫，数十年如一日，他们的精神和成就，断不是写几篇风派的"帮腔"文章所能望其项背的。

不过同时社会上又有另一种倾向比较令人担忧，那便是殖民地时代崇洋思想的继续。年轻人学外语，想做翻译工作，多数当然是为了搞四个现代化，但是也有不少人是羡慕西方的物质生活，贪图享受，跟在"外宾"后面沾个光。有的甚至也以"高等华人"自居，盛气凌人，瞧不起自己的同胞。有一次在京沪线某列车的餐车上，就曾经有这样一位女同胞，高傲不可一世地进来向服务员宣布："等会儿有三位外宾、四个工作人员用餐。"气得我对面一桌的一位将军模样的人，手指着她隔着桌子向我大声道："她也是外宾，就是鼻子低着一点！"

谁来防止低劣翻译作品的问世

关于《红与黑》的讨论，打破了翻译批评的沉寂，好几位久负盛名的译者都能够撇开面子上的考虑，心平气和地进行切磋和探讨，的确值得我学习。但是，我认为，这种在高水平上的探讨是追求翻译高水准上的精益求精，固然很有意义，却还不是翻译批评的当务之急。翻译批评的当务之急是市场上充斥着大量错误百出的伪劣产品，你随便拿一本来，随便一翻，光从中文来判断就可以发现它译错了，什么"一街"（单行道），"酒吧协会"（律师公会），"合唱队姑娘"（歌舞女郎）等比比皆是，不一而足，我认为这不能怪译者水平低，正如假冒伪劣不能责备打工仔、打工妹的手艺不好一样，而要追究厂家和工商管理部门。同样，低劣翻译作品的问世责任应该由出版部门来负。我记得在50年代要译一本书，出版社要你试译五千字，认可后才让你译书。当时担任外国文学翻译的编辑都是清华、北大的外语系毕业生或研究生，他们要对照原文逐字逐句核对译文，然后用铅笔在你译稿旁边注出或贴纸条，提出商榷或修改的意见。这样审改过后的译文当然质量可靠。如今据我所知，除了几家老牌出版社以外，许多出版社的外国文学作品的编辑都是不懂外文的，或者只懂一些皮毛，他们据以判断译文的质量是看译文是否流畅，从不核对原文。而根据我多年校订别人译文的经验，译文越是流畅可读越是靠不住，因为许多原文没读懂和不好译的地方，都给流畅译文的如花之笔打马虎眼掩盖过去了。前几年《世界文学》曾经刊载过一位台湾学者在珠海举行的海峡两岸翻译研讨会上提出的一篇论文，对比大陆和"台湾"译者翻译捷克作家昆德拉的一部小说的两种译本。他的话说得很客气，说是就译文本身而言，大陆的译者毕竟是位作家，译文漂亮，然后他又以中英文对照指出了大陆译本二三十条译错的句子，主要是英文的理解错误。由此可见，要审核译文的质量，光看中文不行，还要核对原文，而这主要是靠出版部门严格把关。

如果质量差的译文，只限于商业目的赶时间抢译的流行小说，那倒也罢了，它们反正是文学垃圾，看个大概的故事，看完随手扔掉，危害不大。但是如果文学理论的译文质量是这样，那就糟了。平时偶尔有熟人把他们自己或者别人的关于文学理论的译文送来要我订正。这种理论文字，特别是当今世界学术界都流行晦涩难懂的文风，比起小说来要难译多了。有的译者既没有读懂原文，又不花力气去查一查词典，就生吞活剥，硬搬过来，牵强附会，不知所云。有一次读到已发表的一位从事西方文学理论研究的文学批评家的译文，仅仅从中文都可以推想原文译错了（如把"拳匪之乱"译成"拳击者的反叛"等）。如果他就是以这样的外文水平和知识水平来译文学理论，或按别人这样水平译出的文学理论来从事理论研究和批评工作，那么文学理论不成为一锅粥那才怪哩。什么后这个主义，后那个主义……似是而非的新创抽象名词一大堆，我看他自己都没有读通弄懂。

谈到外国流行小说的翻译，我不反对，虽然我自己不译，看还是看的。但是如今由于有原著版权问题，只有流行小说有足够销路可以在捞回成本之余付得起原著版税，以致拿它们与一些有价值的代表当今外国文学趋向的严肃作品和学术著作相比，出版得不免多了一些。长此以往，后果很难设想。很可能在许多读者中间会造成这样的印象，以为当代外国文学作品就是港台流行小说水平。而且这对于中国作家借鉴外国文学作品也不利。

1996 年 11 月

翻译甘苦谈

报载萧乾在上海把他的近译《尤利西斯》稿费全部捐给一份叫《世纪》的刊物，与此相对比，有些年轻作家在拍卖市场上竞相拍卖小说稿就有些叫人为他们感到惭愧了。

不过话也得说回来，捐献稿费是一回事，作家为自己的知识产权争取应得的报酬是另一回事，只是拍卖竞价是不是属于保护知识产权则又是另一回事了。

这里只想由此谈一谈翻译的报酬问题，作为翻译甘苦谈的话题之一，是否显得笔者过于庸俗，有待读者公评。但人总是要吃饭的，人的劳动成果必须得到应有的报酬，套句流行的话，这符合"市场规律"。

翻译报酬过低，中外一律。在美国，作家出书按百分比抽版税，而翻译一本书，往往只一次性给一笔翻译费，与该译本以后的销多销少无涉。这种办法倒颇像国内的稿费制度。

国内的稿费标准，翻译要比创作低一些，最高只有二十四元人民币一千字，这是十多年前定的，如今物价已涨了好几倍，甚至工资也提高了，唯独稿费没有提高。最近一位出版界朋友来访，我问及，稿费是否有提高，他说当然，提高的也有，听说有些小报的千字稿费高达百元甚至百元以上，不过只限于耸人听闻的社会新闻报道或者名家的千字短文，至于翻译稿费仍按原来标准发给。即使遇到名家，略为提高，也只一成左右。比如上海出版巴金旧译，稿费给的是三十元一千字，南京出版杨绛的旧译给的是三十二元一千字，此次萧乾译的《尤利西斯》，千字给了三十五元，算是最高的了。我粗略算一下，全书一百万字，稿费共约三点五万元，还要扣去百分之十四的个人所得税，总共只有三万出头。他们夫妇俩花了四年时间，每人一年只获四千元钱不到，远远比不上合资企业一位白领小姐的月薪！

回想起来，我当初译《西行漫记》时，稿费标准千字只有四元，出版社为了多给我一些报酬千方百计地"巧立名目"，除了翻译稿费以外，又给我开了校订费、资料费等等，一共拿了两千元钱，正好够我买了一张单程机票去纽约探亲。后来我跟那个出版社的朋友开玩笑，你们一共销了一百六十万册，我不要百分之十的版税，只要每本给我一分钱，我也满足了。他听了哈哈大笑。

难怪海外的一些出版商纷纷都到大陆来找人译书，出千字五元美金的报酬就能觅到译界高手，这同工商界到大陆来办工厂剥削廉价劳动力没有什么区别。

1995年6月

再谈翻译甘苦

自从钱锺书先生引用了所谓"翻译者即反逆者"以后，不少论者在谈论翻译的性质的时候莫不引用这句名言，以证明翻译之不可为。但是知其不可为而为之仍大有人在，这大概是他们还是信奉钱先生文中在那句名言之后又引用的两句话之故吧。这就是释赞宁所说的"翻也者，如翻锦绮，背面俱花，但其花有左右不同耳"那句话和堂·吉诃德说阅读译本就像从反面来看花毯如出一辙。这种反面的花，尽管做不到像苏州女绣工那样丝毫不差的双面绣，但也已是难能可贵，差强人意了。怕就怕的是花样和颜色都走了样。

日前偶翻旧箧，拣出一张十年前的《出版商周刊》的剪报，内容是美国一位老翻译家的经验谈。他在《我的话》专栏文中一开头引用的 4 世纪通俗拉丁文《圣经》译者圣吉罗美的话，我觉得比上述"翻译者即反逆者"（Traduttore taditore）更加贴切一些。他的这句原话是拉丁文 Non versions sed eversions，译成英文是 Not versions but perversions。但是要译成中文而仍保持拉丁文和英译文的拼法和读音双关几乎不可能："不是译文而是歪曲"，这岂不成了地地道道的歪曲？

或谓这种谐音异义的双关语，与幽默和诗一样，属于每一种语言中极少的不可译的一部分，可以用解释法来解决，而大部分仍是可译的。这话当然也有道理。但是我们在日常读到的译文中的原文受到歪曲的情况，并不属于这极少的不可译或难以译得形神兼备的部分，而是可以译而且可以译好的部分，这还不包括纯粹译错的。

　　这篇文章的作者除了翻译以外（五十年中从八种语言译了近七十本书！）还兼任赛蒙舒斯特等多家出版公司的外语书籍初读推选工作。他的经验之谈，有两点颇引人共鸣。一是为人校订译稿，不如自译，因所花精力和时间常两倍于自译。你既要忠实于原文，又要照顾不尽理想的译文，能用则用，实在不能用才改，这就多费了一道周折和斟酌。你如放手改去，那不是成了推倒重译吗？二是翻译是中年人的工作：太年轻，人生经验和语言修养都不足（报上经常载有某有志青年自学外语，成绩显著，已译有外语资料二三百万字云云，我对此是感到怀疑的，作为鼓励是可以的，但若以此与外商谈判或安装机器，恐怕要出问题，若出版书籍，恐怕是经不起核对的），太年老，则往往不把原著放在眼里，甚至认为文理不通："我可以写得比这垃圾更好。"据作者称，这种想法常常是有道理的。我想大概也会引起不少人的同感。

1995 年 6 月

词典的不可译性

就像幽默的不可译性和诗的不可译性一样，这里所说的词典的不可译性并不是说词典全部不可译，而只是部分不可译。这部分是指例句部分，而例句部分也不是指全部例句，而是指例句部分中的部分例句。

这话说起来已是大约十年之前的事了。已故的人民大学教授许孟雄托一位我们共同相识的该校教师来传话给我，拟请我参加他所主持的一本美国著名国际大词典语言部分翻译的审订工作。我前已闻知有这么一项大工程在进行，但我自问力薄，不能胜任，所以就婉辞了。谁知这位中间朋友又来对我说，许老坚邀我参加，要我约个时间，他专程来拜访。我听了连忙摇手说不敢当，许老长我一轮，理当我去拜谒，怎么可以劳他老人家老远从西郊到东郊来看我这后辈呢。本来我以为辞谢以后就没有事了，如今看来非得当面向他陈说词典的不可译性了，而在这位英语教学界前辈之前，我是没有多大把握的。

见了许老，寒暄一番之后，我就向他简单地说了我的两个看法。一是这本国际大词典不是一般初学者所能使用的词典，英语有了相当水平的人才有能力使用，既然有了相当水平，就不需要你翻译，而需要你翻译的，英语水平就不足以使用这本大词典。二是词典的注解部可以翻译，而例句部分有些是不能翻译的，或者说译出来以后，是与原来注释对不上号的。

为了举例，我随手翻开许老整理的二十几个原来审稿小组无法解决的难题，其中首先映入我的眼帘的是"receding hairline"。原来把"hairline"理解为"像头发一样细的线"，因此就不知怎么翻译这一短语了。而正确的翻译"谢顶"或"开始秃顶"，不论放在"receding"还是"hairline"条在初学者看来都是对不上号的。这是一个很好的例子，说明这样的大词典，需要翻译的初学者用不上，有水平而用得上者则不需要你翻译。

　　看来我这番话并没有能说服许老放弃这一工程，但至少说服了他明白我无意参加，他就不再勉强我了。后来我与他不再有联系，如今他已谢世，不知这部凝结着他的心血的大词典出版了没有？前述一些难题是怎么解决的？

1995 年 4 月

词典的可译性

前次刚刚谈了词典部分例句的不可译性，如今再来谈谈部分例句的可译性。

这是读了《牛津高阶英汉双解词典》第四版后所引发的感想。从及物动词与宾语的搭配来说，用在词典的及物动词应该是"查"，不是"读"。我之所以用"读"字，因为有此词典确实可读，关于此点，我已在前年《读书》杂志上写过一篇文章《词典的可读性》，这里就不重复了。

《牛津高阶》也是一本可读的词典，最近读（其实谈不上是"读"，只是浏览而已）了一遍，完全改变了我过去对它的"成见"。

我是干翻译出身的，用词典是出于翻译工作的需要，主要的功能要求是提供适当的翻译（释义倒是次要的）和词汇量的多且新。因此在50年代初见《牛津高阶》时，由于它对我的用途不大没有太加注意，遇到新词时，估计它不会收在这本给学习用的词典里，就另找其他词典，尤其是日本研究社出的那本日英双解词典（由于很久不用，连名字也忘了）。

后来我被调去教英语，这才发现《牛津高阶》可以说是英语教员所必备的工具书。我尤其欣赏它的两大优点：一是用英语释义便于教学；二是它归纳了各种句型，便于启发学生造句。但是，我当时仍认为它主要是供学习高年级英语的，对于翻译工作，用处似乎不大。因此后来它出了双解版，反而觉得添了汉语注释，是否会画蛇添足，失去了特色。

最近友人徐式谷兄特地为我送来了一册第四版的，要我阅后提些意见，我这才改变了过去对它的偏见。它的英汉双解，不但有利于教学，也有利于提高理解，帮助翻译。

我随便挑几个平时在翻译时处理起来比较伤脑筋的几个词一查，发现它很有启发，不像一般英译词典那样一对一的"对号入座"，或只知其然，不知其所以然。这几个词如 cynical（从"愤世嫉俗"引申到"不信任""可耻""恶意"），patronize（从"屈尊俯就"到"高人一等"，其实还可以加上"倚老卖老"），sensitive（从"敏感"到"易冲动""神经质""娇气""感情细腻""体贴"，还可以加上"多心"），sentimental（从"伤感"到"怀念"到"柔弱情感"，还可以加上"轻易动感情""自作多情"）等。总而言之，丰富的、多义的例句，使使用者能够更确切地掌握词义，而同时能在翻译选词上扩大视野，确是一般词典所做不到的。

特别是第四版共收词条五点七万余条，其中有四千条是新增的，示例有八点一万多项，习语短语近一点三万项，插图近两千幅，这已经不是一部中高级教程的词典，而是一部教学、实用的两用词典了。

最后要提一下的是：它的名字从"高级"改为"高阶"，仅此一端，可以看出主其事者确是高手，值得称道。因为"advanced learner"只是指"高年级学习者"，而原名"高级"一词容易使人误会是"高级英语"，不免有 misnomer 之疵。

1995 年 6 月

三读《尤利西斯》

我五十年内三次试读《尤利西斯》，三次都望洋兴叹，或者说不得其门而入。

第一次试读，是五十年前在上大学的时候。那个时候大学里学的都是18、19世纪的散文随笔和小说，20世纪的作品很少进课堂的。因此《尤利西斯》是在无人指导下阅读的，结果当然是一败涂地，仿佛一本天书一样。我当时年幼好胜，不好意思去请教教授，生怕听冷言冷语。不过现在回想起来，当时即使去问他（或她），除非他是乔伊斯专家，他的回答恐怕也是不得要领的。

第二次试读是三十年后，那时"文化大革命"已成强弩之末，我们都从五七干校回来了，还没有正式分配工作。"文化大革命"期间藏书四散，因此无书可读，闲得发慌。这时李慎之从他家中残存的破书堆中找到了一本《尤利西斯》，兴冲冲地来找我，看一看两人合起来是不是能读懂这本天书。我们两人的英语和阅历较之学生时代，当然长进了一些，但是在一无工具书（连像样的字典也没有一本），二无参考书，三无评注本的情况下，当然也只能望书兴叹，知难而退。

不过由此我却得出一个想法：有些作家写书是为了一般读者，有些作家写书是为了其他作家和文学评论家，乔伊斯当属后者。我一不想当作家，二不想从事文学评论，读不懂《尤利西斯》也就罢了，不必争胜好强。

时间又过了二十年，《尤利西斯》终于有了译本，出于名家之手，又有详尽注释，读懂当无问题。但是读懂之后有什么想法，现在刚收到出版社的赠书，一时还很难说。不过有两点是可以肯定的：一是我要向萧乾表示由衷的敬意和祝贺，以他的高龄和精力，能花四年时间做这番贡献，确实是扛鼎之作；二是使我感到惭愧的是，我连想也没有想要做哪怕是事倍功半的事。在萧译本出来之前，有一家出版社凑热闹要出《芬尼根守灵》，前来找我，我就一口回绝了。阅《纽约时报星期日杂志》短讯《几个第一》中报道萧乾在译完《尤利西斯》后，出版社邀他续译《芬尼根守灵》，他也一口回绝了。记者称萧乾简单地回答的"不"可谓是简赅的精髓。

1995 年 5 月

谈翻译批评

在北京举行的乔伊斯和《尤利西斯》研讨会上，遇见了几位报刊的记者，都要我谈谈翻译批评的问题。一家有关读书的报纸的记者，问我对《尤利西斯》萧乾、文洁若译本和金堤译本作何比较，另一位翻译刊物的编辑同我谈起翻译批评稿子不易约到。其实，第二个问题已经回答了第一个问题。

翻译批评的稿子不易约到，主要原因是因为翻译质量不高，认真批评起来不免挑错，而把别人的错误亮出来，是要得罪人的。写文学批评，哪怕你批评的是如王蒙那样的大家，即使过火一些，他听了不高兴，也无可奈何。一来批评的无非是作品写作的优劣，观察的粗细，内涵的深浅，构思的巧拙，创新的技巧等，而这些方面，仁者见仁，智者见智，并无定论，作家尽可以做到评说由你评说，我仍我行我素这样的高姿态，总不会说"那你自己来写写看！"。或者进行反批评，但是对方是批评家，不是小说家，并没有小说可供你反击。而翻译批评则不同了，批评者不懂外文，没有翻译经验，是无法批评别人译文的对错和优劣的，你一旦得罪了对方，对方也搬出你的译作来挑错，谁能保证自己译文中一个错也挑不出来的呢？

大概是出于这种顾虑吧，很少有人愿意写翻译批评，除非那本书实在译得太不像话，错误百出，不堪卒读，但那已牵涉出版、编辑的责任，不是翻译艺术的探讨了。

萧译本和金译本的比较，除了上述顾虑以外，还有一个常人很难逾越的障碍，即《尤利西斯》之艰深难懂，读懂——哪怕是读译本——已不容易了，更何况一评短长！

1995 年 5 月

叹译事难

从大学时代开始到如今，我从事翻译断断续续已有四十多年了。今天回想起来，其间的心理状态大致可以分为三个阶段：从不知天高地厚，到自以为得心应手，最后是深感力不从心。

我在进大学之前，读的都是中国小说，外国文艺是通过译本接触到的。当时能接触到的译本大多佶屈聱牙，不忍卒读，但也硬着头皮，读了下去，因此很难领略其中的妙处。只有进了大学以后，在图书馆里（除了大学的图书馆外，还应一提原来设在福州路小菜场——如今仿佛是水产公司——楼上的工部局图书馆，因为那里是开架借书的）发现了新大陆——英语原著。原来人间还有这样一个美丽的仙境，真仿佛是打开了一个宝库一般，从此如饥如渴地沉迷其间，我也从哲学系转到了英国文学系。

俗语说，初生牛犊不怕虎，其实这是说得好听一些，应该说是不自量力。刚刚读通了（或毋宁说自以为读通了）一两篇英语小说，就手痒起来。信奉的原则说起来是直译，实际上是死译、硬译，甚至错译。说来不信，这样的习作居然在报纸上发表了，不过马上有同学（亡友电影家王植波）仅仅根据中文就判定我译错了。这个例子我至今犹记得一清二楚，每到工作稍为顺利一些，有点得意忘形之时，就以此自戒。如今握笔之际犹感到脸红发烧。

当然翻译出错，不论是谁，恐怕是难免之事，所谓智者千虑，必有一失。但人贵有自知之明，这却不是人人都能做到的。我若可以自夸有一点点自知之明的话，多半是在后来十年中从事翻译这一职业所磨炼出来的。那十年中我每天需要翻译或校改好几千字。由于时间的紧迫，只能做到原文从眼中进去，译文就从手指间流泻出来，容不得经过脑子。因此人成了原始的翻译机器，远远比不上如今的电脑。质量的粗糙，可想而知。但这一番机械的训练，也有好处，使我日后避免了不少想当然的错误。

但是错误还是出了不少，这基本上是由于水平所限，对原文的理解不透。我原来以为凡是在理解上能吃透的原文，没有一句是不能译成地道的中文的。译文若有生硬不顺的地方，多半不是像有的人所自谦的那样中文修养不好，所谓"意思是理解了，然而找不到适当的中文表达"。没有那么一回事儿。至少从我自己来说，根本的原因是没有吃透原文。但是实践证明，我对自己信奉的这个可译性原则越来越动摇了。由于两种文化的不同，恐怕的确存在着不可译性（比如诗歌和相声），这不可译性在具体的人身上视其功力之深浅而有大小，但不论如何小，总是存在的。而在我自己身上却越来越大，以致越来越感到力不从心，使我不止一次地有从此搁笔之想。

经常从报上读到某个青年刻苦自学，在一两年内不仅精通一国外语，而且掌握数国之多，翻译资料以数百万字计，真是羡慕之至。想来自己不是这块料，深有当初走错了路之感，恨不得从头学起或改行做别的工作。可惜年已花甲，悔之已晚。

另外我也佩服大学里教翻译课的，什么翻译原则、理论、技巧，都能一套一套地说得头头是道。我这一辈子在翻译上吃了这么多的苦头，大概是因为在大学里没有上过翻译课的缘故，因此真希望能读到他们根据这些翻译理论和原则而得出的实践成果，也许是我孤陋寡闻，仿佛坊间至今还没有一个人所公认的范本。偶尔也有学校邀我去谈翻译经验，但谈来谈去只有上面所说的一条，而这一条自己也逐渐失去了信心，因此只能婉言谢绝了。

"衣带渐宽终不悔，为伊消得人憔悴。"而我却是悔不当初，更是觉得惭愧。

与韩素音谈翻译

韩素音女士写中国的作品可谓"著作等身",她几乎每年访华一次,回去总是要写不少关于中国的文章。国内的报纸对她的报道也是不少,一般中国人凡是关心文化的也无不知道有这么一位国际闻名的女作家。可是说来也是怪事,她的作品很少译成中文在国内出版。

为了补救这个缺陷,北京三联书店打算约人翻译出版她的几本自传性的著作,因为从这里可以对中国近代史窥得一鳞半爪(其实何止如此,在我个人看来,几乎可以说是活的历史教科书)。她听了自然感到很高兴。

话是从翻译的甘苦谈起的。韩素音虽然主要是用英文写作,但是有不少作品译成法、德等国文字,而且有些作品往往是英、法文同时出版的,她就亲自参加了法文的翻译工作,因此对翻译的甘苦,深有体会,感到不是一件易事。她自己觉得受到中文简洁含蓄的影响,因此不主张逐字逐句的翻译。她以法文为例,由于英法文化不同,有些英文表达方法就不宜直译(有一件事我倒第一次听到,据她的统计,英文译成法文后,字数往往多出百分之三十!)。

这方面一个最明显的例子就是书名的翻译。她认为不一定要根据英文直译,这样往往词不达意。她以《风满楼》为例,说德文译者改为《龙腾空》。这对我是个大启发,因为我正感到她的三本自传体著作的书名很难译成中文,当然,过去有人提到这几本

书时，暂译为《残树》(Crippled Tree)、《败花》(Mortal Flower)
还勉强可以，但总不能令人满意，尤其是后者；而《无鸟的夏天》
(Birdless Summer)更是莫名其妙了。

可是这三本书名，韩素音胸有成竹，事先（应该说在构思之
初）都已有了考虑。因为一提到《无鸟的夏天》，她就用商量的口
吻说："你们看鲁迅的一句诗'于无声处听惊雷'怎么样？"她这
么一说，夏天暴风雨来临之前鸟雀无声的郁闷气氛，就都呈现在
我们面前了。

这一来，《残树》和《败花》的翻译问题就迎刃而解：《枯木
逢春》《花开花落》! 在座的无不拍案叫绝，难怪古人有言，与君
一夕谈，胜读十年书。

何谓"汉语的优势"

上次在"惟陈言之务去"一文中谈到滥用汉语成语之不当，觉得意犹未尽，如今再写这篇短文续之。

需要声明的是，我并不是一概否定在译文中运用汉语成语，而是主张用得恰到好处。

所谓"恰到好处"是个抽象的概念，你认为是"恰到好处"的，别人不一定认为"恰到好处"，因此总该有个客观的标准。而翻译是一门艺术，不像语法修辞，可以定出一些规律，大家都来依循。而且由于这些规律都是一种语言长期积累下来的约定俗成的东西，为这一种语言的使用者所认同，容易得到遵守。而一词一句的翻译则不同了，常常仁者见仁，智者见智，不易有一致认同的衡量标准。不过，从具体的例子来说是如此，比较抽象的理念上的标准恐怕还是可以求得的，而且在客观上也存在着，在起作用的。

比如以汉语成语来译外语成语。当然这也只能做到尽可能如此。实在找不到与原文成语对等的汉语成语时，也就只好用一般的话来表达了。反之亦然，原文不是成语，但是正好有一句恰到好处的汉语成语，那就不妨用之。

再比如尽量少用汉语成语中有中国的历史典故或民族特点的一些成语来做原文成语的对译，如"黔驴技穷""半路上杀出一个程咬金"，甚至"雨后春笋""汉贼不两立"等。

如果比较一下英汉语言表达方式，你就会发现，其中有一个不同之处是英语比较口语化，而汉语比较文字化。尽管五四新文化运动以来，在汉语写作中，白话已大大推广，但是你若是用所谓"大白话"写文章，往往被认为是缺乏"文采"。一般的倾向，既然写的是文章，掉文似乎是顺理成章的事。因此你若打开一些文艺刊物来看，特别是所谓散文，都是华丽辞藻的堆砌，忸怩作态，好像非如此不足以表示作者文学修养之高似的（而且还有一个刊物名叫《美文》的），这大概是东晋以来四六骈体文的遗风。

不过这是题外话，且不去说它。但是这种风气对翻译也不是没有影响的，比如有人就力主翻译要"发挥汉语的优势"，我不知"汉语的优势"究竟是什么？任何一种语言都有其特点，如果说这种特点就是优势也未始不可。但优势的发挥也要恰到好处，适可而止。比如，如果"汉语优势论"者心目中的"汉语的优势"就是文字化的成语多，则发挥时还是小心点为好，因为，否则人家是满口粗话，到你笔下成了文绉绉的君子风度，那就是发挥不当了。

1995 年 5 月

商业汉语的自我次殖民地化

　　美国式快餐麦当劳的汉堡包和肯德基家乡炸鸡对国人来说已不是什么新鲜事了，出售意大利式乳酪烘饼的必胜客连锁店也已经在一些城市中出现。

　　其实，这三种快餐的汉语译名都是不合规范的。按照我国实行已久的译名标准，"麦当劳"应该译为"麦克唐纳"，"肯德基"应为"肯塔基"，"必胜客"应为"比萨饼屋"。但结果却是饼屋不叫饼屋，而不是饼屋的出售西式点心糕点铺却叫"西饼屋"。商业化的语言混乱真是到了"有钱可使鬼推磨"的程度了。

　　所以造成这种混乱现象，从主观上来说，是普遍存在的"崇洋、崇港、崇台"的心理，而从客观上来说则是商业化的汹涌大潮所带来的殖民地文化的冲击。

　　也许有人会说，你这么说未免小题大做了。商品和商标权是人家的，人家愿意用什么汉语名就有权用什么汉语名，这不是符合你们国家颁布的译名原则中"名从主人""约定俗成"这两条吗？比如"标准石油公司"叫"美孚石油公司"，"却斯·曼哈顿银行"叫"大通银行"，"纽约市银行"叫"花旗银行"（在纽约唐人街，这家银行还叫"万国通宝银行"呢），它们在向有关部门登记时并没有因不合译名原则而遭到批驳，反而像全聚德烤鸭店和王致和腐乳厂那样的老字号的商标权一样受到了保护。这又当何解呢？

　　但是，反过来也可以问："的士""曲奇""克力架"，还有

"拜拜""OK",甚至"妈咪""爹地"不仅出现在"新潮一族"的嘴边,而且也出现在街头、商店、报纸、电视荧屏上(更不用说有些流行歌曲中语法修辞混乱、不知所云甚至文理不通的歌词了)而见怪不怪则又作何解呢?事到如今,即使中国语言文字委员会的衮衮诸公有心要仿效法兰西学院,试图对这种语言混乱的现象作一番规范化的整顿,恐怕也是心有余而力不足(这里指的是"财力","财力"不是委员会经费方面的财力,而是面对人家财大气粗而自觉气短也),注定要失败的。历史,至少是中国现代汉语在吸收外来语的这一部分的历史,似乎已经过了一番大轮回而回到了"德律风"和"烟士披里纯""德谟克拉西"和"赛因斯"的时代。所不同的是"德""赛"两先生的时代是先采用外来语然后逐步以现代汉语来取代的时代,而现在这种语言混乱现象则是现代汉语的自我次殖民地化的过程。

我宁愿把我这话看作是危言耸听或杞人忧天的废话。

说了半天泄气话,仿佛商业汉语一无是处,其实并不尽然。

有些商业汉语之妙,尤其是其细微变化之妙,可谓到了令人叫绝的程度。

比如"旅馆"一词,在英语中常用的仅有"hotel"和"inn"两词,前者应用较广,不论是豪华绝伦的"里兹""萨伏埃""华道夫·阿斯托里亚",或者现代连锁化的"希尔顿""喜来顿""香格里拉",都叫"hotel"。即使专供过往汽车旅客投宿或情人幽会的汽车旅馆,也是把"h"改为"m",只有一个字母之差。至于"inn"则是英国乡间的小旅舍,在大城市的旅馆中应用的只有"Holiday Inn"等少数几家。

但是在汉语中,从火车站旁的"鸡毛店",到大城市中的"大酒店"，却各有各的称呼，而且约定俗成有不同档次之分。

最次的当然是流浪汉投宿的"鸡毛店"，其次是赶大车的歇脚的"大车店"，再高一档叫"旅社"，大体上集中设在火车站附近，一间有几个铺位，人来人往，闹得你不得好睡。比较中档的叫"旅馆"，也是两三个人合用一间，每层盥洗另有一室；原则上这种旅馆男女分住，新婚夫妇蜜月旅行要合住一室，须出示结婚证自不待言，即使六七十岁老夫妻也不例外，哪位老先生在退休之后如要出门自费旅游，务必随身携带此物，切记切记。比较高档的叫"饭店"，如"北京饭店""国际饭店"，而专门供你吃饭的饭店却叫"饭庄"或者"酒楼"，如"萃华楼饭庄""大三元酒楼"以及各家海鲜酒楼。但是你不要一看到"酒"字就以为是吃饭的饭店，有时"大酒店"是比"饭店"更高一档的旅馆，如"中国大酒店"。至于"宾馆"则是官方的接待外宾或首长级内宾的高级招待所，不是一般人所能投宿的。

不过，就像上面所说的，这种分档是约定俗成的，不论在"工商法"或"商标法"中并没有规定，纯粹是笔者多年来观察的结果，并无任何依据，读者只可姑妄听之。

单口相声与翻译

读者千万不要误会了，以为好莱坞演员鲍伯·霍普（卜合）在北京说"单口相声"是我做的翻译。不是的。而且说实话，我根本没有那么大的能耐。翻译本来是一件难事，要翻译幽默更是难上加难，而要在现场演出的时候即席翻译像卜合那样妙语连珠的"单口相声"，那更是天大的难事了。译事三十年，碰到挠首搔耳的难题可谓多矣，因此，得出了一个"不可译论"的结论。或谓既信"不可译论"，为何又在干这个行当呢？我只能承认这是种偏激之言，但是不管怎么样，还是有一部分文字或语言，确实是不可译的，诗与幽默即是。

因此我抱着将信将疑的态度，去首都剧场参加美国国庆晚会，听卜合说"单口相声"时，心里就在嘀咕，不知从哪里请来了这么一位高手，担任他的翻译，要是译不出来，或者勉强译出来而不能传神，那不是大煞风景吗？

结果却使我大感意外，他们请到了一位名副其实的高手：北京人民艺术剧院的名演员英若诚。

英若诚具备了三个条件，能做卜合的好翻译：一是他是个有三十多年舞台经验的老演员（别的翻译肯定是要怯场的）；二是他说得一口好英语（他是从小在北京的美国学校受教育的），三是他是个地道的北京人。这最后一条何以见得是做好卜合的翻译的条件呢？原来卜合的单人幽默表演，在中国只有北京的"单口相声"庶几近之（上海也有"独脚戏"，但从语言上来说，稍逊一筹）。

因此不是一个老北京是很难把他的笑话用地道的北京话传神的。

那天晚上卜合说了不少笑话，由于英若诚的巧妙配合，效果颇为不错。该笑的地方，观众都笑了（也许一半是因为有大部分观众是在京的外国人），特别是他从中国人眼光出发，挪揄美国生活方式的一些笑话更有意思。比如他说有个美国太太在北京看得眼花缭乱，恨不得把半个北京城买回去当礼物；又说旅馆里的洗衣房赶不上他的坐等取衣，结果把他本人连同睡衣裤一股脑儿送去洗了；还有北京饭店出售可口可乐，他就说为了喝可口可乐，何苦跑到这么远来？

但是也有一些笑话，牵涉到社会背景不同，听众就没有反应了。例如关于 Hyatt House（凯悦酒店）和 Hilton Hotels（希尔顿酒店）的不同的笑话，中国听众听了就莫名其妙。因此，在他说到很想吃一次桑德斯上校的肯塔基炸鸡（Colonel Sander's Kentucky Fried Chicken，港译"家乡鸡"）时，英若诚就索性不翻了。这种情况不仅在这次演出中是如此，就是从事文字翻译的人，也经常遇到这种难题。锁国三十年，同外界隔绝，耳堵目塞，前几年"海禁"初开，接触到阔别多年的英文书报，遇到了不少闻所未闻的新鲜玩意儿，仿佛是华盛顿·欧文笔下的里普·凡·温克尔，山上一梦，人间已一世；亦仿佛美国俘虏在越南战俘营关了七年，看到美国的"单性"（unisex）服装或商店莫名其妙一样。这些涉及美国生活或社会的东西，在词典上或百科全书中是查都查不到的。曼彻斯特·威廉斯所著《光荣与梦想》（一部用通俗笔法写的美国近四十年史）中就尽是这样的例子。"秀才不出（国）门，能知天下事"，在这瞬息万变、日新月异的时代，恐怕已不适用了。

上述这些例子，香港读者也许是不成问题的。但也有一些笑话，恐怕连香港读者（假如他不是美国棒球迷的话）也不见得能引起莞尔一笑的。比如卜合说起北京街头交通混乱时说："在北京穿过马路，就像在洛杉矶玩棒球：不是一个天使，就是一个躲闪者。"毕竟知道"天使"（Angels）和"躲闪者"（Dodgers）是美国两大棒球队的人可不多吧。

电视剧里的翻译笑话

说来也许有人不信，我多少也可以算一个搞翻译的，却很少看翻译小说。倒不是文人相轻，嫌别人译得不好，而是要做的事太多，而时间有限，能够抽空看一些书的话，多半直接看原著了，省得隔靴搔痒，不能尽情享受读原文的乐趣。

前一时期文学翻译界为了翻译质量问题着实热闹过一阵子，还开了几天会作专题研讨。承蒙主持人不弃，邀我叨陪末座，但我只露了一面就溜会了，原因就是我既不看翻译小说，实在说不出名堂来。

不过翻译小说不看，翻译过来的外国电视剧倒是看的，因为没有原版片可看的缘故。这种电视剧几乎每晚都有，虽然没有原文作对照，倒常常可以从上下文中猜想原文该是什么，从而推断出一些译错的地方来，有的几乎近似笑话，无聊之余，亦可解颐。可惜的是电视画面一闪而过，过"耳"即忘，无法中外文对照，记录下来。否则洋洋大观，倒是可以提供给翻译片元老陈叙一兄做训练新手的教材。

比如一部警匪片中，警察问报案人凶手的形状，报案人说是个"高加索人"。试问"高加索人"有什么外形上的特征？与西伯利亚人有什么区别？其实"高加索人"是个人种学的名词，指的是白人，因为白人最初起源于高加索。换句话说，那个报案人说凶手是个白人，不是黑人也。又如高尔夫俱乐部一词中的"俱乐部"和高尔夫球棍一词中的"球棍"在英语中都是一个词，有人到保险公司作家产火灾保险，居然其中包括高尔夫俱乐部，一个人独资拥有一个高尔夫俱乐部，真是个大阔佬！百老汇舞台上排成一行向台下观众挥大腿作跳舞表演的舞女叫（chorus girls），这些风尘女子万万没有想到在中国成了纯洁无瑕的"唱诗班姑娘"。岳父向女婿表示要收养他，而女婿拒绝了，但岳父仍不死心，希望他会回心转意，便说"我的建议仍有效（open）"，结果译成"我的建议是公开的"，难道他要登报公开声明收养关系？这样的例子可谓不胜枚举。

如果说把"国防部"译成"战争办公室"，"律师公会"译为"酒吧协会"，"单向道"译为"一条路的街"，"不收费公路"译为"自由路"，"耶稣基督"译为"杰塞斯·克赖斯特"是知识问题的话，那么把婴儿长乳牙译为"割牙齿"，"有其父必有其子"译为"喜欢父亲喜欢儿子"则完全是笑话了。

但是，最大的笑话莫过于把爱情歌曲的曲名"你是我的命"（或译"冤家"）译为"你是我的终点"了，也许这是受到"结婚是爱情的坟墓"这一名言的启发？

不过话得说回来，对于电影或者电视剧的翻译不必过于苛求，一是因为一句半句的话一闪而过，不会记住，只要不会造成剧情的误解，取得一个"大概其"的效果，也就可以了。我至今记得80年代初黄佐临到北京青年艺术剧院排《伽利略》，当时该剧院请了一位年轻的德国文学教师帮忙，她发现所用剧本译文错误甚多，焦急得很，要我去见黄佐临转达她的意见。我比较了那个译本和 Charles Laughton 拍电影用的英译本，发现她的意见的确是对的，于是我就去见了黄佐临。谁知他镇定自若地说："你放心好了，排演时不会逐字逐句用那译本的。舞台演出时有必要作适合舞台演出的需要的改动的。"

说到底，译电影和电视剧毕竟不是译学术著作、法律条文、商业合同，是不必过于认真的。

1992 年 4 月

MAFIA 不是黑手党

现在不论在报刊上，小说里，还是电影或电视中，甚至在一些英汉词典里，都把 MAFIA 译为"黑手党"。其实，MAFIA 是 MAFIA，黑手党是黑手党，它们是完全不同的两回事。

而且，究竟存在不存在黑手党这样一个黑社会犯罪组织也是个问题。

最初出现"黑手党"这个名称是在 20 世纪初美国各大城市的意裔移民区，出现一些地痞流氓对自己同胞开的商店勒索保护费的时候。由于他们扬言要杀死或伤害商店老板或亲属以示警告的恐吓信的末尾不是画个令人毛骨悚然的骷髅头和交叉的腿骨，就是血淋淋的利刃、尖斧，或者一只阴森森的黑手，于是喜欢故弄玄虚的新闻记者为了创造耸人听闻的新闻价值，便叫这些并没有组织起来的敲诈犯是"黑手党"，并且把他们的祖先推溯到中世纪宗教法庭时代的欧洲，给他们增添了一些神秘的色彩。但这就更加风马牛不相及了。因为尽管在当时的欧洲的确有个叫"黑手会"的团体，但是它既不是起源于意大利半岛或西西里岛，也不是个犯罪的组织。相反，它是当时存在于西班牙的反对压迫的秘密会社，就像在西西里出现的 MAFIA 和在那不勒斯出现的另一个秘密会社一样。所不同的是 MAFIA 后来逐渐变成了犯罪集团，而黑手会却慢慢销声匿迹，不复存在了。

如果说美国各大城市意裔居民区中的敲诈犯同 MAFIA 有什么关系的话，那就是有些 MAFIA 成员也有从事敲诈勒索的。但这并不能说他们或者整个 MAFIA 就是黑手党。

至于 MAFIA 这个秘密会社则完全是意大利的产物。这个名称的由来是意大利语口号"MORTE ALLA FRANCIA ITALIA ANELA"的几个字的字首字母所组成。这个口号的意思是"杀死法国人是意大利的呼声!"显而易见,这是个反对法国人的团体,因为从 13 世纪起法国的安茹王朝征服了那不勒斯和西西里。但是像许多当初为反抗异族压迫或宗教压迫的秘密会社一样,MAFIA 后来逐步退化为流氓团伙,他们以敲诈有钱的地主开始,后来又被地主收买,做了他们欺压农民的打手,到了 19 世纪,则完全成了秘密的犯罪集团。它创始于西西里,蔓延到了意大利其他地方,传到美国则是随着 19 世纪的最后二十年和 20 世纪 20 年代的两次移民大浪潮。

他们的犯罪活动起先局限在意裔居民区,后来扩大到码头、建筑工地;方式也从敲诈、盗窃发展到赌博、贩毒;暴力则从雇用杀手发展到各个帮派(他们自称"家族",首领叫"教父")之间为争夺地盘而枪战。长期的内讧和火并,最后以曼哈顿下城小意大利区的一帮登上盟主宝座、独霸天下而告终。但小规模的残杀仍旧继续,至今不息。许多有关的传说和故事已成为通俗小说和影视的素材,这里就不多说了。

奇怪的是,当胡佛担任联邦调查局长期间,一心扑在反共上,对 MAFIA 的犯罪活动竟视而不见,充耳不闻,甚至还否认 MAFIA 的存在,认为这完全是新闻记者的想象,结果,引起舆论大哗。后来,幸亏有个 MAFIA 分子在国会的一个调查委员会上作证时说到 MAFIA 是"咱们的事儿",用的是意大利语 LA COSA NOSTRA,这才给了胡佛一个下台阶的机会,赶紧声言有个犯罪集团,但名叫 LA COSA NOSTRA。从此,MAFIA 又叫这个名称。

由此可见，把 MAFIA 译为"黑手党"并不妥切。但是，如果另外译个名字也很伤脑筋。这么长的一句口号，不论全译还是简译都不能，何况反对法国的含义已成历史陈迹，失去了现实意义。如果按其黑社会犯罪团体的性质译为"黑道"，又太笼统一般。剩下就只有采用音译的办法了："马非亚"？"玛菲亚"？就不像个秘密会社的名字。"吗啡党"？太牵强附会。在没有更好的译名的情况下，约定俗成，继续借用"黑手党"这个名称倒不失为一个退而求其次的办法。或谓这个译名既已证明与原意不符，似乎不该继续将错就错。但译名原则本来有将错就错、约定俗成这一条。何况这毕竟是个黑社会团体，在译名上似乎不必过于学究气。

　　其实，要不是"黑帮"这个名称在中国由于"文化大革命"中的滥用而有了太多的政治含义，用它来译 MAFIA 倒是不错的。因为 MAFIA 在英语的实际应用中，已有了"帮会"这个派生的含义。比如肯尼迪当选总统上任后，白宫班子中用了不少爱尔兰裔亲信，新闻记者们就叫他们是"IRISH MAFIA"，这就不能译为"爱尔兰黑手党"，而应译为"爱尔兰帮"。同样，在我国揭露"四人帮"前后，美国《时代》周刊曾有一长文报道这个集团，因其成员江、张、王、姚都出身上海，用的标题就是"SHANGHAI MAFIA"，意即"上海帮"。

翻译续书热

近年来续书盛行，中外皆然。在美国，继《飘》的续书《斯佳丽》之后，前年又陆续出版了《吕蓓加》（又译《蝴蝶梦》）的续书《德温特太太》，《呼啸山庄》的续书《重返呼啸山庄》。这几本续书在美国一出版，国内一些出版社马上想办法买来了版权，约人合力赶译，趁热打铁。其出发点很明显，就像美国的那几家出版公司一样，无非想托原书的余"荫"，多销几本赚几个钱而已。至于这些续书是否有文学价值，值得这般努力去买版权，则自当别论了。

我没有时间和兴趣去看这几部续集。就是以原书而论，《飘》并不是一部有什么文学价值的书，只是讲了个动乱时代的情节曲折的故事而已。一般看过电影知道是怎么一回事就行了，实在没有时间和耐心去读它的用进展缓慢的老式叙事方法讲的故事。《吕蓓加》的原书从叙事方法来说，确有独到之处，尤其是小说开头第一句话，"昨天晚上我做梦又去了曼德莱"，可以作为范例，写入小说创作的教科书。但是它的故事和主题，还是因袭了《简·爱》的窠臼，无非是英国式的"郎才女貌"，加上哥特式巨宅的神秘和恐怖的气氛，实在没有什么新鲜的地方。我没有看它的续书，但读到了书评。这位书评家写得很挖苦，说读此书仿佛看着一位魔术师在变戏法时一只手拿着高礼帽，一只手在翻看《魔术大全》。我想大部分——如果说不是全部——续书给人的印象都是如此。

国内这股翻译续书热似乎方兴未艾，远远还没有降温。比如另外就有一家出版社拟出法国大作家维克多·雨果的名著《悲惨世界》的续书。书名采用其中女主角的名字《珂赛特》，作者是一位美国女作家，书还没有出版，这家出版社已购得了翻译版权，打算从清样直接翻译，争取早日出书。我不反对出版社为了商业利益考虑出些有销路的书，但我也希望有哪家出版社能以同样积极的态度，把国外一些有文学价值和学术价值的书翻译出版。

1995 年 4 月